講談社文庫

本格王2023

本格ミステリ作家クラブ選・編

講談社

CONTENTS

本格王2023

序

歴史を紐解けば推理小説は短編から始まりました。エドガー・アラン・ポーの「モルグ街の殺人」です。また名探偵の代名詞として今なお君臨するシャーロック・ホームズも、人気を決定づけたのは切れ味のいいあまたの短編でした。

その「モルグ街の殺人」には史上初の密室殺人、意外な犯人、そして天才的な名探偵などが登場します。中でも私が好きなのが、中盤のミステリアスな展開です。犯人らしき人物の声を聞いたオランダ人はそれがフランス人だったと云い、フランス人はスペイン人だと云い、スペイン人はイギリス人、イギリス人はドイツ人、もう一人のフランス人はイタリア人、イタリア人はロシア人と断言する。これらてんでばらばらの矛盾した証言を手がかりに真犯人を導き出すスリリングな推理。それこそがまさに本格ミステリの醍醐味だと思っています。「モルグ街の殺人」は原初の短編でありながら本格ミステリの楽しみがほぼ出そろっているのです。

やがて推理小説は進化の系統樹のようにいくつも枝分かれして、かつてデュパンやホームズが活躍したジャンルは本格ミステリと呼ばれるようになりました。その本格ミステリも今なお進行形で多種多様に分岐しています。最近では特殊設定ミステリという言葉をよく耳にします。

この『本格王２０２３』にも多様化し細分化した現在を象徴するような作品たちが厳選され集められています。とはいえ通して読めばある種の共通項を感じることでしょう。〝本格とは何か？〟をひと口に語るのは難しいです。しかしこのアンソロジーを読んであなたが各編に共通しておもしろく感じた部分、それが本格と云ってもいいでしょう。

短編は時代を映す鏡です。長編は構想から執筆まで、質的にも量的にも時間がかかります。逆に短編は小回りがきくぶん、時代の変化や空気を即座に反映します。実験的な手法を試すことも容易です。みなさんもこのアンソロジーで進化の最先端をお楽しみください。

もしかするとこの中の一編から新しいジャンルが産まれ、未来の「モルグ街の殺人」になるかもしれませんよ。

二〇二三年四月

本格ミステリ作家クラブ会長　**麻耶雄嵩**

ある部屋にて

今村昌弘

Message From Author

初めて書いたノンシリーズの短編なので、このたび選出いただきありがたいのと同時に、やはり慣れない気分がします。いつもよりもサスペンスの風味が強い分、あまりプロットを固めずオチに向かって書き進めました。某ミステリドラマを彷彿とさせる部分など、既存のネタにエッセンスを加えたがるのは、『屍人荘の殺人』を書いた頃から変わらない癖かもしれません。

登場人物に立ち回りの自由度が高いのはノンシリーズものならではの特徴なので、楽しんで読んでいただければと思います。

今村昌弘（いまむら・まさひろ）
1985年、長崎県生まれ。岡山大学卒。2017年『屍人荘の殺人』で鮎川哲也賞を受賞しデビュー。同作は各種ミステリーランキングで第1位を獲得し、18年の本屋大賞でも第3位に選ばれた。さらに同年、本格ミステリ大賞小説部門も受賞。他の著書に『ネメシスⅠ』『魔眼の匣の殺人』『兇人邸の殺人』がある。

貼りつくような寒さを堪えながら健吾が三度目にその通りを歩いた時、ようやく待っていた機会が訪れた。

人目がないことを確認し、健吾は左手のマンションの敷地と道路を隔てる塀に手を掛けて一気に飛び越えた。そこは住人専用の駐車場で、今は半分ほどの車が出払っている。

健吾は手近な車の陰に身を隠し、マンションの通用口の様子をそっと窺った。

狙っていた通り、通用口の金属扉は完全に閉まりきらずドア枠で引っ掛かっていた。経年劣化で動きが悪くなっているのだ。健吾は監視カメラに顔が映らないよう、帽子を目深に被りマフラーを口元まで上げた。速やかに駆け寄ってドアを開き、無事マンション内に侵入を果たす。

一安心すると同時に、情けない気持ちがぶり返してきた。

(まるで空き巣じゃないか)

(俺は、恋人に会いに来ただけなのに)

けれど仕方がなかった。正面玄関から訪ねても、優里はきっとオートロックを解除してはくれないだろう。二人の関係がそこまで冷え切っていることに、健吾自身も薄々気づいていた。

（いや、そもそも関係が深まっていると思っていたのは俺だけなのか？）

エレベーターに向かって歩を進めながら健吾は自問する。

たまたま立ち寄ったクラブで優里と出会ってから二年。

文字通り、彼女のことを考えない日は一日たりともなかった。

昔から自他ともに認める不器用者の健吾が、必死になって彼女の心を解きほぐそうと店に通い続け、プライベートでも逢瀬を重ねる関係にまで漕ぎつけた。張れるだけの見栄を張って金を貢ぎ、彼女の部屋にも何度か上がったことがある。だが……。

健吾とて分かっているのだ。

心を許しているようで、その実、優里は頑なに一定の線より内に健吾を踏みこませなかった。例えば会う約束をする時も、どんなに些細なものだろうと彼女の都合は決して譲らず、いつも健吾が犠牲になって調整をしなければならなかった。逢瀬の時間も毎回三時間と定められていて、少しでも遅れたり、後ろにずれ込んだりしたことはなかった。所詮、健吾の存在は彼女にとってスケジュールの穴を埋めてくれる有象無象の一つであり、優里が作った隙間の中にのみ、健吾は存在していた。

優里の部屋は七階。ボタンを押してエレベーターを呼んだ時、健吾は手が僅かに震えていることに気づいた。

怒りのためかと考え、すぐに否定した。

どんなに軽い扱いを受けても、優里を憎いとは思わなかった。そんなことを思っても関係が好転することはない。

では今、優里に会ってなにがしたいのか、健吾は自分でもよく分からなかった。俺を捨てないでくれと懇願するのか、あるいは関係の清算を前に恨み言の一つでも聞かせたいのか。

分からない。彼女と出会ってからずっと同じ悩みを抱いているような気さえした。

五階……四階……三階……。

ゆっくりと変わる表示を眺め、ふと思った。

エレベーター内にも監視カメラはあったはずだ。健吾は予定を変え、骨が折れるが階段を使うことにした。

建物の裏側にへばりつくように位置する階段を上っていると、ますます自分が悪いことをしているような気分になってくる。運動不足の体は一つの階ごとに重くなり、息が上がった。どうしてこう辛い思いをしてまで会いに行くのか。どうせろくな現実は待っていないのに。

もしかすると、列車に飛びこんで命を絶とうとする人間はこんな感情なのかもしれない、と健吾は思った。現状に耐えられず、たとえ破滅であったとしても足を進めずにはいられない、暗い渇きに衝き動かされている。

ようやく目的の七階に着き、まっすぐ優里の部屋を目指した。オートロックを通らずに来たので警戒されるかもと考えたが、呼び鈴を鳴らすとすぐに足音が近づいてきた。

開いた扉から覗いたのは、待ちかねていたと言わんばかりの優里の笑顔だった。それが健吾の顔を見るなりすっと冷え固まったのを見て、

（ああ、やはり――）

と得心した。

優里は今日、別の男と会う約束だったのだ。

「どうして来たの？」

「話があるんだ」

閉まろうとする扉を手で押し止めると、優里の美しい眉尻が吊り上がった。その表情を見た健吾の内側で、不思議なことに先ほどまで消えていた欲望の炎が、勢いを取り戻していくのが分かった。

優里は不思議な女だった。

美人だが、目を見張るというほどではない。取り立てて気立てがいいわけでも、金

持ちでもない。以前は企業に勤めていたそうで利発ではあるが、今はありふれたクラブで働くホステスだ。だというのに、彼女は出会った者に彼女を独占したいと思わせる魔力を持っていた。

健吾が優里に惹かれたと分かった時、店員がこっそりと、今まで彼女が起こした男性トラブルについて聞かせてくれた。なるほど厄介な女だと見切りをつけたはずが、次に店を訪れた時には、彼女から連絡先を聞き出していた。

一緒に過ごす時間が増えるほど、健吾はこのために生まれてきたのだと確信した。子供の頃から教師に劣等と蔑まれ、友人には鈍い奴と嗤われ、それらに反抗する気力も持たず、時代に流され、気づいた時には若さも失っていて、親兄弟にすら見限られた。そんな耐えるだけの人生は、優里と会うためにあったのだと。

「すぐに済むよ。本当だ」

部屋の前で騒ぎになることを嫌ったのか、優里は「五分で帰ってよ」と告げてドアを開放してくれた。

玄関を上がってすぐの場所に、姿見のスタンドミラーと冬物のコートやダウンジャケットが掛かったハンガーラックがある。左右に寝室と洗面所の扉がある廊下の奥が、広いリビングになっている。空気は優里の心を表しているかのように乾燥し、冷え冷えとしていた。

健吾は部屋の様子が普段と微妙に違うことに気づいた。優里はややずぼらなところがあって、いつもデリバリーのチラシやマグカップが取り散らかっているはずのテーブルが今日はなぜかすっきりと片付いており、薄い紫色のクロスの端に彼女のスマホとティッシュケース、そしてエアコンのリモコンだけがきっちりと並んでいる。よくソファの周辺に脱ぎ捨てられているスウェットや靴下も見当たらず、直前にフローリングを掃除シートで拭いたのか、仄かなバラの香りが健吾の鼻腔をくすぐった。

一方で整頓作業がまだ終わっていなかったのか、壁際の収納クローゼットの観音開きの扉は右側が開きっぱなしで、ぎゅうぎゅうに押し込められた衣装ケースやカラーボックスが覗いていた。その手前には、空の旅行用のスーツケースが転がっている。

健吾が訪ねる時は、優里がここまで気合いを入れて整頓をすることはない。つまり、彼女が待っているのは自分以上の存在だということか。考えただけで健吾は目の奥がぎゅうっと締め付けられる気がした。

優里は彼をいつものようにソファセットには案内せず、手前で立ち塞がるように足を止めた。

「それで、話って？　私の気持ちは伝えたと思うけれど」

「伝えたって、あれでか。これ以上連絡するなというメッセージだけで。俺のなにが悪かったんだ？　絶対に直すから、教えてくれよ」

分かり合えるまで、とにかく下手に出ようと健吾は決めていた。これまでもそうやって、切れそうになった糸をなんとか撚り合わせてきたのだ。しかし——。

「直さなくていいの。いらないんだもの」

優里はどこまでも冷淡に彼を突き放した。

「あなた、勘違いしているわ。今まであなたがなにをしてくれた？」

「俺は、ずっと君のためを思って——」

「邪魔にならない程度の関係だから許していたのよ。全部あなたが勝手にやったことじゃない。今もこうして不愉快な思いをしているのに、本当に鈍いのね」

健吾が呆然と立ち尽くすと、そんな反応すら興ざめとばかりに優里は背を向けた。完全な決別の態度だった。

今彼女がどんな目をしているか、健吾には容易に想像がついた。

料理に嫌いな食材が入っていた時、貰い物が好みと違った時。彼女はいらない、と言って視界の外に追い出すのだ。

健吾も今そうして、彼女の人生から排斥された。

(終わり、なのか)

精神を支えていた微かな望みすら断たれ、足元が音を立てて崩れるのを感じた。優里のためにあったはずの人生が、優里に否定された。やっと手にした幸運が終わる。こんな形で終わってしまう。また負け犬の人生に逆戻りだ。

健吾の背骨を貫いたのは、絶望と恐怖だった。

そんなのは駄目だ。俺はもう戻りたくない。

優里を止めなくては。

止めなくちゃ、止めなくちゃ――。

虚ろな思考のまま、健吾は室内を見回す。その目が、キッチンのカウンターに置いてあったガラス製の女神像に留まった。どこかのアンティークショップで見つけたという、優里のお気に入りだった。脚部を握ると二十センチほどのそれは、やや頼りなくも思える。

優里の方に視線を戻すと、反応をしない健吾を訝しんだのか、こちらを振り向こうとしていた。

あっ、と思った時にはすでに、健吾は右腕を振り抜いていた。凶器と化した女神像は、肩越しにこちらを向きかけた優里の後頭部を直撃する。殴った側にも拘わらず、健吾はわっと叫びたい衝動に駆られた。

倒れるかと思いきや、優里はソファにしがみつくようにして持ち堪えた。ガラスの女神像は軽すぎて威力が足りなかったのだ。

(駄目だ、優里。駄目だ、駄目だ)

健吾は彼女を押し倒し、殴る。殴る。殴る――。

気がつけば全ては終わっていた。

しばらく呆(ほう)けていられたのは、優里の頭部からの出血が少なく、室内が思ったほど凄惨な状態にならなかったからかもしれない。床の上に女神像を転がし、健吾は動かなくなった最愛の女性の前に跪(ひざまず)いた。

(――やってしまった)

己の凶行を悔(く)やむ気持ちもあったが、優里を失うという意味ではどちらにせよ同じだったのだという諦めが心を支配した。むしろ跡を追うことで、自分の人生が彼女のためにあったことの証明になるとすら健吾は思った。

だが最後に彼女の顔を一目見ようと前髪をすくい覗きこんだ時、健吾は動きを止めた。そして汚いものに触れたかのように身を引き、落ち着きをなくした様子で頭を掻きむしる。

(――こんな顔だったか?)

優里の死に顔を見て、突如としてそんな思いが健吾の脳裏を駆け巡ったのだ。

顔面が酷(ひど)く損傷していたり、醜悪な死に顔だったりしたわけではない。ただ力を失い、虚ろな顔で宙を見ているだけなのに、彼が知る優里とはまるで別人に思える。殺しておいて、ひどく身勝手な葛藤だと分かってはいた。

だが魂が抜け落ちた体を前にして、健吾は彼女に対する愛情を完全に失っていた。それどころか記憶にある彼女の仕草や声までも色褪せて思えて、そんなものに一喜一憂していた自分が馬鹿馬鹿しかった。

戸惑いはやがて新たな恐怖を引き連れてきた。

(俺はどうしてこんな女のために人生を捨ててしまったんだ)

大人しく別れればよかった。今まで彼女のために多くの金銭や時間を投じたのだとしても、苦い勉強代だと飲みこめばよかったではないか。冴えない人生に戻ったとしても、自分の進む道は真っ当な人間のものだったはずだ。

なのに——彼女が手に入らないばかりか、殺人者という一生の十字架を背負ってしまった。

急に夢から醒めたような心地で、リビングの窓からレースカーテン越しに平穏な街並みを眺める。近辺にはここより高い建造物はほとんどなく、澄んだ青空がよく見えた。この階にも前の通りを走るトラックのブレーキ音やどこかの工事の音が聞こえてくるのだと初めて気づく。

そうして窓の外と目の前の死体を見比べるうち、健吾の頭に考えが浮かんだ。

（そうだ。この凶行は、まだ誰の目にも触れていない）

慌てて室内に目を戻す。このマンションは防音に優れていると優里に聞いたことがあるし、彼女はソファにもたれてから倒れたから、大きな音は立てていない。悲鳴もあげなかった。他の住人には気づかれていないはずだった。

（隠せるのか、今なら）

健吾はマンションの正面入り口を避け、駐車場の入り口から入ってきた。天井に監視カメラはあったが、ニット帽を被りマフラーを巻いた顔はほとんど映っていないだろう。

健吾には殺人の捜査のことなんてなにも分からない。それでも昔たまに見たことのある刑事ドラマの記憶を引っ張り出し、健吾は必死に想像する。

警察はきっと優里のスマホを調べるはずだ。

メッセージのやりとりを見れば交友関係はすぐにばれる。データを破壊しなければと思い、テーブルの上にあるスマホに手を伸ばしたが、触れる直前で自制した。

今さら破壊しても、通信の履歴は電話会社に問い合わせれば分かることを思いだしたのだった。むしろ今優里のスマホを壊すと、万が一彼女の同僚や友人が連絡を取ろうとした時に不審に思うかもしれないと考え直す。

するとと別のアイデアが健吾の頭に浮かんだ。

(じゃあ、しばらくは優里が生きている風に装って俺が返信を返したらどうだろう?)

思いつきにしては、いい考えのように思えた。とにかく優里の死の発覚を遅らせる。そうすれば後で優里の死亡推定時刻が広がり、容疑者も絞りづらくなる。警察の捜査から健吾が逃れる可能性も高まるはずだった。

クローゼットの前に置かれたスーツケースが目に留まった。

(優里のふりをして、事情があって今すぐ仕事をやめたい、しばらく旅行に出かけるという内容のメッセージを同僚に送っておくんだ。突然のことに怪しまれるかもしれないが、気まぐれな優里ならばありそうなことだ)

そうすれば、少なくとも数日の間は捜索願いを出されることはない。

——マンションの管理人は、いつごろ優里の不在を不審に思うだろうか。家賃は引き落としにしているだろうから、少なくとも数ヶ月は訪ねて来ないだろう。可能性があるとしたら、郵便物が溜まりすぎて不審に思われることくらい。

——とにかく、この部屋から殺人の痕跡を消し、優里の死体は人目に付かないようどこかへ運び出すべきだ。そうすれば数週間、うまくいけば一ヶ月以上彼女の死が発覚しないで済むかもしれない。

思考し続けながら健吾は驚いていた。

出来が悪いと諦め続けてきた己の頭脳にこれほどの機転が利くとは思わなかった。優里には悪いが、彼女の死をきっかけに、健吾の人生の運気を滞らせていた悪いものが剝がれ落ちたようにすら思えた。

気力を取り戻し、行動を開始する。まずはこれ以上室内を汚さないよう、優里の死体をスーツケースの中に運ぶ。まだ温もりの残る優里の手足を慎重に折りたたむと、まるでこのために誂えたかのようにぴったり収まった。これで外に運び出すのにも都合が良くなった。

次に血痕を消す必要があった。この先誰かがこの部屋に立ち入った時、血痕が見つかるかどうかで事件の発覚時期が大いに狂ってしまう。健吾はテーブル上のティッシュを取り、床やソファの側面に飛び散った優里の血を拭き取り始めた。拭き漏らしがないよう目を皿にして調べ回るが、幸い血の散った範囲は狭く、ソファ上のクッション、テーブルクロスなどは綺麗だった。

問題は凶器に使ったガラスの女神像だった。

健吾にしてみれば殺人の証拠の塊なので、血や指紋を拭い取っても、現場に残していくことには不安がある。だがガラスの女神像は調度品として印象に残りやすく、この部屋を訪れたことのある人間が見ればなくなったことにすぐ気づくかもしれない。しばらく迷ったが、元の位置に戻しておくことにした。

血に汚れたティッシュはまとめてトイレに流した。水に溶けにくいことは知っていたが、これしきの量で詰まりはしないはずだった。

一通りの作業を終え、健吾は洗面所で手を洗いながら状況を再確認する。

ひとまず、殺害前の部屋の状態には戻った。次は先ほど考えたように、優里を装って同僚にメッセージを送らなければならない。そして夜になったら、人目につかないよう優里の死体を運び出すのだ。

(そうだ、優里が生きているよう見せかけるために、しばらくは彼女のスマホを持ってあちこちを移動して回った方がいいかもしれない)

そう考えた時だった。

ルルル、ルルル。

突然室内に響き渡った大きな電子音に健吾の心臓が飛び跳ねる。

音の方に目をやると、壁にかかったインターフォンのモニターが光っている。

誰かが訪ねてきたのだ。

優里が他の男を呼んでいた可能性を失念していたことに腹を立てながら、健吾はモニターを覗き見た。

映っていたのは、予想とはかけ離れた人物だった。

四十代後半に見える、冴えない印象の男だった。厳しい寒さの中マフラーも巻かず、スーツの上からよれよれのコートを羽織っており、とても優里の遊び相手とは思えない。もう一度インターフォンが鳴らされ、カメラの向こうで男は反応がないことに怪訝な表情を浮かべている。

やがてモニターが暗く戻ると、健吾は無意識に止めていた息を吐いた。

優里が出ないことを不審に思われただろうか、と不安が湧いたが、すぐに事件化するわけがないと自分に言い聞かせる。

とにもかくにも、夜に死体を運び出すまでに、車の調達を済ませておこうと思った。

玄関を出ようとして、シューズボックスの上の小物置きに優里のキーホルダーが置いてあるのが目に留まった。健吾が外に出ている間に誰かが部屋に上がり込む可能性は低いが、施錠しておくに越したことはないだろう。

キーホルダーを手に取り扉を出た時、

「おやあ」

エレベーターのある方向から、どこかとぼけた声音が聞こえた。

健吾が目を向けると、それは先ほどインターフォンのモニターに映っていた男であり、その目は優里の部屋から出てきた彼の姿をしっかりと見据えていた。

男は画面越しに見た時よりもさらに冴えない印象で、右手に提げた革のビジネスバッグがはち切れそうなほど膨れているのがみすぼらしさに拍車をかけていた。一方で感情の読みにくい笑みを浮かべた顔は綺麗に髭を剃っており、額がよく見えるよう持ち上げられた前髪からも人と接する機会が多いように見受けられる。

どこかちぐはぐな雰囲気の男性はまるで古い友人にするかのように、人懐こい態度で健吾に訊ねた。

「七〇五ということは……今出てこられたのは衣笠(きぬがさ)優里さんのお部屋ですよね。あなた、ご友人?」

部屋を出る姿を見られたことと、なぜこの男がマンションに入って来られたのかという疑問で混乱しながら、健吾は反射的に、優里との関係性は隠すべきだと思った。なぜなら優里は〝部屋にいない〟ものとして振る舞わなければいけないのだ。ただの友人では、ここにいる理由が弱すぎる。

咄嗟に口が動く。

「私は優里の兄です」

「お兄さん？」

「はい、ケンゴと言います」

優里にケンゴという兄がいるのは事実だった。初めて優里と会った時、それがきっかけで会話の糸口ができたから覚えていた。どういう字を書くかは知らない。

目の前の男が次の質問を発する前に、健吾は口を開く。

「そういうあなたは？」

「こりゃ失礼しました。私、弁護士の白川と申します。今日は優里さんのご依頼についてお話があって伺った次第で」

革手袋をした手で白川がコートをはだけると、スーツの胸元には確かに弁護士バッジが鈍く光っていた。

健吾は胃が締め付けられる気分だった。まさか今日に限って、弁護士と会う約束をしていたとは。

「妹さんはどうかなさったんですか。下でインターフォンを鳴らしたのですが、応答がなくって」

「それなのに、どうやって入ったんですか」

「タイミングよく住人の方が来られたので、入れてもらいました。そう責めるような目で見ないでくださいよ。この時間に伺うことは決まっていたんですから。部屋に伺っても不在のようだったら、大人しく帰るつもりでしたよ」

そう言って白川は健吾の背後を覗きこむように体を傾ける。

「それで、優里さんは？」

「……いないんですよ。出かけているのか」

「ええっ」白川はわざとらしく驚き顔をする。「困るなあ。彼女が早く相談を聞いてほしいと言うから、無理矢理予定にねじ込んだのに。……あれ、待てよ。じゃあお兄さんこそ、どうやってここまで入ってきたんですか」

健吾は緊張のあまり、自分の顔から表情が消えていくのが分かった。声が震えないようにと祈りながら、なんとか言葉を紡ぐ。

「あなたと同じですよ。インターフォンに応答がなかったので、仕方なく他の住人の方と一緒に。つい二、三分前のことです」

「なあんだ、同罪じゃないですか。でもこの玄関が開いてるのは何故です？」

兄だから合い鍵をもらっていた、では不自然だろうかと自問する。

優里がそれほど兄と仲が良かったとは聞いていないし、なにより今、健吾の手には明らかに女性ものの赤いキーホルダーが握られている。健吾は仕方なく、それを目の前に掲げながら言った。

「……俺も駄目元で来てみたら、玄関の鍵が開いていたんですよ。呼びかけても返事がないからてっきりトイレか居眠りをしているかだと思ったんですが、どうも本当に留守らしい。出直そうと思ったんですが、シューズボックスの上にこの鍵があることに気づきましてね。もしかしたら鍵を忘れたまま外出して、締め出されているんじゃないかと思って、俺が持っておくことにしたんです」

苦しい説明かと思ったが、白川は優里の不在の方が引っ掛かったようだ。

「鍵もかけずに外出ですか。ちと不用心すぎやしませんかね」

白川は今時珍しい折りたたみ携帯電話を取り出し、慣れた手つきで操作する。優里と連絡を取ろうとしたらしい。すると室内から硬い物の上でスマホがバイブレーションする音が聞こえてきた。スマホはテーブルの上に置いたままだった。

「ありゃ、スマホまで置いていったんですか。参ったなあ。ちょっと失礼して……」

手刀を切って中に入ろうとする白川を引き留めるわけにもいかず、健吾は彼について入った。狭い玄関に二人で並び立つと、白川のコートから仄かな消臭剤の香りと、それでも消えきらない煙草の臭いを感じた。

無遠慮に周囲に視線を巡らせる白川を見張りながら、落ち着け、と自分に言い聞かせる。とにかく今は優里の死体に気づかれないよう、こいつを帰らせることだ。

健吾は三和土に並ぶ靴に目を走らせる。靴の数や位置などから優里が部屋にいることがばれないかと思ったのだ。けれど土間にある靴はいかにも整頓が苦手な優里らしく、踵を揃えて家の外側を向いていたり、その逆向きに脱ぎ捨てられていたりと様々で、優里の行動を特定される心配はなさそうだった。

「優里は昔からそそっかしいところがありましたからね。弁護士さんとの予定も、ぽっと忘れたのかもしれません」

「なるほど。私も最近多くなりましてね、ちょっとした物忘れが。――だとしてもこれはちょっと妙だなあ」

白川はそう呟いて右腕を持ち上げ、上がってすぐの壁際に置いてあるハンガーラックを指差す。

「空いてるハンガーがないでしょう。つまり彼女は今、コートやダウンジャケットをなにも羽織らずに外に出ているってことになる」

指摘されて初めて、健吾は自分の手落ちに気づく。

「……たまたま忘れただけでは?」

「うっかり忘れることはあっても、玄関から一歩出れば嫌でも寒さに気づくのが普通でしょう。あなたはコートとマフラー、ニット帽まで身につけていらっしゃるのに」

「すぐ近くに用があって、着る必要はないと考えたのかもしれません」

「ですかねえ」

健吾を小馬鹿にしたような物言いに、思わずかちんと来る。

（気に食わない男だ。弁護士ってのはそんなに偉いものなのか）

「あるいは、誰かに連れて行かれたか」

白川が零（こぼ）した言葉が先ほどのやりとりの続きだと気づいて、健吾は先を促した。

「連れて行かれた？」

「だってそうでしょう。本人はいない。だけど戸締まりはされてない。その必要がないからです。コートを着ていないのも、本人の意に反して外に連れ出されたのだとすれば、説明がつきます」

白川は靴を脱ぎ、リビングに向って歩を進めながら滔々（とうとう）と語り続ける。

「それも顔見知りの仕業だ。でなけりゃ表のオートロックを突破した上に部屋まで上がり込めるはずがない。優里さんが招き入れたんですよ」

大胆ながら事実とは異なる推理を披露し始めたことに、健吾は心の余裕を取り戻し、議論に付き合うことにした。

「しかし、連れ去られるとなったら悲鳴の一つでも上げるでしょう。マンションの住人が不審に思います。昼間からそんな大胆な手段に出るでしょうか」

そこで白川は初めて口に出すのをためらう様子を見せた。

「なにか弱みを握られていたのかもしれませんな。あなたはお身内なのでお話ししますが、今回妹さんに相談されていたのが、男性関係についてだったんですよ。恋人でもないのに、しつこく付きまとってくる相手がいるとのことで。警察沙汰にならないうちに話を付けたいがどうすればよいか、と」

それはおそらく健吾のことだろうと察しは付いたが、今となっては悲しさよりも苛立ちが勝った。弁護士に相談されるくらいなら、つくづく喜んで身を引けば良かったものを。

「相手の名前は」

「詳しいことは今日お聞きする予定だったんですよ。というのも、妹さんはこれまでにも何度か同様のトラブルがありましてね」

ひとまず健吾の名前が知られていないことに安堵する。

リビングの入り口で、白川はインターフォンのモニターが青く点滅しているのに気づいた。ボタンを押すと、モニターに録画された白川の姿が映し出される。先ほど健吾が見た画像だ。それを見て不満そうに、

「私、映りが悪いですなあ。まるで押し売りに来たみたいだ」

とぼやく。この機械はインターフォンが鳴らされると自動的に十秒ほど録画される仕様らしく、白川は過去の映像に犯人らしき人物が映っていないか期待したようだが、その当ては外れて肩をすくめた。

「ここに映ってないとなると、犯人は優里さんと一緒に帰宅したのかもしれません

た。

決して暴力的な言葉を用いず、けれど健吾の隠し持つ弱みを徹底的に苛め抜く詰問を続けて彼を笑うことでクラスの和を保ち、団結を守った。

社会に出てからも〝担任〟はいた。

上司に。仕事先に。役所に。そして今、目の前に。

嫌な想像に、健吾は強く歯嚙みした。

おまけに白川は弁護士だ。優里が見つからないことには引き下がらないだろうし、正式な捜査が始まれば健吾の正体などすぐにばれてしまう。

「……警察に連絡すべきでしょうか」

出方を探るつもりでそう言ってみると、

「警察に？　本気ですか？」

白川の方が信じられないような顔をした。

「なにかおかしいことでも？」

「いや失礼。ご家族が心配されるのはもっともですがね、現状では優里さんが自室におられないという、それだけのことなんです。先ほど否定しておいてなんですが、野暮用で出かけているだけの可能性もありますし、彼女は自立した大人です。今警察に駆け込んだところで相手にしちゃもらえないと思うんですがね」

確かに彼の言う通りだった。

テレビでも、ストーカー被害を警察に相談したのに、明確な損害がないせいで有効な対策をとってもらえない、という話を見たことがある。

多少不可解な状況だとしても、姿を消して間もない成人女性のことが大きな問題になるはずがない。ならば事件化させずに収拾をつける方法があるのではないか、と健吾は再び頭を働かせる。

(たとえば、別の場所で優里が見つかったと報告した後、色々な理屈をつけて白川への依頼をなかったことにすれば、事件を隠すことができるんじゃないか)

当然白川は本人と話をしたがるだろうが、金を積んで他の女性に電話口で優里の演技をしてもらうなど、やりようはあるだろう。

(そうだ。俺の運はまだ尽きていない。あがけ。自分の力で道を切り拓くんだ)

己を鼓舞し、白川に頷いて見せた。

「分かりました。警察に相談するのはもう少し状況を見てからにします」

「それがいいでしょうな。まずは我々で、優里さんが部屋を出て行くまでの状況をもう少し考えてみませんか。彼女が部屋を出た——まあ恐らく誰かに連れ出されたんだと思いますが、第一に考えるべきはその時間です。今日のことなのか、昨夜以前のことなのかはっきりしないのでね。彼女は主に夜、飲食店にお勤めでしたよね。昨日は出勤だったか聞いていますか」

「いえ……」

健吾は否定してみせたが、本当は出勤日であることを知っていた。だからこそこの時間に優里が家にいるとあたりをつけて訪問したのだから。

「うーん、だったら朝食を食べたかどうか調べてみますか」

白川は頭を掻きながらキッチンに入る。

床には封の開いた段ボールが一つ置かれている。中身は五百ミリリットルのペットボトルの炭酸水で、本数は半分以下に減っている。優里がこの炭酸水を好んでいることは健吾も知っていたが、常に箱で買い置きをしていたようだ。

シンクに濡れた跡はなく、ゴミ箱の中からは紙パックジュースの残骸やいつ食べたか分からない冷凍食品のプラスチック容器しか見つからない。白川の言う、朝食の形跡と呼べるものはなさそうだった。

その代わり、白川は冷蔵庫の扉に磁石で貼られているゴミ出しのルール表に気づいて声を上げた。

「燃えるゴミは昨日回収か。どうりで今はゴミが少ないはずだ」

「昨日ゴミを出して、失踪したのはそれ以降だと？」

「おっしゃる通り。あなたがゴミ出ししてあげたんじゃなければね」

「やめてください。余計なものに手を触れるわけがない」

「冗談ですよ」

言いながら、白川はよれよれのコートの胸元に手を入れる。どうしたのかと見守っていると、取り出したのは煙草のケースだった。

今吸うつもりか、とぎょっとした健吾と目が合って初めて煙草を手にしたことに気づいたのか、彼はばつの悪そうな顔を見せた。

「失礼。考え事をする時の癖なんです。今は吸える場所がめっきり少なくなったせいで、頭も回りにくくなっちまいました」

未練がましくケースを揉みながら、彼はふとカウンターの上に目を留める。視線を追うと、そこにガラスの女神像があった。

健吾の背にすうっと冷たいものが流れる。

血は綺麗に拭き取ったはずだ。もしや、優里を殴ったはずみにどこか欠けでもしただろうか。白川があまりにも真剣な目をしているので落ち着かなくなる。

「その置物がどうかしましたか」

「ああ、いや。前に一度お伺いした時にもあったかな、と思いまして」

これ以上キッチンに見るべきものはないと判断したのか、白川は廊下に戻って洗面所と風呂場を順に覗く。

「どちらも水が乾ききっていない」

「でもいつ使ったのかはよく分かりませんね」

さっき洗面所で手を洗ったことを暴かれたような気がして、つい口を挟んでしまった。

少し意表を突かれた顔で振り向いた白川と目が合い、すぐに後悔する。妹がいなくなったのに非協力的なのは、不自然な態度だと思われただろうか。僅かな沈黙の後、白川は「いや、ごもっとも」とだけ言った。

続いて彼は廊下を挟んで反対側にある、優里の寝室にためらいなく足を踏み入れ、電気をつけた。

ベッドサイドテーブルの上にあるスケジュール帳を見つけ、革手袋をつけたままの手でぱらぱらとめくる。後で警察の捜査が入る可能性を考え、指紋を残さないようにしているのだろうか。

「休日にだけ印をつけているのかな。だとすると昨日は出勤だったようです。職場にちゃんと現れたのかどうか、電話で確認すれば分かりますが……。あなたが来た時、廊下の電気はついていたんですね？」

健吾は頷いた。リビングは南向きのため窓から差しこむ光で明るいが、玄関に繋がる廊下には届きにくいのか、明かりがついていた。

ますが……」

「リビングの電気が消えていたということは、朝には部屋にいたと考えることもでき

独り言のように呟きながら、白川は近くにあったシンプルなデザインのゴミ箱を漁(あさ)った。中から丸まったティッシュ、のど飴の包み、二つ折りにされたチラシなどが出てくる。そのうちの一つに、大きめのレシートのような薄青色の紙があった。有名配送会社が住人の不在時に残していく、再配達票である。

白川はそれにじっと目を落とすと、低く唸(うな)った。

「これはいいぞ。この荷物は昨日の夜十八時過ぎに届けられたが、優里さんは不在で受け取れなかったらしい。品名は飲料水。そういえばキッチンにも段ボールがありました。ストックが少なくなったので注文していたんでしょう。その再配達票が部屋のゴミ箱にあるということは、彼女は昨夜十八時以降にこれを見て、電話かネットで再配達依頼を出したということになります」

「大した情報ではないように思えますが。優里が昨夜この部屋にいたというだけだ」

「いやいや、そうとも限らない。私らはどうも単純なことを見落としていたらしい。——優里さんの鍵を貸していただけますか」

健吾が鍵を渡すと、白川は足早に玄関から出て行った。

静かな部屋の中で一人取り残された健吾は、この隙にできることはないかと考え、

部屋を出てリビングに戻った。

状況は間違いなく悪化している。だがどんな工作をすれば自分を守ることに繋がるのか、健吾にはまったく分からなかった。

自然と、クローゼットの前に置いたスーツケースに視線が吸い寄せられる。健吾にとって呪物に等しいそれは、見れば見るほど異質な存在としてリビングの中で浮いて見えるが、すでに白川の目にも入っているだろうから今さら動かすわけにいかない。まるで死んだ優里が、健吾のあがき苦しむ様を特等席から眺めて、ほくそ笑んでいるみたいだと思った。

——逃げられると思った？

——あなたはなにをやってもうまくいかない運命なのよ。

無理矢理スーツケースから視線を引き剝がす。

(やる。俺はもう一度人生をやり直すんだ)

そこに満足げな表情をした白川が戻って来る。なにか収穫があったらしい。

「一階の郵便受けを見てきたんです。外の差し入れ口から覗いただけですが、今は午後三時だというのに空でした」

「今日は郵便物がなかっただけでは？」

「その可能性も考えて他の部屋のも確認したら、そちらにはチラシが。少なくとも今日の郵便物が届いた後まで優里さんがここにいたのは間違いない。あとは事件性を証明できるものが見つかれば、警察に捜索してもらう目途も立つのですが」

いよいよまずいことになってきた、と健吾は湿った掌を握りこむ。

この男が来るまでは、事件の発覚を遅らせることで捜査から逃げ切るつもりだった。

なのに二十分程度の間に優里の失踪を暴かれ、その時刻さえも確実に絞り込まれていっている。

「だがそうなると妙ですなあ。スマホも持たせずコートも着せず、施錠もしていない。相当強引に優里さんは連れ出されたはずだ。女性とはいえ大人を昼間からそんな扱いすれば目立ってしょうがない。どうして夜を待てなかったのか……」

白川は言葉を切ると、顔を横に背けて豪快なくしゃみをした。マフラーもしていない首元を隠すように背中を丸める。

「失礼しました。いやあ、冷える。妻が教えてくれたんですが、昨日より五度も寒いらしいですよ」

「エアコンが切れていますからね」

「ああ、本当だ！　お兄さんよく気づかれましたね。にしても集合住宅は周囲の部屋の熱で暖かくなりやすいと聞いたんですが、この部屋はそんなことないようだ」

大仰に驚く白川を健吾は訝る。これまで細々とした手がかりを見逃さず推理を組み立てて来たこの男が、部屋の寒さに気づかないことがあるだろうか。なにか理由があって黙っていたのではとつい勘繰ってしまう。

そこでふと、彼の推理を揺さぶる反論が浮かんだ。

「白川さんは、優里がさっきまでこの部屋にいたとおっしゃっていましたね」

彼は軽く眉を寄せ、

「そうでしたか？　彼女は今日の郵便物を受け取った、とは言いましたが」

「どちらにせよ、です。これほど部屋が冷えているということは、エアコンが切られてからかなりの時間が経過していると考えた方が自然ではないですか」

すると白川はまるで空気が見えるかのように周りを見渡し、健吾を賞賛した。

「素晴らしい着眼点だ！　この時期にエアコンを全く使わないとは考えづらい。他の暖房機器やこたつもありませんしね。ただ……」

「なにか別の考えが？」

「いえね、コートも着ず施錠の手間すら惜しんでいるのに、エアコンだけちゃんと消して外に出たというのも、引っ掛かるなあと思ったんですよ」

もどかしそうに言い、再び煙草ケースを取り出していじり始める。その疑問の真相は健吾も分からないが、とにかく考えを混乱させることには成功したようだ、と心の中で溜飲を下げた。

「こう寒くちゃ頭も回らないな。悪いけど暖房をつけさせてもらおう」

白川がテーブル上のリモコンを取ったのを見て、健吾は思わず「あっ」と声を上げた。

「なにか?」

「その……後で警察が色々と調べるかも知れないでしょう。室内の状況はそのままにしておいた方がいいのでは」

「それもそうですね」

白川が素直に従ったので、ほっと息をついた。

本当のところは、室温が上がることでスーツケースに入っている優里の死体の腐敗が進まないか心配だったのだ。専門的な知識がないのでどんな条件で腐敗が進むのかは分からないが、余計なリスクは減らしておきたかった。

優里を殺害してからかれこれ三十分が経とうとしていた。そろそろこの状況の出口を決めなければならない、と健吾は考え始めた。

白川は優里の身に起きたことが只事(ただごと)ではないと確信している様子だ。健吾がいかなる細工を講じて彼女の無事を装っても、直(じか)に会うまで納得しないかもしれない。

ならば――殺してしまうか。

冷静にそんな考えを浮かべてしまう自分に健吾は驚いた。いずれこうなるであろうことを、頭のどこかで受け入れていたのだろうか。

不思議なことに、目の前の中年弁護士を殺す光景を思い浮かべても、優里を手にかけた時のような激情は湧いてこない。たった数十分で人はここまで変わるのかと、健吾は可笑しくなった。

白川はレースカーテンをめくりながらガラス窓やベランダに異状がないか調べている。健吾も手がかりを探す振りをしながら、リビングを出て優里の寝室に入った。

一人きりになり、今後の計画について思考を集中させる。

(白川を殺すとしたら、どんな方法がよいだろう)

まず浮かぶのは優里にやったのと同じ、撲殺だった。ただあのガラスの女神像は、軽くて殺人には向いていなかった。もっと重量があり、かつ振るいやすいものがあればいいのだが、優里はスポーツもせず工具も持たなかったので、寝室を見渡しても適当な道具が見つからない。

撲殺が駄目なら刺殺だろうか。包丁ならキッチンにあった。しかし健吾の気がかりは、殺害後の後始末だった。さっきは撲殺だから出血量も限られていたが、刺殺はその比じゃないだろう。それに返り血を浴びてしまう恐れもある。

もう一つ考えなければならないのは、悲鳴を上げられる可能性だった。どこを刺せば一瞬で命を奪えるのか知識もない健吾が、慣れない刃物でやり果すのは難しく感じた。

今一度、あのドラマからヒントを得ようと、朧げな記憶を引っぱり出す。

(外国人のマダムが、夫に毒を盛る話もあっただろうか)

もちろん手元に毒なんてない。部屋を探せば優里の睡眠薬くらいは見つかるかもしれないが、今さら健吾が白川に飲み物を用意するのはどう考えても不自然だ。

(あとは……絞殺?)

この案は妥当な気がした。ビニール紐くらいならどこかにあるだろうし、最悪、優里のベルトを拝借すれば……。

「お兄さん、これ見てください!」

その時、リビングにいる白川に呼ばれた。

健吾は固くなっていた表情を意識して緩め、何食わぬ態度を装ってリビングに戻る。

「どうかしましたか」

「血です」

白川が硬い声を出した。

「血痕があったんです。おそらく優里さんのものでしょう」

しばらく、言葉の意味が理解できなかった。呆然とした彼を気遣うように、白川はゆっくりと指を差す。

「テーブルのここと、このクッション。今まで見落としていました」

見ると確かに、薄い紫色のテーブルクロスと、ソファの上に二つ置かれたクッションの片方に、一円玉くらいの染みがついている。乾いて固さすら見て取れそうなその跡は、ワインやインクとは思えない独特な不気味さがあった。

（そんなわけがない、俺はちゃんと確認したはずだ！）

テーブルクロスやクッションの色の中で多少見にくいかもしれないが、こんな初歩的な場所を見逃すはずがなかった。しかし事実としてそこには血痕が存在している。

「あなたが付けたんじゃないですか」

動揺を抑えられず、つい白川に食ってかかった。

「違いますよ。どこに怪我をしてるっていうんですか」

彼は心外だと言う風に両手を広げ、潔白を示す。冬の装いで露出しているのは顔くらいだが、確かに出血している様子はない。

「それに、血は乾きかけている。今し方ついたものじゃない」

白川の言った通りだった。だとすれば、やはり健吾が見落としていたのか。

愕然と肩を落とす健吾とは対照的に、白川の声は弾んでいる。

「いよいよ事件の可能性が高まりますな。優里さんはこの部屋で怪我をした後、外に連れ出されたんです」

「待ってください。こうは考えられませんか」

今にも通報しそうな勢いを止めようと、健吾は必死で理屈を捻り出した。

「優里は不注意で怪我をしてしまった。転倒でもしたか、なにか作業中に手元が狂ったか分かりませんが、傷口から想像以上の出血があり、救急車を呼んだんです」

「救急車ですって？」

「思わぬ出血があったのなら無理からぬことです。ひどく動転したのであれば、スマホを残していったのも、鍵をかけていなかったのも理解できる。連れ出されたのではなく、彼女は自分の意思で出て行った」

「はあ……、賢い人だ。私はそんなこと考えもしませんでしたよ。ですが、それは無理のある解釈です」

感心するようなため息をついた白川だが、宥(なだ)めるように言葉を続けた。

「不注意で怪我をすることはありますし、血痕はそれで説明が付くかもしれない。ですが救急車が来るまで彼女はなにもしなかったんですか」

「止血をしなかったのか、ということですよ。すぐ側にティッシュがあるのだから、まずはそれで血を押さえようとするのが普通でしょう。けれどゴミ箱を探しても、血が付いたティッシュなどは一切見つからなかった」

そう言って、まさに健吾が血を拭くのに使ったボックスティッシュを示した。

健吾はティッシュをトイレに流したことを後悔した。まさか証拠を残すまいとしたのが裏目に出るとは。

「……確かに白川さんの言う通りだ。やはり優里は連れ去られた可能性が高いということか」

「しかも、今言ったように現場に痕跡が少なすぎる。誰かが意図的に消したとしか思えないんですよ。つまり犯人には時間的かつ行動的な余裕があった。優里さんが自由に動けたのなら、こうはいかない」

「あなたが言いたいのは、つまり……」

「ご家族の前で言いにくいことですが、優里さんはすでに殺害されているのではないかと」

驚いた演技をすべきだ、という思いに反し、健吾は目の前にいる男の顔をじっと見つめた。ここで人が殺されたという言葉を、まるで報告書を読み上げるように淀みなく発する男。

おそらく彼はもっと前の段階から殺人を疑っていたのだろう。部屋を観察し、その確証を得られたからこうして切り出したとしか思えなかった。

健吾の嫌いなあの刑事もいつもそうだった。愚鈍を演じ、たまに騎手が鞭を打つように鋭い指摘を突きつけて犯人の焦りを掻きたてて、周到に張った罠に飛びこませるのだ。

まるでドラマの再現のように、白川は余裕ぶった態度で話を続ける。

「ところでお兄さん。どうしても気になっていたことがあるんです。あなたはここを訪問した時の様子をこう話していましたね。下でインターフォンを鳴らしても優里さんは出ず、仕方なく他の住人に続いてマンションに入った。部屋に着くと玄関の鍵が開いていて、中には誰もいなかった、と」

「その通りです」

「しかしおかしいんですよ。さっきまで、壁のインターフォンのモニターは光っていた。あれは訪問者があれば自動的に録画される仕組みで、住人が応対しなければああやって光るんです。録画された映像を見ると、一番新しい映像は私のものでした。昨日来た宅配便の人の映像はありませんでしたが、今朝優里さんが確認した後に消去したと考えれば矛盾はない。問題なのは、あなたが訪問した映像が残っていなかったことだ」

健吾は言い訳を口にしようとしたが、白川の追撃の方が早かった。

「このマンションにはもう一つ入り口があります。駐車場からのドアだ。でもあなたは最初会った時、私と同様に他の住人とオートロックを通ったと言った。となると絶対に映像が残っているはずなんです。わざわざ自分の訪問記録を消す理由なんてあるはずがない。これはどう説明すればいいのか」

健吾は視線が彷徨(さまよ)いそうになるのを必死で堪えた。

「どうと言われても。私はなにもしていないのだから、他の誰かが消したとしか思えない」

「なら、考えられる可能性はただ一つ。あなたがインターフォンを鳴らした時にはまだ室内に誰かがいて、あなたがこの階に上がってくるまでの間に、理由は分からないがあなたの映像を消し、部屋を去った。それも優里さんの死体を運んで！　ちょっと無茶じゃありませんか」

「そう聞くとおかしなことに思えるが、事実ですから仕方ない。それに俺はエレベーターで上がってきましたから、犯人が階段で下りたとしたらあり得ないことじゃない。死体を運ぶんだから、人目につかない階段を使うのは自然だ」

これを聞いた白川は呆れたように言った。

「お忘れですか。あなたのすぐ後に私は来たんですよ。犯人があなたと入れ違いになったのなら、階下で私と鉢合わせしていたはず。だがそんな怪しい奴はいなかった。犯人は針の穴を通すようなタイミングで出て行ったと？」

「死体を運んでいたんだから、住人と鉢合わせないよう細心の注意を払っていたんでしょう」

意見を曲げないのを見て、白川は失望したようだった。

彼を犯人だと疑っていることはもはや疑いようがない。

その健吾はと言うと、問答を繰り返している間に潮が引くように動揺は収まり、再び冷静な思考力を取り戻していた。

（取り乱すな。真相に迫られたとしても、やることは同じじゃないか）

むしろこの弁護士が刑事を気取っている間が、健吾にとって猶予になる。

確かに白川は鋭い男だ。

だがドラマと現実は違う。

（刑事っていう奴らは、自分が一方的に獲物を狩る側だと勘違いしている。犯罪という過ちを背負った者を弱者だと思いこみ、手負いの獣であることを忘れている）

白川を殺す。その方法は、さっき考えたように絞殺が最も現実的に思えた。

凶器を手に入れやすいだけでなく、不意を突けば悲鳴を上げられることも防げる。

欲を言えば、白川が優里を殺害し、その後自殺したように見せることができれば完璧だった。

だが健吾がドラマから得た知識によると、他者による絞殺と縊死では首に残る跡が違うはずだ。今はそこまで細工を弄する余裕がない。

（——いや、そうか！）

その時、逆転のアイデアが降ってきた。

優里の死体をこの部屋に残し、白川の死体だけ運び出してどこかに埋めればいい。白川が仕事で優里を訪ねていることは、彼の職場の人間が知っている。今日中に戻らなければ異変に気づくだろうし、警察に相談すれば真っ先にこのマンションが調べられる。

監視カメラには彼が訪れる様子が記録されており、室内からは優里の血痕が見つかる。警察はきっと、白川が優里を殺し、失踪したと疑うはずだ。

——いける。逃げられる。

作戦の軸が決まると、細かな詰めの工作まで驚くほどするすると湧いてくる。

白川に罪を着せるには、彼がマンションを出る様子まで監視カメラに収めなければならない。入っただけで出てこないのでは不自然だからだ。これは健吾が彼に変装して映るしかない。後ろ姿だけ映るようにすれば大丈夫なはずだ。

健吾が駐車場から入った映像もチェックされるだろうが、顔も映っていないはずだし身元が割れる可能性は低い。

もう一つ、白川の携帯電話で犯行の自白の文章を職場宛に送ることも思いついた。白川の旧式の携帯電話なら、ロック機能もない可能性が高い。

あとは優里を殺した時に使ったガラスの女神像に白川の指紋をつけて……。

健吾の考えをよそに、白川が口を開いた。

「優里さんが殺されたと考えると、もう一つ分からないことがあるんです」

「ほう、なんでしょう」

「犯人が死体を運んだ方法ですよ。まさかそのまま抱えて出たはずもない。かと言って、ここで解体したのなら異臭が残っているはずです」

「シーツに包むとか、うまい誤魔化し方があったんじゃないですか」

「ええ、ありますとも」

そう言って彼はクローゼットの前にあるものを指した。

「この部屋には死体を運ぶのにうってつけのものがあった。旅行用のスーツケースです。小柄な優里さんならばそのサイズでも収まるし、人に見られても疑われる心配はない。これ以上死体の運搬に適した手段はないはずです。なのに犯人はスーツケースを使わず、ここに残していった。ということは？」

健吾が答えないのを見て、自分で後を続ける。

「死体は持ち出されておらず——まだ部屋の中にあるんじゃないでしょうか」

追及を躱すのも限界だ、と健吾は覚悟を決めた。これ以上だらだらと会話を引き延ばしては、なにか仕組んでいると勘づかれてしまう。

一瞬でいいから、白川の気を逸らしたかった。その隙に健吾は自分のベルトを引き抜き、後ろから彼の首を絞めるのだ。

——あなたには無理よ。

優里の溜め息が聞こえる。

——駄目だなあ、お前は。

担任が嘲笑う声が聞こえる。

（いいや、俺はやる）

これは健吾を縛り付けてきた、すべての呪いと決別するための勝負だった。

やる。やってみせる。

健吾は白川を欺くため、嘘を見抜かれて勝負を投げだしたかのように、項垂れて力ない声を出す。

「白川さん、もういいでしょう。俺は疲れました。疑わしいと思うのなら、自分の目でそのスーツケースを確認したらどうですか」

そう提案されるとは思っていなかったのか、白川は少し意外そうな顔をしたが、頷いてスーツケースに近寄った。

（まだだ、ケースを開けるまで……）

彼の背後に立った健吾は静かにベルトを緩める。

――と。

ピリリリ。ピリリリ。

聞き覚えのない高い電子音が鳴り響き、白川も健吾も動きを止めた。

その音は、健吾の右隣にあるクローゼットの中で鳴っている。

近寄ってみたが、音は扉の開いている右側ではなく、閉じたままの左側の下方から聞こえてくるらしかった。

扉を開けると、音の発信源が見つかった。

見覚えのある、折りたたみ携帯電話がある。白川のものだ。

けれど健吾の目を釘付けにしたのは電話ではなく、その下にある、布団用圧縮袋の中身だ。

知らない、女だった。

その瞬間、背後からコートの襟元に腕が回され、コートを腕の辺りまでずり下ろされた。

同時に細長く硬い革――おそらくベルトだ――が喉に巻きつけられ、健吾は後ろにのけ反る体勢になる。

声が出せない。抵抗しようにも、ずり下ろされたコートが両腕の自由を奪っているのだ。

「すみませんなあ、ケンゴさん」

腰を支点に、白川に背負われている形だった。

「地蔵背負いと言いましてね。この姿勢で相手の首を絞めると、ちょうど首吊りに似た索条痕ができるんです」

想像以上のスピードで健吾の視界が狭まり、天井がぼやける。今にも手放してしまいそうな意識の中で、思考の断片が流星のようにチカチカと瞬いた。

――俺がリビングを離れている間に、白川が携帯電話をここに置いたのだ。

――この死体を見せるために。

――この女は、俺が来るよりも先に殺されていたんだ。優里と白川に。

白川がテーブルクロスとクッションに付いた血痕を見つけた時、もっと疑うべきだったと後悔した。やはりあれは健吾の見落としではなかった。

なら、あの血痕はどうやって現れたのか。

血痕が、リモコンの下と、クッションの裏側にあったのだ。

女を殺害した後、優里と白川も痕跡を消すために掃除をしたのだろう。だから部屋に来た時、フローリングワイパーのバラの香りがしたのだ。しかしテーブルクロスについた血は拭き取れなかったため、上にリモコンを置き、同じく血のついたクッションは裏返していた。

当然、健吾はそんな場所に優里の血が付くとは思わないから、探さなかった。それを白川が表に出しただけのこと。

耳に届く白川の声が、だんだん遠くなっていくように感じた。

「恥ずかしながら私も優里に入れ込んでいた男の一人でね。前に言ったように、優里はしょっちゅう異性関係のトラブルを起こすんですよ。今日もよりによって私がいる時に他の男の恋人が乗りこんできて、諍い（いさか）の末に殺してしまうことになるなんて。私はすぐに死体を遺棄する算段を立てた。ところが困ったことに、その女は体が大きくてスーツケースに入らなかったんですよ」

空のスーツケースが放り出されていた理由を、健吾はもっと考えておくべきだった。加えて、それがどこから取り出されたのかも。

クローゼットに仕舞っていたのなら、取り出した分、スペースがなければおかしい。しかし扉が開いた側の空間は物で一杯だったではないか。反対側の、スーツケースを取り出した空間に女の死体を押し込め、見えないように扉を閉めていたのだ。

エアコンが止まっていたのもそう。奇しくも健吾の考えと同じ、死体の傷みを抑えるためだった。

三和土のあちこちを向いた靴も、よく考えれば不自然だ。優里が几帳面な性格なら外を向いて、ずぼらな性格なら内側を向いて脱いでいるはず。向きがバラバラなのは、複数の人間が脱いだ靴だったから。

「私は優里を残し、新たなスーツケースや車の手配をしに外に出た。しかし戻ってみると優里がインターフォンに出ず、あなたが部屋にいた。いったい何事かと思いましたよ」

白川はあの時すでに、優里の身になにかが起きたと気づいていたのだ。

勘違いしていたのは健吾の方だった。白川は刑事を気取っていたのではない。殺人者として、邪魔な標的の隙をずっと窺っていた。

「あなたを殺せば死体は三つになる。さすがにそれを隠蔽（いんぺい）するのは無理だ。だから私は、あなたに罪を被ってもらうことにした。優里を殺した凶器が分からず困りましたが、女神像の向きが今朝と微妙に変わっていたのはラッキーでした。ああ、ちなみに私たちが使った凶器はその死体と一緒に隠しています」

健吾を縊死に偽装し、すべての凶器に彼の指紋を残すことで、女性二人を殺害後に自殺したように見せる。

そうして白川は、優里に電話で助けを求められ、駆けつけた時にはこの状態だったと警察に説明するのだろう。

くそ、くそ、くそ——！

白濁した意識の中、健吾はひたすらに怨嗟（えんさ）の声を上げた。

ようやくあの女から解放されたのに。これから人生が好転してゆくはずだったのに。

どうして俺だけが、こんな目に……。

健吾の耳に最後の白川の呟きが届く。

「自分でも不思議なんですがね。あなたに優里が殺されたと分かった瞬間、彼女に対する愛情が綺麗さっぱり消え去って、頭が冴え渡ったんです。今となっちゃ、どうしてあそこまで彼女に夢中だったのか分からない」

そう言って白川は三つ目の死体を背負いながら、清々（すがすが）しい笑みを浮かべた。

「ああ——解放された気分だ。これからすべてがうまくいくような気がする」

転んでもただでは起きないふわ玉豆苗スープ事件

結城真一郎

Message From Author

今、このページを開いているほとんどの方が「ふざけたタイトルだ」と眉を顰（ひそ）め、「そうやって読者の気を惹こうという魂胆が透けて見えるわい」と鼻を鳴らしていることでしょう。初めまして、あるいはお久しぶりです。結城真一郎と申します。

本作は、雑誌「小説すばる」で不定期連載中の「ゴーストレストラン」シリーズ、その第一話にあたるお話です。いちおうコース料理という立て付けになっておりますが、単品でも問題なく味わっていただけるはずなので、ぜひ一度、この機会にご賞味いただければ幸いです。皆さまのお口に合うことを願っています。

この度は栄えある『本格王2023』に選出いただき、ありがとうございました。

結城真一郎（ゆうき・しんいちろう）
1991年、神奈川県生まれ。東京大学卒。2018年『名もなき星の哀歌』で新潮ミステリー大賞を受賞し、翌19年デビュー。21年「＃拡散希望」で日本推理作家協会賞短編部門を受賞。同作収録の『＃真相をお話しします』が22年のミステリーランキングを席巻、23年の本屋大賞にもノミネートされた。他の著書に『プロジェクト・インソムニア』『救国ゲーム』。

目深に被っていたキャップのつばを少し上げると、眼前のアパートを振り仰ぐ。

十二月某日、時刻は深夜零時すぎ。

二階の角部屋――二〇四号室から上がった火の手は、刻一刻と建物全体に広がろうとしていた。轟々と唸る火柱、夜空めがけて立ち昇る黒煙。時折バチバチ、ガラガラという崩落音が響き、少し離れたこの場所まで熱気が押し寄せてくる。

「ざまあみろ」

聞こえよがしに呟くと、すぐ近くで息を呑む気配がした。見ると、野次馬の一人がこちらを凝視している。寝間着にダウンジャケット、頭にはヘアカーラーをつけたまま。近所の主婦だろう。火の手に気付き、慌てて玄関から飛び出してきたのだ。

「ざまあみろ」

もう一度言い、女の視線を振り払うように歩みを進める。といっても、この場を立ち去るわけではない。燃え上がるアパートに向かって、だ。

「ちょっと、なにするつもり!?」

女の金切り声と、それをきっかけに巻き起こったどよめきを背中に聞きながら、外階段を上っていく。踏み外さぬよう慎重に。されど、見せつけるべく堂々と。カン、カン、カン、という乾いた音が小気味よい。

「危ないわよ！　戻ってらっしゃい！」

二階まで到着すると、そのまま右手に曲がり外廊下へ。これでもう観衆からは見えやしない。自分の姿も、これからすることも、何もかも。

目指すべき二〇四号室は目と鼻の先だ。

再びバチバチ、ガラガラという崩落音。

熱い、目が痛い、喉が痛い、息が苦しい。

でも。

大量の煙を吸い込んだ胸は、それを遥かに上回る充足感でいっぱいだった。

1

「焼死体です」

僕がそう口にした瞬間、男の背中がピクリと反応を示した。ここまでは本当に聞いているのだろうかと不安になるほど微動だにしなかったのだが、ようやく興味のアンテナに引っ掛かってくれたようだ。

「焼け跡から、焼死体が出てきたんです」

　ダメ押しのようにもう一度言いながら、そこはかとない可笑(おか)しさが込み上げてくる。まったく、なにやってんだか。もし仮に僕が探偵事務所の助手で、目の前の男がその事務所の主だとすれば、特に違和感もないのだけれど。

　苦笑を噛み殺しつつ、辺りを見回す。

　向かって右手に男の後ろ姿、左手奥の壁際には縦型の巨大な業務用冷凍・冷蔵庫、正面には四口コンロ・巨大な鉄板・二槽シンク・コールドテーブルなどが並ぶ広大な調理スペース、天井には飲食店の厨房などによくあるご立派な排煙・排気ダクト。

　そう、ここはレストランなのだ。それも、ちょっとばかし……いや、そうとう変わり種で、もしかするとかなりグレーな商法の。

　そして、僕はというと、ビーバーイーツの配達員としてこの〝店〟に頻繁に出入りする、ただのしがない大学生だ。

　棚の上の金魚鉢を眺めるべく丸めていた背中を起こしながら、男は――白いコック帽に白いコック服、紺のチノパンという出で立ちのこの〝店〟のオーナーは、ゆっくりとこちらを振り返った。

「それは、いささか妙だね」耳に心地よい澄み切った声で言い、そのまま歩み寄ってくると、僕の対面(トイメン)に腰を下ろす。

「話を続けて」

「はい」頷きつつ、視線は目の前の男へ釘付けになる。

ダークブラウンの流れるようなミディアムヘアーにきりっと聡明そうな眉、アンニュイな雰囲気を漂わせる切れ長の目。まっすぐ通った鼻筋しかり、シャープな顎のラインしかり、不自然なまでに完璧すぎるその造形からは、どこか人工的な匂いがしてくるほど。実はここだけの話、彼はよくできた蠟人形でして……と説明されたら「やはりか」と納得してしまうだろう。中でも異彩を放っているのはその瞳だった。無機質で無感情。すべてを見透かすようでありながら、こちらからは何の感情も窺い知ることができない。言うなれば、天然のマジックミラーだ。

そのマジックミラーが僕を見据えている。

話の続きを、と静かに促してくる。

「実は、その焼死体の身元が大問題なんです」

事故の概要はこうだ。

いまから五日前、時刻は深夜零時過ぎ。京王井の頭線・東松原駅から徒歩十分のところにある木造アパート『メゾン・ド・カーム』の二階の一室から火の手が上がった。

出火の原因はこの部屋に住む大学生・梶原涼馬の煙草の火の不始末で、その日の晩、一人で晩酌を終えた彼はいつも通り寝支度を整え、床に就いたとのこと。しかし、その際ゴミ箱に放り込んだ最後の一服が完全に消えておらず、そこから炎上。ふと目を覚ましたときには、既に部屋中火の海だったという。

しばし奮闘してみたものの、自力での消火は不可能だと悟った彼はそのまま部屋を飛び出し、アパートの住民を起こして回ることにした。まずは自分と同じ二階、次いで一階と順番に。鍵のかかっていない部屋には問答無用で押し入り、締まっている部屋は住民が気付くまで外からドアを叩き続けた。その迅速な対応もあってか、幸いにもアパートの住民は全員が無事だったが、なんと焼け跡から——それも梶原涼馬の部屋から、焼死体が見つかったというのだ。

「諸見里優月(もろみざとゆづき)という女子大生で、梶原涼馬の元交際相手とのことです」

そう告げると、予想通り、オーナーは「はん」と鼻を鳴らした。

「確認。その日の晩、梶原涼馬は『一人で晩酌していた』と証言しているんだよね？」

「はい」

「だとしたら、その証言が虚偽——実際はその日、彼は元交際相手である諸見里優月と部屋にいた。以上では？」

たしかに、これを聞かされたときは僕もそう思った。なぁんだ、それだけの話か、といささか拍子抜けもしたくらいだ。なぜ彼女が焼死体となったのか——ただ単に逃げそびれたのか、それとも逃げられないような状況だったのか、その辺りの事情はよくわからないけれど、彼女が梶原涼馬の元交際相手だったのだとすれば、その場に居合わせたこと自体は不自然でもなんでもない。

「ところが、話はこれで終わらないんです」

「ほう」とオーナーの片眉が上がる。

「近隣住民の大勢が『アパートに入っていく女を見た』と証言しているそうで」

中でも特筆に値するのは、アパートの向かいに住む主婦の証言だろう。

その日の晩、火の手に気付いた彼女は寝間着のまま玄関を飛び出し、家の前の道から様子を窺っていたという。住民は無事かしらという心からの気遣い半分、マイホームに飛び火したらどうしようというやや自分本位な懸念半分で。

「すると、どこからともなく女が現れ、アパートの敷地に入っていったんだとか」

危ないわよ！　戻ってらっしゃい！　そう声をかけたが女は聞く耳を持たず、そのまま外階段を上っていき、外廊下へ姿を消した。

「しかも、敷地に入っていく直前、その女はこう呟いたそうです」

いい、ざまあみろ、と。

「なるほど」そのまま天井を仰ぎ、オーナーは瞼（まぶた）を閉じる。

十秒、二十秒と時が過ぎ、やがて彼は「ちなみに」と口を開いた。

「それは、いつのこと？」

「はい？」意味がわからず首を傾げる。

「時系列。女がアパートに入っていったのは、梶原涼馬が住民を救出する前なのか、それとも後なのか」

「えーっと」記憶を辿る。「前ですね」

その主婦の証言には続きがあった。

女がアパートに入ってから間もなく、二階の住民と思しき面々が順番に外階段を駆け下りてきた。そして、最後に現れたのがパンツ一丁の梶原涼馬だった、と。

そう補足すると、彼はもう一度「なるほど」と言い、やおら席を立った。

「え、もうわかったんですか？」

「あくまで推測だけど。問題は――」

それを如何に証明できるかだけ。

瞬間、ぴろりん、と調理スペースに置かれたタブレット端末が鳴る。

「あっ」と僕が目を向けたときには既に、彼は端末のほうへと向かっていた。

「注文ですか？」

「そのようだね」

「メニューは？」

「例のアレだよ」

〝例のアレ〟――すなわち、ナッツ盛り合わせ、雑煮、トムヤムクン、きな粉餅。通常では考えられない、地獄のような食べ合わせとしか言いようがないものの、だからこそ、これらのメニューをあえて注文する客には一つの共通点がある。

調理スペースに立つと、オーナーは淡々とコック帽をかぶり直した。

「さて、またどこかの誰かさんがお困りのようだ」

2

信号が赤に変わったのでブレーキレバーを握り、シェアサイクルを停(と)める。

キィーという甲高いブレーキの悲鳴は、走り始めた車の騒音に掻き消された。

それにしても、いくらなんでも寒すぎる。今年いちばんの冷え込みというのは、どうやら嘘じゃないみたいだ。完全防寒のサイクルジャージを着ているとはいえ、この街特有の素っ気なさを纏(まと)った冬の冷気は、貧乏学生相手にも決して容赦などしてくれない。吐く息の白さと刺すような顔の痛み、感覚のない手足がそれを物語っている。

右足を路面についてバランスを取りつつ、サイクルヘルメットのあご紐を締め直す。ガサガサとジャージが擦れ、やたらと前歯の大きいコミカルなビーバーが描かれた空っぽの配達バッグが背中でゆらりと揺れた。

かじかむ手でスマホを取り出し、時刻を確認する。

二十三時五十分。〝店〟を出たのがつい五分ほど前のこと。新たな注文が入ったので僕の〝案件〟はいったん棚上げとなり、居座られても邪魔だとかなんとか言って追い出された形だ。いまごろ、どこぞの配達員が〝例のアレ〟を受け取るべく〝店〟に向かっていることだろう。うーん、羨ましい。けど、誰か受注できるかはアプリのアルゴリズム次第なので仕方がない。明日以降やるべき〝宿題〟も仰せつかっていることだし、今日はもう店じまい。さっさと帰って寝ることにしよう。

夜の六本木交差点は、いつもと変わらぬ騒がしさだった。

肩を組み大声を張り上げるスーツの野郎ども、足早に地下鉄の駅へと吸い込まれていく華やかな女たち、輪になって目配せを交わしつつこの後の展開を模索する男女の集団、こんな真冬なのに半袖半ズボンで巨大なリュックを背負った外国人観光客の御一行。頭上を走る首都高からは絶え間なく往来の音が轟き、右手には飛び石のようにオフィスの明かりが煌めく六本木ヒルズが聳え、眠らぬ街を静かに見下ろしている。

溢れんばかりの熱気と、渦巻く欲望と、ある種の無常観。

官能的で、享楽的で、刹那的。

東京、六本木。

その甘美な響きに漠然と惹かれていたのは事実だし、そこの空気を吸えば自分も何か特別な存在になれる気がしていたのだが、いざこうして生活圏になってみると、なんてことはない普通の街だと思う。むろん、裏通りで黒人の大男が血まみれになって殴り合ったとか、クラブのＶＩＰルームで鉄パイプが振り回されるような乱闘騒ぎが勃発したとか、そんな噂を耳にすることもあるけれど、こうしてビーバーイーツの配達員として走り回っている限り、それらはどこか〃並行世界〃で起こっている珍事にすぎなかった。

当たり前だ。

ありふれた自分の身に降りかかるのは、ありふれたことばかり。三日連続で道すがら黒猫を見かけたとか、改札を通るとき前の人のＰＡＳＭＯの残額がぴったり七百七十七円だったとか、配達の途中で東京タワーが消灯する瞬間をたまたま目にしたとか、僕が日常で出くわすイベントなんてせいぜいその程度。ドラマチックで、ファンタスティックで、手に汗握るような〃事件〃など起こるはずがないのだ。

信号が青になる。

ペダルに足を乗せると、緩慢に動き出す人波に合わせ、ゆっくりと漕ぎ出す。

そんな〃平凡な街〃の片隅に一風変わったレストランがあると知ったのは、いまから半年前――ビーバーイーツの配達員を始めて一年が経過した頃のこと。

配達員を始めた理由は、気楽だから。ただそれだけだ。誰の顔色を窺うでもなく、好きなときに好きなだけ働けばいい。加えて、身体を動かすのは苦じゃないし、戦略的に取り組めば月に二桁万円以上稼ぐことも可能。となれば、親の反対を押し切って無理やり大学の近くで一人暮らしを始め、その代償として学費以外の援助はすべて絶たれ、明日を生きるために稼がねばならない身としては、やらない理由などなかった。

――お金を出すのは簡単だが、それじゃあお前のためにならない。

――したいのなら、自力でなんとかしろ。

ケチだなと思ったのは事実だ。たった一度きりの大学生活なのに、子どもをバイト漬けにするつもりか、と。でも、もしバイト漬けじゃなかったとしたら、これまで通り友達の家で酒浸りの副流煙まみれの麻雀漬けになるだけ。どうせ同じ漬物なら、前者のほうが歯ごたえもあって、健康にもよさそうに思えた。

そうして半年前のある晩、時を同じくしてビーバーが二十四時間対応となり、しかも夜中の配達は日中のそれより格段に報酬が高かったため、期待に胸躍らせながら夜の六本木を流していたら、折よくオーダーが入ったのだ。

『タイ料理専門店　ワットポー』――見たことも聞いたこともない店名だったが、別に界隈の飲食店を網羅的に把握しているわけではない。もちろん二つ返事で受注し、アプリに指示された住所まで行ってみると、待ち受けていたのは何の変哲もない雑居ビル、そして奇妙な立て看板だった。

『配達員のみなさま　以下のお店は、すべてこちらの3Fまでお越しください』

そこに並んだ夥しい店名の数々——『元祖串カツ　かつかわ』『カレー専門店　コリアンダー』『本格中華　珍満菜家』『餃子の飛車角』などなど。その数、優に三十を超えようか。

お目当ての『ワットポー』とやらもそこに記されていたので、不審に思いつつも指示通りエレベーターで三階へ。

扉が開き、リノリウムの廊下へ恐る恐る一歩を踏み出す。頭上の蛍光灯はチカチカと明滅を繰り返し、そのせいかやたらと薄暗い。

雰囲気的に、とても飲食店があるようには——ましてや三十店舗以上が軒を連ねているとはとうてい思えなかったが、エレベーターを降りてすぐの壁に『配達員の方はこちらへ←』という張り紙を見つける。そしてその矢印が示す先には、すりガラス越しにぼんやりと明かりが漏れる一枚のドアが、たしかに存在していたのだ。

ドアノブを捻(ひね)り、おっかなびっくり足を踏み入れる。

扉の先に広がっていたのは、ごく普通のレンタルキッチン——料理教室やパーティー、テイクアウト専門店などに活用される貸スタジオだった。

入ってすぐのところに申し訳程度の椅子とテーブルが置かれ、その向こうには広々とした調理スペース、左手の奥には業務用の冷凍・冷蔵庫、右手には金魚鉢が載った棚。そして、調理スペースに立ちトントントンと何かを刻む男が一人。白いコック帽に白いコック服、紺のチノパン。他に従業員らしき人影はない。彼一人で回しているのだろう。

なるほどね、とすぐに理解した。

前に、ネットニュースか何かで読んだことがある。

ここは、いわゆる〝ゴーストレストラン〟――客席を持たず、デリバリーのみで料理を提供する飲食店なのだ。アプリ上には様々な店名があたかも別個の店であるかのように掲載されているが、実際はすべて同一の調理場で作られたもの。いままさに男が作っている料理も、数ある店名の中のどれか一軒のメニューなのだろう。そうやって出店コストや人件費を削減しつつ、各店名に「元祖」や「専門店」といった文言を冠することで、利用者の〝優良誤認〟を狙おうというわけだ。現に、僕が受けた注文にも『タイ料理専門店』と書かれていたではないか。

そんなことを考えていると、フライパンに具材を放り込んだ男がつと顔を向けてきた。

――きみ、新顔だね。

それはもう、息を呑むような美青年だった。どこが、とかではない。全部だ。顔の造形も、発する声も、その佇まいも、すべてが完璧で調和がとれているのだ。年齢はまるで見当がつかず、同世代――なんなら歳下と言われても納得がいくほどに純白の肌は透明かつ滑らかだが、そのいっぽうで、ひと回り以上歳上と言われても頷けるような、そんな落ち着きというか、そこはかとない静謐さもある。

それはさておき、〝新顔〟とはどういうことだろう。初めて来たという意味では間違っていないが、逐一配達員の顔を覚えているとでもいうのか。

――注文の品ならできてるから。

見ると、すぐ目の前のテーブルの上に白色無地のポリ袋が一つ、ちょこんと載っていた。これに違いない。というわけでいつも通り配達バッグに格納し、あざしたー、とその場を後にしようとした瞬間だった。

――あと、お願いがあるんだけど。

じゅわぁぁと湯気を上げるフライパンを放置し、つかつかと歩み寄ってくる男――なんとも香ばしい、にんにくの香りが漂ってくる。この時間に嗅ぐこの匂いは、ほとんど犯罪的と言っていい。

――これを、いまから言う住所までついでに届けて欲しいんだよね。

差し出されたのは、ごく普通のUSBメモリだった。当然ながら首を傾げていると、男は続けて信じられないことを口にしてみせる。

――報酬は、即金で一、万、円。

――あ、もちろん受領証をもらってここに戻ってきたら、だけど。

なんだそれは！　そんな美味しい話があっていいのか！

ただでさえ嘘みたいな見てくれの男が持ち掛けてきた、これまた嘘みたいな儲け話。

――どうだい？　やってくれるかな？

胡散臭いけれど、正直言ってかなり魅力的だった。

なんてったって、こちらは貧乏学生――明日を生き延びるために必死こいてギグワークに明け暮れる身なのだ。そこへ急に、飛んで火にいる福沢諭吉お一人様ときた。

――ちなみに、この話は絶対口外しないように。

――もし口外したら……。

い、い、い、い、命はないと思って。

それだけ言うと踵を返し、男はネグレクトしていたフライパンの下へ帰っていく。

そんなバカなと内心笑ってしまったが、顔には出さないし、出せなかった。こちらを見据える二つの瞳があまりに冷たく、ただの〝虚空〟と化していたから。

とはいえ、こんな美味しい話を誰かに教えるわけがない。

それは、僕の退屈な日常に紛れ込んできた初めての〝事件〟だった。

以来、僕はこの〝店〟にどっぷり浸かるようになった。

オープンと同時に周辺をチャリで流し、なるべくこの〝店〟絡みの案件を受注できるようにする。ビーバーに注文が入った際、それを提供する飲食店の近くにいる配達員へ優先的にオファーがなされるからだ。

〝店〟が開いているのは二十二時から翌朝五時までの七時間。飲食店としては前代未聞すぎる営業スタイルだが、とにかくその時間になったら周辺をうろうろし、オーダーが入り次第すかさず受注する。その足で〝店〟に駆け付け、商品を受け取る。すると、かなりの頻度で〝追加ミッション〟が課される。これをどこどこまで届けて欲しい。どこどこまで行って物を受け取ってきて欲しい。その〝お使い〟をこなすだけで即払い一万円。はっきり言ってうはうはだ。こんな景気のいいことをしていて商売が成り立つのかとむしろ不安になる。というか、そもそも僕は何を運ばされているんだ？　もしや、ヤクや何かの運び屋として利用されているんじゃ——なんて一瞬疑ってみたこともあったが、この疑問も〝店〟の仕組みを知る中で解決した。

その仕組みというのは、次の通りだ。

基本的には通常のテイクアウト専門店と同様、注文が入ったらすぐにそれを作り、配達員が客先に届ける。ただ、それだけ。

変わっているのは、特定の商品群をオーダーすることが〝店〟に対する〝ある依頼〟の意思表示となること。その一つが、先の「ナッツ盛り合わせ、雑煮、トムヤムクン、きな粉餅」という地獄の組み合わせだった。

これらの四品が意味するのは〝謎解き〟――つまり、探偵業務の依頼になるわけだ。このオーダーが入ると、注文者の下へ届けた配達員には「その場で相談内容を聴取してくる」という〝追加ミッション〟が課される。報酬は即払い三万円。〝お使い〟よりも難度は高く手間もかかるので、まあ妥当な額だろう。そうして根掘り葉掘り聞き終えたら、すぐさま〝店〟へとんぼ返りし、内容を報告する。と、あら不思議。オーナーが鮮やかに解決へと導いてしまうのだ。めでたし、めでたし。

とはいえ、その日の聴取事項だけで万事解決するのは稀なので、追加で〝宿題〟が出ることもある。その場合、同じ配達員がそれを引き受け、いわば〝専任〟としてその案件に携わり続けるのが通例だ。もちろんこの〝宿題〟だってきちんと報酬が出るし、その額は〝お使い〟の数倍以上。フレキシブルな働き方が売りのギグワーカーを長時間拘束することになるため、多少なりとも色を付けてくれているのだろう。

こうなってくると、わざと〝宿題〟を課されるために前段の相談内容聴取を杜撰(ずさん)にするやつも出てきそうだが、少なくとも僕はそんなことしようとは思わない。そんな危ない橋は渡れっこない。というのも、顔見知りになった常連配達員の一人からこんな噂を耳にしたからだ。

――ここだけの話、前にそれをやったやつがいてね。

――あるときから、ぱったり姿を消したんだ。

――消したというか、消されたのかも。

もちろん、転居などにより縄張りが変わっただけかもしれない。どこかの企業に就職して配達員から足を洗った可能性もある。というか、普通に考えればそういった理由によるものだろう。が、もしそうじゃなかったら？　あの日のオーナーの〝洞のような目〟を思い出すにつけ、あながちありえない話でもない気がしてならなかった。

それはさておき、過去に一度だけ「どうしてこんな回りくどいことを？」とオーナー本人に尋ねたことがあるのだが、

――外注できる部分は外注する。コストダウン。当たり前でしょ。

とのこと。

配達員に〝お使い〟やら〝宿題〟やら毎度ウン万円も払うことがコストダウンに繋がるのかはよくわからないが、そのぶん多くの案件をこなせればトータルではプラスという判断なのだろう。ビーバーイーツならぬ、ビーバーディテクティブ。ついに探

偵業務の一端をもギグワーカーが担う時代が来たかと思うと、なかなか趣深いものがある。オーナー曰く「言っておくが、俺は〝探偵〟じゃなく、あくまでただの〝シェフ〟だ」とのことだったが、それを真に受けるほど僕もバカじゃない。

ちなみに、偶然にも例のメニューを頼んでしまった客がいたらどうするのか。これについては明確な回答が一つある。そんなやつはいない。以上。なぜって、四品とも見かけ上は異なる飲食店の商品だし、それぞれ単品で二万五千円——つまり、この四つを同時に注文すると代金は十万円になるため、これによって発動する〝隠しコマンド〟を知らなければ、酔狂な億万長者でもない限り、間違ってもオーダーするはずがないのだ。

ついでに言えば、数ある配達サービスの中で「一回の注文で複数のレストランから注文することができる」のはビーバーだけなので、事実上、ビーバーでしかこの依頼はできないことになる。その意味でも限りなくニッチで、アンビリーバブルな隙間産業と言えるだろう。

いずれにせよ、これこそが〝店〟の真の姿であり、僕が何度も秘密裏に遂行してきた例の〝お使い〟は、依頼者に報告資料を届けたり、追加資料を貰いに行ったり、そうした真っ当な目的があってのものだったわけだ。

〝ゴーストレストラン兼探偵屋〟——多角経営、ここに極まれり。

3

再び赤信号に捕まり、シェアサイクルを停める。

それにしても、と僕は配達バッグを担ぎ直す。

今回の案件は、なかなかに骨があると言わざるを得なかった。

オーダーが入ったのは本日二十二時すぎ、〝店〟の開店とほぼ同時だった。

いつも通り受注し、注文主の下へ。配達先は、六本木の外れに佇む高級マンション『クレセント六本木』一〇一一号室。六本木通りを溜池山王方面へひた走り、大通りから一本入ると突如現れる比較的閑静な住宅街の一画に、お目当ての物件は建っていた。

――お待ちしていました。梶原です。

玄関に現れたのは、物柔らかな紳士然とした男だった。

歳の頃は、およそ四十から五十といったところ。長身痩軀で眉目秀麗。いまは上下とも緩いスウェット姿だが、それすら「オフモードのIT系カリスマ社長」みたいで様になっている。こざっぱりした短髪に縁なし眼鏡、その奥の鋭い双眸と、これでスーツなんか着た日にはどう見てもインテリヤクザだが、言葉遣いや所作は丁寧かつ洗練されており、第一印象はすこぶる良かった。

あの、これ、と形ばかりに注文の品々が入ったポリ袋を差し出す。

それを一瞥した梶原さんは、「ああ」と苦笑いを浮かべた。

——基本、夜は炭水化物を取らないようにしているんですけど。

これを注文するのがルールなので仕方ありません——と続いたわけではないが、そういう意味だろう。それなら別に無理して食べなくてもとは思ったが、たしかに捨ててしまうのは忍びない。食品ロスへのささやかな配慮、小市民にもできるＳＤＧｓだ。

——どうぞ、大したおもてなしはできませんが。

そう促され、配達バッグを小脇に抱えたまま玄関扉をくぐる。事情を知らない人が見たら「え、最近のビーバーは家に上がり込んで配膳・食事の介助までしてくれるようになったのか？」となりかねない場面だが、幸いマンションの内廊下に人影はなかった。

通されたのは、ごく普通の１ＬＤＫだった。白い天井に、白い壁、白い床。整然と並んだダークブラウンの家具たち。統一感があり、シックで落ち着いた雰囲気だ。物の少なさからして、おそらく一人暮らしだろう。そのうえ、どこからともなく良い香りがする。ハーブというかスパイスというか、とにかくそんな感じの。なんにせよ、暮らし向きは悪くなさそうだ。

——風の噂で、なにやら面白い店があると耳にしまして。

ダイニングテーブルの椅子を引きながら、梶原さんはぎこちない笑みを寄越す。

たしかに、人伝に聞く以外でこの〝店〟の存在を知る方法はない。どこにも広告など出ていないのだから当然だ。しかし、存在を知ったからといって「じゃ、物は試しに」くらいのお茶目なノリで注文できるものでもない。四品で計十万円——いわゆる〝着手金〟だが、それを惜しまぬほどの〝問題〟を抱えているのは確実だろう。

事実、向かい合う形でダイニングテーブルに着くと、梶原さんはこう口火を切った。

——相談というのは、息子の件なんです。

差し出される二枚の写真——構図はどちらも同じだった。眼鏡の少年を挟むようにして立つ小奇麗な男女。場所は校門の前で、背後では桜が咲き乱れ、三人のすぐ脇にはそれぞれ「入学式」と書かれた大きな立て看板が立っている。僕から見て右の写真が小学校、左が中学校のものだ。

写真の男はもちろんスーツ姿の梶原さんなわけだが……これはどう見てもインテリヤクザです、本当にありがとうございました。いっぽう、女性のほうはベージュのジャケットに同じくベージュのワイドパンツを合わせた、クールで知的な洋風美人。うん、お似合いだ。お似合いすぎて、ちょっと嫌味な感じもする。

写真の少年は、見るからに利発そうだった。顔の輪郭がへこむほどに度が強めの黒縁眼鏡しかり、その奥の意志の強そうな瞳しかり、ニヒルに歪んだ口元しかり、迷いなく伸びた背筋しかり。シャッターが切られる一瞬とはいえ、この年頃でこんな佇まいを見せられる男子はそう多くない気がする。さらさらの黒髪は耳が隠れるくらいに長いし、全体的に色白で、線も細く、ぱっと見だと女の子と勘違いしてしまいそうだ。

――手元にあるのは、この二枚だけなんです。

思いがけない言葉に、えっ、と写真から顔をあげる。

――実は、六年ほど前に離婚していまして。

そう言って、肩をすくめてみせる梶原さん。なるほど、だからいまはここで一人暮らしをしているわけか。たぶん、僕が「ご家族は今夜どこに？」と疑問に思うことを見越して先回りしてくれたのだろう。離婚事由については、あえて訊くまい。もし必要なら勝手に話してくれるはず……と思っていたら、早速その話題になる。

――恥ずかしながら、リストラにあいましてね。

そうして食い扶持を失った彼は自暴自棄になり、酒やギャンブルに溺れるようになってしまったらしい。愛想を尽かした妻は息子を連れて出て行き、まもなく送られてきたのは離婚届——それに判を押し、当時住んでいた横浜の賃貸マンションを引き払い、いまはここ六本木で一人住まいなのだという。

——すみません、余計な話でした。

いえいえと頭を下げながら、あらためて室内を見回してみる。やはり暮らし向きは悪くない。それに、腐ってもここは東京・六本木。やや端に位置しているとはいえ、家賃だってそれなりだろう。一度そこまで落ちぶれたのに、よく持ち直したものだ。

そうやって思いを巡らせる僕をよそに、梶原さんの話はいよいよ核心へと迫っていく。

——親権は妻にあり、めったに会うことはないんですが。

先日、ひょんなことから知ったのだという。息子の——梶原涼馬のアパートが全焼したと。

そこから語られた経緯は、僕がオーナーに報告した通り。

ひとしきり説明を終えた梶原さんは、なにやら声を潜めると、探るような上目遣いを寄越した。

——いちおう、現時点ではただの〝失火〟となっていますが。

おそらく警察は他のセンも——もしかしたら〝殺人〟の可能性すら疑っているかもしれない。なぜって、失火させた張本人の元交際相手が遺体となって焼け跡から出てきたのだ。むしろ、事件性を疑うのが当然だろう。例えば……そう、痴情のもつれとか。僕の貧弱な想像力では、それくらいが限界だけど。

とはいえ、例の〝アパートへ突入した女〟という謎もある。これがもし事実なら――というか、それだけ目撃者がいるのなら事実なのだろうが、そうだとしたら、奇妙奇天烈な〝自殺〟というセンも否定できまい。動機は見当もつかないけれど、でなければなぜ、自ら燃え盛る炎の中に飛び込むような真似をする必要があるというのだ。

――ですから、ぜひとも突き止めていただきたいんです。

これは不幸な事故なのか、はたまたなんらかの事件なのか。

――警察よりも先に。

そう言って再度上目遣いを寄越す梶原さんだったが、その瞳の奥に、一瞬だけ粘着質な光が宿ったのを僕は見逃さなかった。

――そうすれば、なんらかの対策を打てるかもしれないから。

いいいや、なんらかの対策――仮に息子が犯罪行為に手を染めていたとしたら、なんらかの隠蔽工作を施すつもりなのだろうか。先の妖しげな〝光〟をそのように解釈してしまうのは、さすがに捻くれすぎだろうか。

――お願いします、愛する息子のために。

わからない。というか、それは僕が考えるべきことじゃない。

なんせ、僕はただの〝運び屋〟だ。こんな夜中に大盛りはよした方がいいのではと思っても、言われた通り、客の下へ牛丼を運ぶしかないのだ。そこに僕の価値判断が介在する余地はないし、させる必要もない。思考停止という名のどこか窮屈な自由。

でも、それはそれで意外と居心地が良かったりする。

とにもかくにも、僕は明日、仰せつかった〝宿題〟へ取り組むことになる。

例の主婦とやらから、当時の話をあらためて聴取するのだ。日給五万円——いつもの〝お使い〟が霞(かす)んで見えるくらいに実入りがいいので、気合が入らないわけがない。

溢れんばかりの熱気と、渦巻く欲望と、ある種の無常観。

官能的で、享楽的で、刹那的。

東京、六本木。

その片隅で、怪しげな〝裏稼業〟に勤(いそ)しむ特別な自分。

信号が青になる。

めいっぱいペダルを漕ぎ、高揚感と優越感——そして、もしかすると一抹の背徳感に背中を押されながら、僕は宵闇の中を明日に向かって駆けていく。

4

「なんというか、迷いはない感じだったわ」

そう言うと、目崎さん――『メゾン・ド・カーム』の向かいに住み、謎の女に関する証言をした例の主婦は、ずずず、と湯飲みの茶を啜った。濃いめの化粧とぐるんぐるんにカールした髪が年齢を感じさせない――いや、訂正しよう。それらがやや年齢不相応な、どこにでもいる話し好きの気のいいおばちゃんだ。

一夜明けた昼下がり、時刻は十三時三十分を回ったところ。

オーナーの指示通り、僕はせっせと〝宿題〟に勤しんでいる。

「いくら呼びかけても、まったく聞く耳を持ってくれなかったし」

インターフォンに出た彼女は最初こそ不審そうだったが、僕が素性を――「先日の火事で亡くなった女性の友人なんです。実は、ちょっと妙な噂を耳にしまして……ええ、そうです、その件です。でも、にわかには信じられなくて……だから、現場に居た方から直接お話を伺えないかなと思い」と説明すると、必死さが伝わったのか、快く家に上げてくれた。罰当たりすぎる嘘だが、ぎりぎり方便の範囲か。

目崎さんが語る話に、これまでの情報との齟齬はいっさいなかった。

火事の晩、彼女は事態に気付き玄関を飛び出した。そこへ不意に姿を見せた女は、しばし燃え上がるアパートを見上げていたが、やがて「ざまあみろ」と呟くとそのまま外階段を上り火の海に姿を消した。うん、どれも既に知っている。

「でも、ありえないわよねぇ。燃えている現場に自分から飛び込むなんて。そんなのただの自殺行為じゃない」

住民を助けようって感じでもなかったし、とみかんの皮を剝きながら独り言ちる彼女をよそに、いまいちど事故現場についても思い返してみる。

目崎さんのお宅を訪ねる前に——というか、目崎さんのお宅の目の前なので当たり前だが、もちろん現場はこの目で確認している。

そこら一帯は、良く言えば〝昔ながらの下町情緒溢れる〟、悪く言えば〝ゴミゴミとした狭苦しい〟、ごくありふれた住宅街だった。死んでも空き地だけは作らんという決意表明のごとく密集した民家、軽自動車がやっとすれ違える程度の細い路地、無秩序に頭上で入り乱れる電線。周囲に飛び火しなかったのは不幸中の幸いだ。

火事のあった『メゾン・ド・カーム』は、思った以上にひどい有様だった。

木造の二階建てで、各階とも四部屋ずつという実にこぢんまりした佇まいながら、全体の七割ほどが焼け落ちていると、やはり見るに堪えないほど凄惨だ。辛うじて体は為しているものの、二階——特に出火元となった角部屋の二〇四号室を中心に、黒焦げとなった壁はただれたように崩れ落ち、屋根は抜け、そうして筒抜けとなった建屋内からはなんの残骸とも知れぬ廃材が無秩序に顔を覗かせている。

ここで、諸見里優月は命を落とした。それも、自ら火の海に飛び込む形で。

自分の意思だったとはいえ、さぞや苦しかったことだろう。

両手を合わせ二十秒ほどの黙禱を捧げるが、その間も疑問は付きまとっていた。どういう意味だったんだ？　きみは、なに、に、対してそう思ったんだ？

ざまあみろ、ざまあみろ——

「聞き間違いということはないですか？」

堪らずそう尋ねてみると、目崎さんは「え？」と怪訝そうに眉を寄せた。

「『ざまあみろ』と聞こえたけど、本当は別の言葉だったとか」

うーん、と皮を剝く手が止まり、すぐに逆質問を寄越される。

「すぐには思いつかないけど、例えば？」

おっしゃるとおりだ。僕がラッパーなら咄嗟に韻を踏んだ別の言葉も出ただろうが、あいにくヒップホップは友達ではない。

「マスクのせいで声はくぐもっていたけど、聞き間違いではないはずよ」

「マスク……ですか」まあ、特に不自然ということもない。

とはいえ外見にまつわる話になったので、その点についても掘り下げてみる。

「ちなみにその日の晩、彼女はどのような服装だったんでしょうか？」

「服装？　うーん、割とうろ覚えだけど……」

レディースっぽい緩めのワイドパンツにオーバーサイズのロングパーカー、白のスニーカー、そして目深にキャップを被っていたという。いちおう新情報ではあるが、特徴がなさすぎてなにかに繋がるものでもなさそうだ。

まずい。突破口がない。

そう焦りを感じ始めた瞬間、ふと、オーナーの妙な依頼を思い出した。

——その主婦に会ったら、こう確認して欲しいんだ。

——パンツ一丁で現れたのはこの男で間違いないか、と。

彼が差し出してきたのは、僕が梶原さんから貰った二枚の写真のうちの一枚——中学の入学式に撮影された家族写真だった。もちろん現物ではなく梶原さんが事前にコピーしていたものだが、それにしても不可解だ。なんせ、七年ちかく前の写真なのだから。

調べたところ、梶原涼馬はネットリテラシーが低いのか、それとも自己顕示欲が強いのか、フェイスブックやらインスタやらですぐに本人アカウントを特定できたし、そこには最近の写真がしこたま掲載されてもいた。相変わらずフェミニンな感じで、ファッションもユニセックスな感じで、無造作ヘアーもかなりイケてて、眼鏡なしだと目元はさらに涼やかで、全体的に流行りの韓流アイドルみたいで、要するに何が言いたいかというと、めちゃめちゃモテそうだから気に食わなかった。

そんな僕の勝手すぎる妬み嫉みはさておき、それらじゃダメなんですかと訊くと、オーナーは「うん」と頷いた。

――SNSではなく、貰った写真で確認するんだ。

たしかに梶原涼馬は童顔だし、中学の入学式の写真でも問題なく同一人物だと認識はできるものの、だからといってなぜ？

とはいえ、指示通り「すみません、もう一点だけ」と例の入学式の写真を差し出す。

「パンツ一丁の男は、この彼で間違いないですか？」

「えーっと、どれどれ」すぐさま手に取り、眉間に皺を寄せながら眺めていた目崎さんだったが、やがて「ええ」と頷いた。

「眼鏡のせいで一瞬わからなかったけど、この彼で間違いないわ」

「なるほど、そうですか」

ダメだ。収穫なし。

ついに音を上げ、そろそろお暇しようと決めかけたときだった。

「あ、そういえば、いま思い出したんだけど――」

なにやら中空に視線を泳がせる目崎さん――やがて僕の視線に気付くと、いや、大した話じゃないんだけどね、と断ったうえで次のように語ってみせた。

曰く、二階からパンツ一丁で駆け下りてきた梶原涼馬は、そのまま一階の住民を起こして回ると、最後は道へ出てきて力尽きたように膝からくずおれたという。大変なことになってしまった、大変なことをしてしまったと、うわ言のように口走りながら。

しかし、次の瞬間。

「道の先に目を向けると、『あかね』って呟いたの」

視線を追って見てみると、二十メートルほど離れたところに立っていたのは、彼と同じくらいの年恰好をした派手な女だった。彼女は燃え上がるアパートを見やりながら、ただただ呆然と立ち尽くしていたのだとか。

「写真を見たら、ふと思い出して」

注目に値する新情報だ。

脳内メモに「あかね」と書きつける。顔見知りか、もしかすると、現交際相手かもしれない。

「すみません、急に押しかけてしまって」

頭を下げ、土産にみかんを二つ貰って、目崎さんの家を後にする。

最後の最後に、ようやく収穫らしきものを手にできた。むろん、二つのみかんのことではない。〝脳内メモ：あかね〟――次に頼るべきは、たぶんこれだろう。

5

「絶対〝復讐〟のためだよ」

あかねこと芹沢朱音は、西日に目を細めながらそう吐き捨てた。

「復讐？」思いがけない言葉に首を傾げると、彼女は「そう」と頷いた。

「あの子、涼馬のこと〝逆恨み〟して、ストーカーみたいになってたから」

「え？」とんだ新事実ではないか。

「だから、火事になったのを見て思いついたんだよ。ここに飛び込んで死んだら、涼馬は自分のことを一生忘れないって。どれだけ忘れたくとも、忘れようとしても、絶対に――」

さらに一夜明けた夕刻、時刻は十六時をちょっとすぎたところ。

いま僕がいるのは、京王井の頭線・明大前駅からすぐの明央大学和泉キャンパス――その一角にあるテニスコートだ。

昨日、目崎さんから仕入れた情報をもとに、例によって梶原涼馬のインスタを確認してみると、すぐにお目当ての人物が見つかった。

芹沢朱音。ご丁寧にもタグ付のうえ、三ヵ月記念とか言ってツーショットが掲載されていたからだ。そのまま芹沢朱音のアカウントにも飛んでみたところ、二人は同じ大学の同じテニスサークル『タイブレイク』に所属する同級生だということがわかった。その『タイブレイク』とやらも公式HPがあり、曰く、月水金はキャンパス内のテニスコートで練習をしているとのことだったので、こうして突撃取材を敢行したわけだ。

コートに到着してすぐ、後輩らしき男子学生に「芹沢朱音さんと話がしたい」と伝えると、訝しみながらも彼女を呼び出してくれた。

——え、なに？　まず誰？

やって来たのは、上下ジャージ姿のどこにでもいる派手な女子学生だった。肩口ほどの髪は鮮やかな金色に染め上げられているが、根元はやや黒くなっている。これから運動をしようという人間とは思えないほどに化粧はばっちり決まっており、流行りの太眉、アイライン強めの大きな目、ぷるんと艶やかなリップと、絵に描いたような量産型ＪＤだ。

最初は警戒心丸出しの彼女だったが、梶原涼馬の家から焼死体が見つかった件について依頼を受けて調査している旨を告げたところ、やや興味を示してくれた。

――え、もしや探偵みたいな感じ？

――こんな、どこにでもいる大学生みたいな人が？

余計なお世話だ。

――てか、その依頼者ってまさか涼馬のお母さん？

――悪いけど、もしそうなら協力はできないから。

聞き捨てならない台詞（せりふ）だった。なにか折り合いでも悪いのだろうか。とはいえ、母親からの依頼ではないし、協力してもらえないのは純粋に困るので、正直に「お父さんからです」と答える。守秘義務違反という文言が脳裏をよぎったが、別にそういう類いの契約を交わした覚えはないし、正直知ったこっちゃない。

――ああ、お父さんね。なら、いいよ。

――離婚しても、やっぱり息子想いなんだね。

優しくて素敵なお父さんだわ、と一人勝手に頷く彼女だったが、その説明には多分に頷ける部分もあった。別の女に乗り換えた元彼氏への〝復讐〟――これなら、例の「ざまあみろ」発言も割と筋が通りそうだ。

人知れずほくそ笑む僕をよそに、彼女は立て板に水のごとく喋り続ける。

「たしかに私は涼馬に彼女がいるって知っててアプローチしてたし、まあ、そういう意味では〝略奪〟みたいなもんだけどさ、でも、自由恋愛なわけじゃん？　さすがにストーカー化するのは筋違いだし、ヤバいでしょ」

自由とやりたい放題を履き違えた典型的なアホ学生とは思ったが、自分も人のこと言えたもんか怪しいので黙っておく。

「ストーカーというと、具体的にどんなふうに？」

そう水を向けると、よくぞ訊いてくれたと言わんばかりに彼女は捲し立て始めた。

「大学の正門で待ち伏せしてたり、一晩中アパートの呼び鈴を鳴らしたり、郵便受けに脅迫状まがいの手紙を放り込んだり。最初は涼馬だけだったんだけど、最近は私も同じような目に遭ってて、正直なにかされるんじゃないかってビビってたんだよね。前に一度、最寄り駅で待ち伏せされて、『お前を殺して私も死ぬ』って言われたし――」

「なるほど」思った以上に事態は切迫していたようだ。

余談だけどさ、と彼女の話は続く。

「お酒を飲むと、もう全然ダメなんだって。まったく手が付けられないっていうか。さっきの『お前を殺して私も』のときだって、明らかに酔ってる感じで。付き合ってた頃からそうだったらしいんだけど、情緒不安定になって、泣いたり喚いたりして、もう大変なんだって。まあ、お酒に強いわけじゃないからすぐに寝ちゃって、勝手におとなしくなるらしいんだけど」

彼女になんら他意はないのだろうが、ここで登場した〝お酒〟というキーワードは、実は割と重要だった。というのも昨夜、目崎さんから得た情報を伝えるべく〝店〟を訪れた際、オーナーからこんな話を聞かされたからだ。

——死亡した諸見里優月について、とある筋に調べてもらったんだ。曰く、彼女の死因は一酸化炭素中毒によるもので、それ以外——火災による火傷・裂傷などを除き、目立った外傷はなかったとのこと。

——倒れていたのはバストイレ兼用の浴室らしいが、ここで一つ重要な情報がある。

——火事の瞬間、おそらく彼女は下着しか身に着けていなかったようなんだ。

これに関しては皮膚に残留していた繊維などから、まず間違いないとのこと。だとしたら当然の疑問として「上着はいずこ？」となるのだが、浴室前の廊下にそれらしき衣服の残骸が見つかっているらしい。

——さらに、どうやら彼女は酩酊（めいてい）状態だったとみられている。

血中アルコール濃度から推察するに、こちらもほぼ確実だという。飲みすぎて、吐き気を催しトイレに駆け込んだ——というのは、いちおう筋書きとして納得できる。が、はたしてその際に服を脱ぐだろうか？　お気に入りだから汚したくなかったとか？　でも、だからってさすがに脱がないよな。

どれも聞き捨てならない情報ではあるが、いったいぜんたい、その〝とある筋〟とは何者なんだ？　こんな情報、警察しか持っていないはず――と疑問に思ったので素直にそう尋ねてみると、

――世の中にギグワーカーは自分だけだとでも？

とのこと。

なるほど、そういうことを専門にしている〝手足〟が他にもいるわけか。話の腰を折ってすみませんでした。

――さらに、もう一つ。

――その日の夕方、彼女のスマホに公衆電話から着信があったそうで。

しかも、それは『メゾン・ド・カーム』から五十メートルほどの距離にある公衆電話だと既に特定済みとのこと。着信があった時刻、その公衆電話を何者かが利用していたという目撃証言は出てきていないらしいが――

――梶原涼馬が、彼女を呼び出した可能性は高い。

同感だ。というか、事情を知る者なら誰もがそう思うだろう。

彼女が東松原駅へやって来たのが、その日の二十一時二十二分。駅周辺の複数の防犯カメラがその姿を捉えていたという。

──ちなみに、そのときの彼女の服装は目崎女史の情報と一致している。緩めのワイドパンツにオーバーサイズのロングパーカー、白のスニーカー、目深に被ったキャップ、そしてマスク。

──チェックメイトまで、あと一手ってところか。

オーナーは金魚鉢から顔をあげ、こちらを振り返った。

──ってなわけで芹沢朱音の件、よろしく頼むよ。

「ちなみにその日、芹沢さんは彼氏さんのお宅を訪ねたんですよね？」

よろしく頼まれているので、いよいよ本題へと切り込むことにする。

あの晩、芹沢朱音が現場に現れたのは偶然か、はたまた必然か──一瞬逡巡するようなそぶりをみせたものの、黙秘や虚偽報告は不利に働くと思い直したのだろう、彼女は「そうだね」と首を縦に振った。

「謝ろうと思ったから」

「謝る？」

「その日、大学でちょっと喧嘩してさ」

続けて語られたのは、次のような内容だった。

その日の日中、学食で雑談していた二人はひょんなことから口論へと発展したという。

「きっかけは、私が『もっとちゃんとした格好で大学来てくんない？』って言ったこと」

「はあ」痴話げんかの火種は、いつだってこんなものだ。

「前までは割と気を遣ってくれてたんだけど、最近は結構手抜きでさ。髪なんてぼさぼさだし、コンタクトじゃなくて眼鏡だし、服装もジャージとかスウェットだし」

それをきっかけに始まった軽い言い争いは、徐々にヒートアップしていく。

「その勢いに任せていろいろ言っちゃったんだよね。布団の上では絶対にスナック菓子を食べないとか、ワックスとかコンタクトを付けたままでは絶対寝ないとか、そういうところは異常なほど神経質なくせして、大学来るときの見てくれには無頓着なのかよ——こんなのが彼氏だと思われるの正直恥ずかしいんですけど、とか、あの女と禍根を残すような別れ方したせいでこっちも迷惑してるんですけど、とか、さっさとあんなボロアパート引っ越したらどうなのとか、そういう余計なことまで。思ってたこと全部」

「まあ、ありがちなやつだな」

ありがちだが、それにしてもよく喋る子だ。たぶん、喧嘩の際はこの何倍もの一斉掃射になるのだろう。うん、自分なら無理だ。三分と耐えられない。

「アパートの件はさ、お母さんが厳しいんだって。甘やかすのはよくないとかで、仕送りの金額的にもあれくらいの部屋にしか住めないんだって。しかもそれだけじゃなくて、彼女は作るなとか、学生の本分は学業だとか、とにかく口うるさいの。それもあって、あの女のこと警察に言いたくないんだって。母親にバレるといろいろ面倒だから。バカみたいでしょ。いや、わかるよ？　わかるんだけど、ちょっと厳しすぎるというか、いまはそんな時代じゃないっていうか。家にはその前に一回だけ行ったことあったんだけど、隣の生活音とかめっちゃ聞こえるんだよ？　普通にそんなのムリでしょ」

なにが普通にムリなのかは、僕も大人だ、人知れず察することにしよう。

ただ、彼女が梶原涼馬の母親を敵視する理由はわかった気がした。がみがみと口うるさく子どもに干渉する、いわゆる〝教育ママ〟――その煽(あお)りを少なからず彼女自身も食らっていて、その顔色を窺っている（ように見える）彼の姿勢にも不満があるのだ。

とはいえ、彼の母親の気持ちもわからないではない。離婚し、女手一つ――かどうかは知らないが、いずれにせよ手塩にかけて育ててきた愛息なのだ。そりゃまあ、厳しくもなるだろう。

それでいったら、我が家だって同じだ。一人暮らしをしたいと言ったとき猛反発されたのは、詰まるところそういう理由なのだ。お金を出すのは簡単だが、それじゃあお前のためにならない。したいのなら、自力でなんとかしろ。別に意地悪で言っているわけじゃないし、そのことを子どもはきちんと理解もしている。〝親の心子知らず〟と言うが、この歳になるとより正確には〝親の心わかっちゃいるが子素直になれず〟なのだ。

だからこそ、その点を部外者に突かれるのは梶原涼馬としても我慢ならなかったのだろう。お前に口出しされる筋合いはない、外野は黙ってろ。同じ状況になったら、僕だってこんなふうに声を荒らげてしまうはずだ。

「で、夜になっても全然ラインが返ってこなくてさ。未読無視、ずっと。だからちょっと不安になったんだよね。言い過ぎたかな、とか、まさか浮気してないよね、とか」

「なるほど、だからアパートに」

「迷ったんだけど、ぎりぎり終電もあったから」

その瞬間、コートのほうから「あかねー、次だよ次」と呼ぶ声がして、その場はお開きになった。

「まあ、なにかわかったら教えてよ。探偵さん」

ひらひらと手を振り、仲間の下へ駆けていく芹沢朱音。言っておくが、僕は〝探偵〟じゃなく〝運び屋〟だ——と、どこかで聞いたことのある台詞を胸の内で呟きつつ、彼女の背中を見送る。

多少なりとも、彼らにまつわる諸々の事情は透けて見えてきた。

日中に交際相手と喧嘩になり、ある種の浮気心が芽生えて元交際相手を呼び出したというのは、ありえない話でもない。そうして逢瀬を果たし、梶原涼馬の家を後にした諸見里優月は、何らかの理由――忘れ物をしたとか、名残惜しくなったとか、とにかく何かしらの理由で現場に舞い戻り、燃え上がる二〇四号室を目撃する。そして、妖しく円舞する炎を前にふと思いついてしまうのだ。

――ここに飛び込んで死んだら、涼馬は自分のことを一生忘れないって。

――どれだけ忘れたくとも、忘れようとしても、絶対に。

いちおう、筋は通る。いくつか不可解な点は残るものの、想定される筋書きとしてはもっとも合理的な気もする。いや、さらに言えば彼女自身が放火したというセンもありえるだろう。久方ぶりに意中の梶原涼馬から呼び出され、これ幸いと〝常軌を逸した心中計画〟を決意した、とか？　問題は、それを如何に証明できるかだが――

「――お疲れ。これで全部揃ったね」

その日の夜、このときの顛末を報告するや否や、オーナーは表情一つ変えずにそう言ってのけたのだ。

「え？　マジですか？」

「うん、マジ」

呆然とする僕をよそに、オーナーは「てなわけで」とあくまで飄々としている。

「商品ラインナップにも追加しておかないと」

いよいよ〝最後のステップ〟——依頼主への報告だ。

実は、このときのために、初回の往訪時に〝合言葉〟を決めることになっている。別になんでもいいのだが、梶原さんは「合言葉って言われてもねえ」と苦慮していたので、僕から「座右の銘などは？」と促してみたところ、

——〝転んでもただでは起きない〟とかかな？

とのこと。

そうしていま、夥しい店名の中の一つ——『汁物　まこと』という店の商品ラインナップに、その〝合言葉〟を冠したメニューが追加されようとしている。たぶん「転んでもただでは起きないコンソメスープ」とか「転んでもただでは起きないけんちん汁」とか、そんな類いの何かが。そして、その代金がそのまま本件の〝成功報酬〟となるわけだ。どれだけ高額であろうとも、それを注文しないと依頼主は解答を知ることができないので、アコギな商売であることこのうえない。

汁物まこと、つまり、真相を知る者だ。

「値段は、五十万ってところかな」

耳を疑い、目を見開く。過去最高額ではないか。

「そんな値段で……はたして注文しますかね？」

堪らずそう尋ねると、オーナーは「ああ」と当たり前のように頷いた。

「大丈夫。いくらだって、彼は知りたがるはずだよ」

「え、それはいったいどういう……」

しばしの沈黙。

聞こえてくるのは、ぐあんぐあんと唸る換気扇の音だけ。

やがてコック帽をかぶり直すと、オーナーは飄々とこう言った。

「今日は時間もあるし、説明しようか」

6

信号が赤に変わったのでブレーキレバーを握り、シェアサイクルを停める。

キィーという甲高いブレーキの悲鳴は、走り始めた車の騒音に掻き消された。

右足を路面についてバランスを取りつつ、サイクルヘルメットのあご紐を締め直す。ガサガサとジャージが擦れ、〝例のアレ〟を積んだ配達バッグが背中で小さく揺れた。

あの日、ラインナップに追加された『転んでもただでは起きないふわ玉豆苗スープ』はすぐにオーダーされ、そのままラインナップから静かに姿を消した。そんなふざけた商品が一瞬とはいえメニューに並んでいたことを知る者は、この世にほとんどいない。

結局、それを梶原さんの下へ届けたのは、僕ではない他の誰かさんだった。残念だけど、誰が受注できるかはアプリのアルゴリズム次第なので仕方がない。

報告資料に目を通した梶原さんは、なにを思ったのだろう。

その後、彼らの身にはなにが起きたのだろう。

寒さに身を震わせながら、いま一度、僕はあの日の顚末を思い返す。

「今日は時間もあるし、説明しようか」

そうして僕の対面に腰を下ろしたオーナーは、続けてこう断言してみせた。

「なにもかも、梶原涼馬の自作自演だ」

目を瞠りつつ、心のどこかで「やはりな」と頷く自分もいた。うっすらと、その可能性は頭の片隅にあったのだ。とはいえ、いくらなんでも異常すぎてありえないか——とも思っていたし、それを裏付ける肝心かなめの証拠がない。

「彼のやったことは、おそらく以下の通り」

公衆電話から諸見里優月に電話をかけ、アパートに呼び出す。理由はなんでもいい
——久しぶりに会いたいでも、話したいことがあるでも。いずれにせよ、彼女に断る
理由などなかったはずだ。
「そうして部屋に上がり、しこたま酒を酌み交わす」
すると、どうなるか。
お酒に強いわけじゃない彼女はすぐに寝てしまい、勝手におとなしくなるはずだ。
「その彼女を浴室まで運び、上着を脱がせる」
そしてそれを着ると、梶原涼馬は自らの部屋に火を放ってから外へ出たのだ。
ここで思い出すべきは、彼はフェミニンな感じで、普段から服装もユニセックスな
ものばかりということ。当然、女物の上着でも問題なく着ることができたはず。まし
てや、その日の彼女の服装は緩めのワイドパンツにオーバーサイズのロングパーカー
なのだ。中肉中背の一般男性なら、彼に限らず誰も着こなせただろう。
「やがて火が燃え広がったタイミングを見計らい、彼は現場へ舞い戻った」
それが、目崎さんを含む近隣住民が目撃した〝謎の女〟——その正体は、女装した
梶原涼馬だったわけだ。
「『ざまあみろ』と呟いたのは〝復讐〟だと誤認させるため」
その際、声でバレる可能性は小さいと踏んだのだろう。そもそも火事で騒然として

いる現場なうえ、マスクで声がくぐもるから。いずれにせよ、この証言が出てくれば〝女〟の正体は梶原涼馬に悪意を持っている者――つまり、焼死体として見つかった諸見里優月に間違いないとなるはず。その策略に、全員が見事嵌まっていたわけだ。

「自室へと舞い戻った彼は即座に服を脱ぎ捨て、再び外へ出た。浴室に、諸見里優月を放置したまま」

これなら浴室前に脱ぎ捨てられていた衣服にも、彼がパンツ一丁で飛び出してきたことにも説明がつけられる。また、そもそも論として後者については誰も違和感を覚えるはずがなかった。冬場とはいえ、暖房などをつけていれば布団を被ってパンイチで寝ることはありえるし、なにより、自室が燃えているのだ――パンイチで飛び起きた後、服なんて着ている暇はなかったはずだと、誰もが勝手に納得するだろう。

「そうして住民全員を避難させれば、今回の状況ができあがる」

すなわち、火事の現場に自ら入っていった〝謎の女〟が焼死体となって発見されるというものだ。なるほど。すべての状況に説明がつくし、もはやそうであるとしか思えなかったが、問題は「如何にしてそれを証明できるか」ということ。

するとオーナーは「その点に関してだが」と顎を引いた。

「そもそもおかしいと思ったのは、女が現場に入っていったタイミング」

証言によると、女がアパートに入ってから間もなく、二階の住民と思しき面々が順番に外階段を駆け下りてきた。そして、最後に現れたのがパンツ一丁の梶原涼馬だったとのこと。つまり、彼が外階段を降りてくる前だ。

「おかしくないか？」

そう問われても、首を傾げるしかない。

察しが悪いなとでも言いたげに鼻を鳴らすと、オーナーは続けてこう明言した。

「だとしたら、梶原涼馬とすれ違うだろ？」

あっ、と声を上げてしまう。その通りだ、完全に見落としていた――と思ったら、オーナーはさらにその何歩も先を行っていた。

「が、これに関してはギリギリ言い逃れが可能」

なぜなら、アパートの住民を起こして回る際、彼は鍵のかかっていない部屋には問答無用で押し入っているから。だとしたらその隙にその部屋の前を通過し、彼とすれ違うことなく二〇四号室まで辿り着いた可能性も、かなり苦しいがゼロとは言い切れない。また、さらに厳密には、彼が寝ている間に浴室へ忍び込むこともできた可能性はある。むろん、彼が玄関を施錠していなければ、という仮定のうえではあるが。

「とはいえ、この話を聞いた時点で、おや、とは思った」

しかし、とオーナーの瞳に鋭い光がよぎる。

「それ以上に、彼の証言にはおかしい点があるんだ」

しばし試すような沈黙が流れた後、彼は静かに結論を口にしてみせた。

「あの日の晩、梶原涼馬は寝ていない」

えっ、と意表を突かれ、そのまま言葉を失う。

どういうことだ？　たしか、梶原さんの話では「その日の晩、一人で晩酌を終えた彼はいつも通り寝支度を整え、床に就いた」とのことだったが——

「だとしたら、彼は眼鏡をしていたはずだろ？」

「へ、眼鏡？」

「だって、起きてからしばらくは自力で消火すべく奮闘していたんだから。ぼやけた視界のまま、そんなことができるだろうか？」

瞬間、脳裏をよぎる「写真」の中の彼——顔の輪郭がへこむほどに度の強い、牛乳瓶の底のような黒縁眼鏡。命の懸かっている場面とはいえ——いや、むしろそういう場面だからこそ、身の安全のためにも眼鏡は必須なはず。

それと同時に、次々と脳裏に甦ってくる台詞があった。

——眼鏡のせいで一瞬わからなかったけど、この彼で間違いないわ。

そう言って頷いてみせた目崎さん。

——ワックスとかコンタクトを付けたままでは絶対寝ないとか、そういうところは異常なほど神経質なくせして、大学来るときの見てくれには無頓着なのかよ。

そう言って頬を膨らませていた芹沢朱音。

僕がすべてを察したと気付いたのだろう、オーナーは「その通り」と頷いた。

「いつも通り床に就いたなら、彼はコンタクトを外していたはず。しかし、道に出てきた彼は眼鏡をしていなかった」

眼鏡をしていたか、とダイレクトに尋ねられたら、ピンポイントすぎて思い出せないかもしれない。だから、あえて俯瞰的に——眼鏡をしている時代の写真を見せることで、目崎さんの〝そこはかとない違和感〟を喚起することにしたのだという。

「『何かがなかった』という証言を引き出すのは、思っている以上に大変なんだ」

だからこそ、SNSにあがっている最近の——裸眼の写真ではなく、七年ちかく前の家族写真を見せるよう指示を出したのだ。

なるほど、完璧だ。筋は通っている。

が、ここであえて反論を試みる。なぜって、彼が単に裸眼だったという可能性があるからだ。別に彼の肩を持ちたいわけじゃないし、眼鏡のせいで顔の輪郭がへこむほどに目の悪い人間がはたして裸眼のまま動き回れるか、という疑問はあるものの、ここは指摘しておかねばならないだろう。

「いや、裸眼なはずがない」

しかし、これをあっさりと否定するオーナー。

「だって、彼は呼びかけたじゃないか」

なにに？　宵闇の中、二十メートルほど離れた位置にいる女に「あかね」と、だ。

「その視力で、判別できるはずがないんだよ」

たしかに、おっしゃるとおりだ。

「よって、普段通り床に就いたという彼の証言は、十中八九虚偽と考えて間違いない」

では、なぜそのような嘘をつく必要があったのか？　ここまできたら、答えは火を見るより明らかだった。

ふうっとため息をつき、椅子の背に身体を預ける。

瞬間、なぜだか笑いが込み上げてきた。

何者なんだ、この男は。どうしてこんな男が、これほどまでにニッチで隙間産業的なことに従事しているというのだ。

それと同時に、依頼主である梶原さんの顔が脳裏に浮かんでくる。

――ですから、ぜひとも突き止めていただきたいんです。

――お願いします、愛する息子のために。

この事実を知ったとき、彼は何を思うのだろう。なんてバカなことをと涙するのか。それとも、愛する息子のために「なんらかの対策」を打つべく奔走するのか。

「あんな良い親父さんなのに……」堪らずそう呟いた瞬間だった。

「は？」小首を傾げると、オーナーはテーブルに身を乗り出してくる。

「なにか誤解しているようだな」

僕を見据えていたのは、例の〝洞のような目〟だった。

「依頼主の梶原という男についても、例のとある筋に調べてもらったんだ。はっきり言って、碌なもんじゃないぞ」

その後、彼の口から語られたのは、耳を疑うような新事実だった。

曰く、彼がリストラにあった理由は会社の金を横領していたことがバレたこと——しかし大事になるのを嫌った会社上層部はこれを刑事事件とせず、彼を懲戒解雇することで事を収めることにしたという。

「それ以来、やつは人が変わったそうだ」

酒やギャンブルに明け暮れ、夫婦が息子のために貯めてきた貯金に手を付け、それを窘めてきた妻には手を出すようになり——そうして、離婚届を突きつけられた。

しかし、別れた後も彼はたびたび妻の下へと押し掛けた。俺が悪かった、よりを戻そうと迫り続け、ついに元妻は「これっきりにして」と札束を突き出してしまう。

「それが、運の尽きだったわけだ」

それに味をしめた彼は、その後も折に触れては金を無心した。あるときは「これで最後だから」としおらしく、あるときは「もし渡さなければ」と脅迫まがいに。平穏な暮らしを壊されたくない彼女は、こんなのいけないと頭ではわかっていながら、その都度金を渡してしまった。そうして彼は、元妻に〝寄生虫〟のごとくとりついたのだ。

「それに、どうやらそうとう黒いことにも手を出しているみたいだぞ。例えば、大麻の栽培・密売とか——その甲斐あって、ずいぶんといい部屋に住んでいなかったか？」

その瞬間、鼻腔の奥であの日の記憶が燻る。部屋に通されるなり、どこからともなく漂ってきた良い香り。ハーブというかスパイスというか、とにかくそんな感じの。あれはもしかして——

絶句するしかない僕だったが、オーナーはそこへさらなる追い打ちをかけてくる。

「おそらく、今回のこの件も強請のネタにするんだろう」

は？　と全身が強張った。

「だから、さっき言ったんだ。い、い、い、いくらだって、彼は知りたがるはずだ、よ、って」

愕然として、目の前が真っ暗になる。

残念ながら、涼馬は人を殺した。ここに、確たる証拠もある。で、どうする？　もし黙っていてほしければ——そうやって、元妻に迫ろうというのか。

「〝転んでもただでは起きない〟ってわけだ」

そんなことにこれを利用するなんて、それでも実の親か？

「そもそも手元に二枚しか写真が残っていない時点で、円満な夫婦関係の解消じゃないことまでは容易に想像がつく」

そのうえ、と頬杖をつくオーナー。

「どうして、警察より先に真相を知る必要があるんだ」

「あっ」ぐらりと視界が揺れる。

「警察の出した結論に納得がいかないというのなら、依頼の趣旨としてまだわかる。でも、あの時点では表向きただの〝失火〟だとされていたんだろ？　問題ないじゃないか、それで。さらに言えば、仮に警察より先に真相へ辿り着いたとしても、火事から五日が経過したあの時点で打てる〝なんらかの対策〟なんてありゃしない」

よって、とオーナーは椅子の背に倒れ込んだ。

「別の目的があると睨んだわけだ」

もはや返す言葉もなかった。

「まあ、父親も父親なら、息子もたいがいだがな。〝転んでもただでは起きない〟どころか、目的のために〝わざと盛大に転んでみせる〟んだから」

言いながら、オーナーが目を向けたのは棚の上の金魚鉢だった。特に意味はないのだろうが、その瞬間、僕の脳裏には一つのイメージが浮かんでくる。

金魚鉢の水を替えようと運んでいた彼は、蹴躓いて盛大にすっ転び、その金魚鉢を壊してしまう。当然、金魚も死ぬ。それを見た人は「よそ見なんてしてるから」と叱責もするだろうが、たぶんそれ以上に「怪我はないか」と心配するだろう。でも、駆け付けた人々は気付かないのだ。彼の真の目的が金魚を殺すことだったとは。その真意を隠蔽するために〝わざと盛大に転んでみせた〟とは。

つまるところ、彼がやったのはそういうことなのだ。

真相が明るみに出なければ、おそらく彼が問われる罪は失火罪のみ。死者が出ているとはいえ、自分から火の海に飛び込む人間が出てくるなんてことはとうてい予見不可能なので、おそらく過失致死にはならないだろう。殺人を隠蔽するためなら、失火罪に問われるのもやむなし。木を隠すなら森の中どころか、その森ごと自分で植樹したのだ。

「それに、もしかしたら家を燃やすこと自体にも意味があったのかもな」

思い出したのは、芹沢朱音のしかめ面だった。

——勢いに任せていろいろ言っちゃったんだよね。

——さっさとあんなボロアパート引っ越したらどうなのとか。

——アパートの件はさ、お母さんが厳しいんだって。

——仕送りの金額的にもあれくらいの部屋にしか住めないんだって。

もしかして、一石二鳥だとすら思っていたのだろうか。

ストーカー行為を繰り返す元交際相手を厄介払いしたうえ、いまの家が燃えてなくなれば新居に移ることができると、そう期待していたのだろうか。だとしたら、あまりにふざけている。それなら配達員でもなんでもして、必死こいて引っ越し費用をためるのが筋ではないか。自分がそうだっただけに、その考えの甘さには反吐(へど)が出る思いだった。

「とはいえ、これがすべて真実だと確定したわけではない」

状況を見るに、梶原涼馬の自作自演というセンが限りなく濃厚なだけで、諸見里優月が自分の意思で飛び込んだ可能性も完全には否定されてはいない。

「ただ、客の要望には応えた。これで決着だ」

決着……決着？　はたしてそうなのだろうか。むしろ、何一つとして決着などついていないのではないか。この〝謎〟を解いてしまったがゆえに——というか、単に一つの〝解答例〟を示しただけだが、そうしてしまったがゆえに、さらなる悲劇の連鎖が生まれかねないのだとしたら、はたしてそれは決着と言えるのだろうか。

「おい、勘違いするなよ」

黙(だんま)りを決め込む僕に、オーナーはぴしゃりと釘を刺す。

やはり、この男は鋭い。人の仕草――それも〝動〟だけでなく〝静〟の仕草からも、相手の胸中に渦巻く様々な思いを読み解いてしまうのだから。

「うちは、ただのレストランなんだ。であれば、すべきことは一つ」

客の空きっ腹を満たしてやる。

「ただ、それだけだ」

なに無責任なこと言っているんだ、と憤慨しかけたが、なるほどそういうことか、と少しして納得がいった。

――言っておくが、俺は〝探偵〟じゃなく、あくまでただの〝シェフ〟だ。

あれは、そういう意味だったのか。

なんらかの欲に飢えた人々の、その空きっ腹を満たしてやる。目撃証言や現場の状況など、客観的事実という名の〝素材の味〟を活かしつつ、客の〝好み〟に合わせて調理・味付けをする。それこそが、この〝店〟の――一風変わった〝ゴーストレストラン〟の存在意義であり、価値なのだ。調理の過程でどれほどの添加物や化学調味料、劇薬、毒物の類いが食事に混入しようと、それが客の望みであるのなら――それで腹が膨れるのなら、その後いくら身体に支障をきたそうが、それでいいのだ。

いや、それでいいのか？

わからない。というか、たぶんそれは僕が考えるべきことじゃない。

オーナーがただの〝シェフ〟であるのと同様に、僕はただの〝運び屋〟だ。その食事がいかに健康を害する可能性のあるものだったとしても、言われた通り、仰せのままに、客の下へ運ぶしかないのだ。それがギグワーカーのあるべき姿であり、矜持(きょうじ)なのだ。

信号が青になる。

背中の配達バッグには、今日もまた誰かが頼んだ〝例のアレ〟が入っている。これを欲する誰かさんは、いったいなにに飢えているのだろう。どんな〝味〟を望んでいるのだろう。その腹は満たすべきなのか、それとも飢え死にさせるべきなのか。

わからないし、わかる必要もない。

だって、僕はただの〝運び屋〟なのだから。

そう言い聞かせながら、溢れんばかりの熱気と、渦巻く欲望と、ある種の無常観にまみれた街の片隅で、今宵もまたペダルを漕ぎ続ける。高揚感と優越感——そして、以前よりも少しばかり増した背徳感と一抹の疑念を胸に、ただひたすら黙々と。

二〇XX年の手記

潮谷　験

Message From Author

潮谷験と申します。

私は影響されやすい性分で、執筆前にジャニス・ハレットの『ポピーのためにできること』とフィリップ・マクドナルドの『迷路』を読んだところ、このような作品が出来上がりました。両作品は読者に対して記録や手記、書簡という形で情報が提示されるという共通点があり、本作も同じスタイルをとっています。

今回は短編なので、夢野久作の「瓶詰の地獄」のように、エッセンスをぎゅっと凝縮させた仕上がりを目指しました。あり得るかもしれない未来を題材にした手記ミステリーを、楽しんでいただけたら幸いです。

潮谷験（しおたに・けん）
1978年、京都府生まれ。2021年、メフィスト賞を「スイッチ」（刊行時『スイッチ 悪意の実験』に改題）で受賞し、翌21年デビュー。2作目の『時空犯』は、リアルサウンド認定2021年度国内ミステリーベスト10選定会議で第1位に。他の著書に『エンドロール』『あらゆる薔薇のために』。

当文書は、二〇XX年四月上旬から中旬にかけて関東地方のとある集落で発生した、我が国の一大変革に関わる重大事項について記されたレポートである。当該集落に対する調査活動の中で、私、αは思いがけない事実を知ることになった。情報をまとめた報告書を提出したものの、時勢の変化によっては闇に葬られかねない内容を含んでいるため、後世のためにデータを保存しておく。文書は五つ。集落の管理長・副管理長が記した手記三点と、それらを閲覧した上で私が記した報告書と、その追記である。

二〇XX年　四月一日　関東地方　第三十三号特別集落　管理長Aによる手記

偉大なるX総裁の治世に栄光あれ。
本日は、X総裁が我が国の指導者に就任されてから丸十年の記念日である。
総裁のお力によって、本邦の社会構造は劇的に変化を遂げた。
それまでの我が国は、退廃的なゴシップを垂れ流すSNSや、欲望を際限なくかきたてるコマーシャリズムに人々が支配される下品極まりない資本主義社会だった。総裁はそれらの醜悪さを一掃して下さったのだ。

　孤児の身の上から実業家として立身出世を果たされた総裁は、家庭を得ることよりも万民の救済を選択された。「脱・欲望社会」をスローガンに社会運動団体を立ち上げた総裁は、神々しいまでのカリスマ性を武器に、与野党を問わず心酔者を作り出し、政界に身を投じてわずか五年で全国民の信任を得るに至った。それからの快進撃については改めて語るまでもないだろう。インターネットの遮断、給与・報酬の全面禁止と、それに伴う国民総配給制度の実施——総裁の舵取(かじと)りによって、我が国からは「不安」「貧困」「不幸」という表現が一掃された。個々の国民が何を為すべきか、どのように生きるべきかは、総裁とその側近である上級委員を中軸とする「幸福委員会」によって決定される。私たちはその命令に従っているだけで安らぎに満ちた生活が約束されるのだ。

　これほどまでに慈愛と安寧(あんねい)に満ちた国家が、我が国を除いて世界のどこに見つかるものだろうか？　もちろん私自身も、総裁の治世によって幸福を享受(きょうじゅ)する一人だ。この身に生まれつき備わっていた特性を評価していただき、この特別集落で管理長という栄誉ある地位を授かった。まだお会いしたことはないが、謁見のみぎりには、言葉の限りを尽くして感謝をお伝えしたい。

ありがとうございます、X総裁。総裁のご加護により、本日も、大過なく一日を終えることができました。

X総裁の治世に栄光あれ。

二〇XX年　四月十日　関東地区　第三十三号特別集落　管理長Bによる手記

偉大なるX総裁の治世に栄光あれ。

前任の管理長Aが解任されたため、本日より私、Bが管理長の重責を引き継ぐことになった。Aが更迭された理由は、手記に虚偽が含まれていたためだ。この手記はプライベートなものではなく、およそ十日に一度、中央の幸福委員会の下へ写しを提出する決まりになっている。委員会の決定が滞りなく実行されているか、総裁や上級委員の方々にご確認いただくためだ。

これまで副管理長としてAの補佐を務めていた私は、四月一日分の手記を閲覧する権限を持っていた。その内容は、事実と著(いちじる)しく異なるものだった。

Aはこの日について、「大過なく一日を終えることができた」等と記載しているが、これはとんでもない偽りだ。この日、当集落において、不慮の事故死が発生していたからだ。Aはよりにもよって総裁の治世十周年を祝う日に死者が発生したことを慮り、愚かにもその事実を隠蔽しようと目論んだらしい。手記を読んだ私は、ありのままを報告するべきだと主張したが、Aはまったく取り合おうとしなかった。

祝いの日に不祥事を報告することが心苦しいのは私も同様だが、真実を伝えないのは偉大なる総裁に対する裏切りに他ならない。当集落に関わる報告は電子化が許されないほどの機密事項であり、だからこそ正確・誠実な記述が求められている。当然の判断として、私は手記を受け取りに訪れた上級委員に、事の次第を詳らかに報告した。他の職員たちも真実を語ってくれたため、Aの背信行為は明らかとなり、国家反逆罪で収容所送りとなったわけである。

Aの愚行に関しては、今後収容所の矯正教育の中で明らかになることだろう。

彼の職務を引き継いだ私としては、当日の出来事について詳述しなければならない。

記念すべき日だったが、私たちの仕事は日常通りだった。朝七時に管理棟のサイレンが鳴り響くと同時に起床する。七時半に管理棟内にある食堂に全員が集まり、食事を摂った。

〈α注記：当該集落は山岳地帯の合間に存在する盆地に建造された居住区であり、四月一日の時点で十名の「特別職員」が生活していた。中央に管理棟、その周囲八方位に個人棟が設営されており、集落の指導的地位にある管理長と副管理長が管理棟で、

それ以外の職員は個人棟で寝泊まりしていた〉

その後は八時から、同棟にあるトレーニングルームのエアロバイクで汗を流す。九時から発声訓練、十時から形態模写の修練に励み、互いに習熟度を評価した。

この日は上級委員の訪問日にあたったため、十一時に管理棟前へ集まり、到着を待った。上級委員甲氏は定刻通り、ワゴンカーに乗って十一時半にやってこられた。基本的に外界から来訪者があるのはこの機会のみで、甲氏に同行した運搬担当者から十日分の生活物資を受け取る決まりにもなっている。その後、全員が管理棟の映写室に集まり、甲氏が持参した映像媒体を鑑賞する。上映終了後、甲氏に前日までの手記（この日提出したのは三月二十日〜三月三十一日分）を提出し、引き換えに訓練用の最新データを受け取った。

ここまではルーチンワークそのままだが、この日は予期せぬ来客が発生した。十四時、甲氏が管理棟から出発する直前に、二台目のワゴンカーが到着したのだ。来訪されたのは甲氏の同僚である上級委員乙氏で、両上級委員は、ワゴンカーの陰で数分間、何か小声で相談されていた。それから二台目のワゴンカーの前に立ち、ドアを開いて、職員Ｋを紹介された。

職員Ｋは我々同様、特別職員としての特性を備えていたものの、左腕を三角巾で固定していた。乙氏によると、Ｋはすでに栄光ある任務を果たした後だという。重傷を負い、本来なら病院で治療を必要とする身体だったが、その特性上、事情を知らない人間が集まる場所に長居させるわけにはいかないため、この集落へ連れてこられたという。本来Kは、別の特別集落に詰めていた職員だったらしいが、遠方にあるため長時間の移送は障りがある。そこでこの三十三号特別集落で静養させてほしいというのが、乙上級委員からの依頼だった。

甲上級委員・A共に異存はなかったようで、Kの受け入れは決定した。両委員が退去した後、直ちにKの歓迎会が開かれた。なにしろKは、我々がいつかいつかと夢見ている任務に参加したことがある特別職員なのだ。任務に従事したときの話、間近に接しただろう総裁のお人柄についてなど、話題が尽きることはなかった。

歓迎会終了が十五時。その後、K以外の面々は午前中と同じく、トレーニングルームでエアロバイクを使用した。上級委員甲からもたらされたばかりの最新情報を我々の特性に遅滞なく反映させるためだ。負傷しているKは参加できないので、管理棟にある空き部屋に案内して、先に休んでもらうことになった。Kを連れていったのは私とCだったが、Kの要望を容れて、管理棟内のいくつかの設備を案内することになった。

なかでもKが興味を示したのは美術室だった。特性にふさわしい教養の獲得を目的に据えているため、美術書の本棚が大半を占めている設備だが、創作用の工具も一通りは揃(そろ)っている。若い頃、彫刻家志望だったというＫは、静養がてら創作に励みたいと語り、問題ないだろうとＡは答えた。

その際Ｋは、来る途中で見たという石像を話題に上らせた。盆地の入り口に程近い崖(がけ)沿いの道を通るとき、総裁の御姿を見上げることができる。二年前、関東地方の著名な造形作家が彫り上げた等身大の石像だ。Ｋは、彫刻の鼻の辺りが、モデルに似ていないと酷評した。私も同感だったが、高名な彫刻家の仕事にケチを付けるのははばかられると苦笑した。しかしＫは、他でもない総裁の石像なのだから、その偉大さを後世へ伝えるためにも、リアリティーを追求することこそが何より肝心だと主張した。他人の彫刻だろうが、間違っている部分があれば修正するべきだし、自分がやってみたいと語るＫに、傷が治ってからにした方がいい、と私たちは自制を奨(すす)めた。

割り当てられた部屋へ、Ｋを連れていったのが十六時だった。このまま休むというＫを残して、私たちはトレーニングルームへ引き返した。生きているＫと言葉を交(か)わしたのは、それが最後だった。

十七時半、トレーニングルームに残っていた職員は私一人になったため、仕事を切り上げて自室へ戻ることにした。途中で調理室に立ち寄ると、調理担当が夕飯の準備を始めていた。本日の食事当番は職員Ｆのはずだったが、よく見ると、別人であるように思われた。Ｆではないのか、と訊(たず)ねると、調理鍋(なべ)を火にかけていた職員は、自分はHだと答えた。Fはどうしたのかと訊くと、体調がすぐれないそうだから交替したと答えた。

少しFのことが心配になった私は、管理棟を離れてFの個人棟へ向かった。インターフォンを押すと、くぐもった声が返ってきた。トレーニングの途中でめまいに襲われたのだという。大事はなさそうだと安堵した私がふと、視線を巡らせると、岩山を歩く影が視界を掠めた。

その人物は比較的近い位置を登っていたため、その左腕に包帯が巻かれているのが見て取れた。Kだった。私の忠告に従わず、石像の下へ急いでいるのだろう。

「危ないぞ。無理をするな、引き返せ」

声を上げたが、振り返りもしない。すぐに追いかけたいところだったが、盆地側から石像の地点へ向かう道のりは入り口を除くと獣道しか存在しない。強引に駆け上って追いつく自信のなかった私は、盆地の入り口から回り込むことにした。

数分後、私は石像の崖下に立っていた。

傾斜角が三十度程度と思われる斜面の上部に、コンクリートで固めた高さ一メートル程の四角柱があり、石像はその上に固定されている。四角柱は石像本体に比べると十センチ余り幅に余裕があるため、斜面を登り、四角柱の上に立てば、原寸大の石像を修正することも可能だろう。おそらくKもそうしようと考えたのだ。

Kの身体は斜面の下に転がっていた。斜面の各所からごつごつとした花崗岩が覗いており、白い岩肌を、夕日とは異なる色合いの朱が点々と染めている。物言わぬKを私は見下ろした。出血のせいか顔色は青く、呼吸も止まっている。耳周辺の後頭部がざくろのように割れており、手遅れであることは一目瞭然だった。身体と石像の間に光が散らばっていた。近寄ってみると、それはアクリル製の工具箱からこぼれた数本のノミと、紐のちぎれたヘッドライトだった。

状況からして、事故死であることは明白だった。

Kは負傷した肉体をおして、石像の修正を試みた。しかし斜面を登る際に滑落し、頭部を強打して命を落としたのだろう。

すぐに管理棟へ引き返し、このことをAに伝えたのは副管理長として当然の判断だ。

Aはショックを受けた風だったが、直ちに全職員を招集して、より正確に事態を把握するため聴取を行った。しかし私を除いて、Kが岩山へ向かう姿を目撃したものはいなかった。各々の証言に食い違いもなく、この件はKの過信と不注意が招いた死であるように思われた。

最終的にAが、あのような杜撰極まりない隠蔽行為に走るとは、まったくの予想外だった。そもそも集落にKを託した乙上級委員に対して、どのように言い繕うつもりだったのだろうか。

とはいえこの手記は、行為の是非を論じるためのものではない。ただ、起こった事柄を記録しておく必要を感じたからこそ記したものだ。

どうか、哀れむべきKの死を総裁がお心に留めて下さいますように。愚かなAに、一片の温情を与えて下さいますように。

X総裁の治世に栄光あれ。

二〇XX年　四月二十日　関東地区　第三十三号特別集落　副管理長Cによる手記

偉大なるX総裁の治世に栄光あれ。

私のX総裁に対する忠誠心は、総裁の信頼篤い上級委員の方々と比べても、決して遜色のないものだと自負している。だからこそ私は、Kの死に関して他の職員たちが気づかなかった事実を看破し得たのだ。その結果、自らが採った選択を、私は後悔していない。処罰は覚悟の上だが、浅薄な知能しか持ち合わせない連中は、私の決断を、単なる日和見主義の産物として処理してしまうかもしれない。

決してそうではない。総裁に対して深い深い尊敬の念を持ち合わせていたからこそ、私はあのような対応を選んだのだ。そのことを理解してもらうために、事の次第を記す。

新任の副管理長として、私はB管理長の手記を提出前に閲覧させてもらった。あの手記に記されていることは一見、筋が通っているように思われるが、とんでもない間違いが含まれている。

Kは事故で命を落としたのではない。殺害されたのだ。

BはKの「事故死」について、総裁の石像を修正しようと斜面を登った結果の転落事故であると断定した。しかしこの判断は誤りだ。Bの主張するように、Kが石像を彫り直すために斜面を登ったとするなら、転がっていた工具類をどのように解釈するべきだろうか。

ヘッドライトは理解できる。夕刻だったから、周囲や石像を照らすために不可欠だろう。ノミも理解できる。ケースに数種類のノミを収め、作業に応じて使い分けるために持参したのだろう。

だが石像を修正するにあたって、本来なら欠かせないものが発見されていない。総裁のお姿だ。総裁の石像を修正するにあたって、記憶だけを頼りに彫り進めるはずがない。

するとこう考えざるを得ない。Kには誰かが同行しており、その人物がKを手助けしていたのだ。この人物が記録媒体を持ち、傍(かたわ)らでKに示すつもりだったのか、あるいは彼自身が役割を果たしたのだろう。あの斜面や岩山は、ことさら足跡が残る地質ではなかったため、専門の鑑識でもなければ、気づかないのも無理はない。

ではその誰かの隣で、足を滑らせたKが命を落とした、つまり事故死の登場人物が増えたというだけの話なのだろうか。

そうとも思えない。負傷者のKが斜面を登るのだから、善意の同行者なら斜面を進むKの隣か背後にいてサポートしたはずだ。たとえKが足を滑らせても、無防備に滑落するような事態は避けられたと思われる。

そうならなかった以上、その人物は滑落するKを見捨てた、あるいはもっと直接的に、Kを突き落とした――このどちらかであると断定して構わないだろう。

ようするにKと同行した誰かが、無作為、あるいは作為によってKを殺害したのだ。

私がこの結論にたどり着いたのは、Aの更迭後、B管理長の昇進に伴って副管理長に昇進した後のことだ。集落内においてこの種の事故に対応するのは管理長と副管理長の職務であり、他の職員に情報は開示されないからだ。

誤りに気づいた私としては、Bに手記を書き直してもらいたかった。だがこの集落における死亡事故の扱いは、管理長に一任されている。よほどあきらかな過誤でもない限り、管理長の判断が重視され、警察が訪れることもないだろう。この集落の性質上、内部の詳細を漏らすわけにはいかないからだ。

Ｋの「事故死」隠蔽についてはよしとしなかったＢだが、殺人に関しても同様の潔癖さを示してくれるものだろうか？　私はそこまでＢを信頼できなかった。Ｂ自身もＫの死が殺人であると理解しており、その上で誰かをかばうために事故死と断定した、とも解釈できるからだ。

私は自身の、総裁に対する忠誠心を疑ってはいない。しかしここで私がＢに逆らい、秘密裏に処分されるような結果に終わったなら、真実は埋もれたままになってしまう。

断腸の思いではあるが、今は口をつぐんでいるしかない。

そして私の推測を記録に残し、信頼できる相手に託すことを決めた。

お許し下さいＸ総裁、これは、あなたのために行う不正なのです。

Ｘ総裁の治世に栄光あれ。

二〇ＸＸ年　五月三日　国家犯罪者追及セクション参議・αの報告書

本年四月一日から二十日にかけて決行された、かつてＸ総裁と呼ばれていた独裁者に対する反乱は、最終的に政権の転覆、関係者の拘束、民主的な新政権の樹立というこの上ない成果を得た。専横者から国家を取り戻す試みは決して容易なものではなく、とくに決起直後は猛反攻にさらされ全滅も覚悟したものの、中旬に入り、義勇軍が各地から参じてくれたことで風向きが変化した。勝敗の帰趨は二十日頃には明らかとなり、独裁者の一派は政権から駆逐されるに至った。我々、自由と民主主義を重んじる勢力の完全勝利である。

しかしながら、取りこぼした事柄が皆無だったわけではない。目下の懸念は、独裁者・Xの消息だ。幸福委員会を構成する上級委員については九割方を逮捕済みであるにもかかわらず、政権を支配していたX本人に関しては未だに杳として行方がつかめない。

そこでXの消息に関して、本報告書では一つの見解を示しておきたい。

四月二十二日、幸福委員会から押収した文書を精査していた私は、その中からとある書類に興味を抱いた。

「二〇XX年　四月一日　関東地区　第三十三号特別集落　管理長Aによる手記」
「二〇XX年　四月十日　関東地区　第三十三号特別集落　管理長Bによる手記」

と題された二つのテキストだ。まだ反乱が地方へ波及していなかった時期に幸福委員会へ提出された報告書のようだが、特別集落とやらの所在が明記されていない点に注目したのだ。

一読するなり、私は本文中の表現に疑問を抱いた。何かをぼかしているのだ。おそらくこれを閲覧する立場の人間にとっては自明だが、部外者にとっては意味がわからない事柄についてさりげなく流されている。

私が気になったのは、大きく分けて以下の二点だ。
①職員全員が身に備えているという「特性」とは何か？
「特性」とは訓練で身に付けるものではなく、生来の資質らしい。それはX総裁に貢献することが可能な事柄であるようだが、具体的にはどういうものなのか。
②そもそもこの集落は、何を主目的とする施設なのか。
職員たちは日々訓練に励んでいる様子で、体形を整えたり、物まねや発声練習に取り組んだりしていると記されているが、それらのトレーニングを何のために行っているか明記されていない。上級委員が持参したある種の情報を反映させる、とも記されているが、反映させた結果、何を目指しているのか。

二つの手記を読み返している内に、私は手がかりを得た。夕飯の担当だったFが、体調不良のためHと交替していた事情を説明するくだりだ。Bは、「本日の食事当番は職員Fのはずだったが、よく見ると、別人であるように思われた」と記している。

読み返すと、不自然な文章だ。日頃顔を合わせている相手であるにもかかわらず、よく見ないと区別できず、相手に確認してようやく判断している。Bが眼鏡(めがね)でも矯正できないくらいの近視なら納得もいくが、遠くの岩山を歩く人影を見つけるなど、著しく視力が低いとは思われない。

これらの不明点から、一つの推測を立てた私は、第三十三号特別集落とやらを探し出すよう手配した。情報統制下にあった僻地の施設なら、職員たちはいまだ政権が転覆したことを知らずに暮らしているかも知れない。

四月二十五日、関東地方のとある山地の傍らに、目当ての集落を発見したとの連絡がもたらされた。当セクションの警備兵と共に急ぎ現地を訪れた私は、自分の推測が正しかったことを確信した。

簡単に述べると、この集落は、影武者村だった。

職員全員が、X総裁と酷似した容姿の持ち主だったのだ。

美容整形を施されたわけではないらしく、整列させてみると細部に違いは見られるものの、一見しただけでは区別がつかないほど似通っている。疑問は解消された。特性とは総裁に似た容姿のことであり、訓練とは、よりオリジナルへ近づくための演技指導や、肉体改造を指すのだろう。健康状態や日々の生活に伴い、総裁本人の容姿は微妙に変化すると思われるから、定期的に記録映像等で情報を得て体重を増減させたり顔つきを変えたりなどさせる必要があるという話だ。そのための人材や訓練の存在を公にするわけにはいかないため、このような僻地に集めているのだろう。

　解答を得ると同時に、私は確信した。

　おそらくこの集落の中に、本物のＸ総裁が紛(まぎ)れ込んでいる。

　Ｘはカリスマ性だけでのしあがった男ではない。危機を察知する嗅覚(きゅうかく)に長(た)けていたからこそ、敵対勢力の手を逃れ、一大勢力を築き上げるに至った傑物であるはずだ。そのＸが姿を消したのは、鎮圧が難しいほど大規模な反乱の予兆を嗅(か)ぎ取っていたからに違いない。

　Ｘの思考をトレースしてみよう。逃亡を図るにしても、追っ手に怯(おび)え続ける人生は耐えがたい。整形で顔を変えるという手もあるが、もはや手術を受ける時間も残されていないかもしれない。

　ならば、元の容姿のまま、本人ではないと誤認させればいい。つまり、影武者村に紛れ込むのだ。自分はＸ総裁その人ではなく、影武者の一人であると言い張り、私たちの追及をかわす目算を立てていたのだろう。

　ではこの第三十三号特別集落の中で、誰を疑うべきなのだろうか。影武者と本物を区別する方法が存在しないわけではない。ＤＮＡ鑑定を行えば済む話だが、総裁は天涯孤独の身であり、子供もいなかった。すると自称影武者の誰かを疑う場合、親族のＤＮＡは存在しないため、総裁の執務室やプライベートスペースから採取した毛髪などと照合することになる。だがそれくらいの捜査は、狡猾なXなら予想済みだろう。逆に言えば、「総裁の執務室に落ちていた毛髪から、お前と同じDNAが検出されたぞ」と追及されたとき、本物は、「それは当然です。私は影武者として総裁のお部屋に詰めていた経験がございます」と反論する必要があるということだ。見かけ上、その経歴を備えている人物は、手記に登場する職員の中では一人しか存在しない。任務で負傷した後、静養のために集落に連れてこられたことになっている、職員Kだ。

しかし手記の中で、すでにKは死亡している。

私たちは集落の影武者全員に聴取を行った。案の定、この僻地には政権転覆のニュースは伝わっておらず、全員、少なからずショックを受けている様子だったが、やがて立ち直った一人が興味深い情報をもたらしてくれた。副管理長を名乗るその職員は、Kの死が事故死ではなく殺人だったのではと疑っており、独自に作成した「二〇XX年　四月二十日　関東地区　第三十三号特別集落　副管理長Cによる手記」という文書を私に託してくれたのだ。その内容には一定の信憑性が感じられた。

総裁の有力候補である職員Kが殺されていたとしたら、影武者の中に反乱分子が紛れ込んでおり、影武者Kの正体を見抜き、絶好の機会と見てたった一人で反乱に及んだという経緯なのだろうか。ならばその人物は我々の同志であり、独裁者に報いをもたらした英雄であるとも言える。彼を殺人犯として処罰するか、解放者として遇するかは議論の余地があるところだろう。

喫緊の課題は、Kの遺体を探し出すことだ。影武者たちの証言によると、遺体は岩山のどこかに埋められたらしいが、埋葬はAが一人で担当したため、正確な位置はわからないそうだ。とりあえずは遺体を掘り出し、DNA鑑定を行うことが急務となるだろう。

二〇XX年　五月十日　国家犯罪者追及セクション参議・αの報告書（続）

五月三日に提出した報告書について追記を行う。

捜索の結果発見されたKの遺体から検出したDNAが、Xの執務室や浴室、寝室などで採取した毛髪のDNAと一致した。これらの部屋からは別人の毛髪も採取されているものの、最も本数が多いのはKと同一の毛髪だった。この事実から、KこそがX総裁その人であったという推定がほぼ確実なものとなったように思われる。さすがの独裁者も、雲隠れを図るにあたって、完璧な偽装は困難だったのだろう。

ただ、K＝Xがはっきりした時点で手記を読み返してみると、新たな疑念も持ち上がってくる。

私は管理長Bと副管理長Cの記した文書を頼りに状況を整理している。だが前管理長Aの手記が偽りだったように、B、Cの手記にも虚偽が記載されていたとしたら？

Kは、石像の修正など思いつかなかったのかもしれない。集落の影武者たちは、本物をまねる訓練に日々を費やしていた。Kの仮面を被った総裁が集落に到着したとき、即座に全員が、目の前にいるのが総裁その人であると看破したとしても不自然ではない。手記の中では独裁者に対して忠誠を表明していた彼らが、心の底では憤懣を煮えたぎらせていたとしたら？ Kを移送した上級委員乙や、連絡役の上級委員甲も同様だったとしたら？

もしかしたら集落の人々は外の事情をある程度理解しており、窮地に陥った独裁者を目の当たりにして、即座に牙を突き立てたのかもしれない。

その場合、Kを殺害した事実をどのように開示するかが問題となってくる。思案の末に、彼らは三種類の手記を用意したのではないだろうか。なぜなら、内容が反乱の進行状況とリンクしているように見受けられるからだ。反乱は四月一日に決行に移されたが、当初は政権側の猛反撃に圧され気味であり、拮抗状態に移行したのは中旬になってから、政権を転覆させる算段がついたのは、二十日頃だった。激動の情勢下で総裁を殺害したのであれば、首謀者たちは彼の死をどのように扱うかについて綱渡りのような判断を強いられたものと思われる。

そうした事情を踏まえて、三種類の手記が提出されたのだろう。

最初の手記では、そもそも集落では何も起こっていないという報告を。二番目の手記では、集落でKが死亡したが、それは事故に違いないという報告を。そして最後の手記では、実は殺人だったという報告を書き記した。総裁が死亡しても、政権自体は転覆しなかった場合、彼を殺した罪はこの上なく重い。しかし幸福委員会や上級委員たちも失墜するのであれば、総裁殺しは許容される可能性も残されている。そのような計算の上に、情勢に応じて報告の内容を変更したのだろう。

だとすれば、最初に何事も起こらなかったという手記を残し、隠蔽を暴露された上、収容所送りになったとされる前管理長Aが、総裁殺害の首謀者である可能性が高い。手を貸した集落の人々を巻き添えにしないために、状況に合わせて手記を執筆するようBおよびCに指示を与えたとも考えられる。総裁が健在だった場合、その指導力は反乱の帰趨を左右したかもしれない。そう考えると、当初は姑息（こそく）な隠蔽者と思われたAこそが、反乱の成否を左右した、真の英雄だったと評しても過言ではないだろう。

Aのその後が気にかかるところだが、廃止された各地の収容所の収容者リストに、彼の名前は見当たらなかったという。彼を手助けしたと思われる上級委員乙・並びに甲の消息も判明していない。彼らの視点に立ってみると、新政権が自分たちをどのように遇するかは予想がつかず、身を隠すという判断も理解できない話ではない。

あの集落で何が起こり、何が偽りで、何が真実だったのか。独裁政権の悪夢が完全に消え去ったとき、真実を記した第四の手記がもたらされるかもしれない。

そのことを期待しつつ、私はここに、賞賛の言葉を残したい。

影武者たちに栄光あれ。

血腐れ

矢樹　純

Message From Author

　こちらの作品は「小説新潮」に寄稿させていただいたホラー短編シリーズの２作目です。

「夫の骨」で第73回日本推理作家協会賞短編部門を受賞して以降、ご依頼をいただくことが増え、短編ミステリを多く手がけてきました。そしてこのたび、ついに憧れの『本格王』に初めて選出いただき、大変光栄に思うとともに「ホラーですけどいいんですか」と少々腰が引けております。

　弟家族のキャンプに同行した独身の姉は、弟の態度や言動に強い違和感を覚えます。弟はいったい、何をしてしまったのか——。

　ジャンルの垣根を越えて驚き、恐怖し、楽しんでいただけましたら嬉しいです。

矢樹純（やぎ・じゅん）
1976年、青森県生まれ。2002年より漫画原作を手がける。12年「このミステリーがすごい！」大賞に応募した『Sのための覚え書き　かごめ荘連続殺人事件』で小説家デビュー。19年に刊行した短編集『夫の骨』の表題作で、20年に日本推理作家協会賞短編部門を受賞。近著に『残星を抱く』『不知火判事の比類なき被告人質問』など。

一

かん、かん、とペグを打つ音が河原に反響する。静かな、だが力強い水音と、背後に迫る裏山から降ってくる蝉の声。まだ昼前だというのに、照りつける陽射しは見上げると目を開けていられないほどだ。テントだけでなくタープも張った方が良いだろうと思いながら、帽子を深く被り直した。

キャンプ場内を流れる幅十メートルほどの川の対岸は、切り立った崖となっている。苔に覆われた岩肌のあちこちから、羊歯や細い灌木が飛び出していた。昨日まで雨が続いていたが比較的流れは穏やかで、これならば川遊びも楽しめそうだった。

「幸菜（ゆきな）おばちゃん、これ、刺さんないんだけど」

不意にハンマーの音が止んだかと思うと、十一歳の姪の夏葵（なつき）が苛立った様子で私の方にペグを差し出してきた。こうした作業には慣れていないようだ。細い金属製のペグは、力任せに叩いたせいか、くの字に折れ曲がっていた。

「地面の下に岩があるのかもね。場所をずらしてみようか」

膝丈のデニムに黄色のチュニックを合わせた夏葵とともに、テントの反対側に回る。夏葵の二歳下の弟の侑悟（ゆうご）はポールを押さえる係にされたのが不満らしく、「もう一つは僕にやらせてよ」と口を尖らせていた。

侑悟は夏葵と同じ子供服ブランドのポロシャツにハーフパンツと、シンプルだがお洒落なコーディネートだった。私より二歳若い義妹の麻実が、今日のために選んだのだろう。姉弟二人とも小柄ながら手足が長く、くっきりした二重まぶたの整った顔立ちで、母親によく似ている。うちの血筋の面影はほぼ押し負けてしまったようで、父親である実弟の伸彰と似ているのは、茶色がかった癖っ毛だけだった。

侑悟の隣にしゃがみ込み、ポールの先端に差し込んだ金具の横にあるリングにペグを通す。土の柔らかいところを探し、角度をつけて半分ほどペグを打ち込んだところで「じゃあ続きはお願いね」と夏葵にハンマーを返した。残り一箇所は侑悟にやらせることにして、フライシートの準備をする。

「ちょっと伸彰、これ広げるの手伝ってよ」

少し離れた場所でバーベキューコンロを組み立てていた弟の伸彰に声をかける。伸彰は首にかけたタオルで額の汗を拭うと、緩慢な足取りで河原をこちらへと歩いてきた。ぺったりとしたコシのない癖毛に、ひょろひょろと白髪が混じっている。三十四歳と麻実と同い年なのに、顎の下や腹回りに薄く肉がつき、猫背気味に歩く様は、年齢よりだいぶ老けて見えた。せめて服だけでも若々しくすればいいものを、くたびれたTシャツに膝の出たチノパンという出立ちで、なぜこうも身なりを気にしないのかと呆れてしまう。

ここまで長距離を運転してきたためか、すでに疲れた表情の伸彰に反対側を持たせてフライシートを広げ、ポールを通してテントに被せた。夏葵と侑悟にペグ打ちを頼むと、さっそく姉弟でハンマーの奪い合いが始まり、家にあった木槌でも持ってくれば良かったとため息をつく。

「じゃあ俺、コンロの続きやるから」

「あ、ちょっと、お昼まだなんだよね？　一応おにぎり作ってきたから。あとお母さんが卵焼きと漬物を持たせてくれたの」

喧嘩になりかけている子供たちを仲裁もせず戻ろうとする伸彰に呼びかける。伸彰は振り返ることなく、俺は漬物食えないから、とだけ言うと行ってしまった。そのやけに素っ気ない態度にどこか不穏なものを感じながら、汗染みの浮いた弟の背中を見送った。

実家で同居している母から弟の家族キャンプの手伝いに行ってほしいと頼まれたのは、先月の下旬のことだった。自室で仕事をしていると、母が急に翌月の予定を尋ねてきた。

「麻実さんがその日、仕事でどうしても来られないらしいのよ。伸彰一人で夏葵と侑悟の面倒を見るのは大変だと思うの。あんたは独り身だし、どうせ家にいるだけなんだから、こんな時くらい人の役に立ちなさいよ」

　東京に暮らす弟家族は、子供が小さい頃は孫の顔を見せるためにと頻繁に埼玉の実家に帰省してきたが、最近は子供たちの塾や習い事が忙しいとかで、帰ってくるのはゴールデンウイークやお盆、正月など、年に数回程度になっていた。

「来年は夏葵がいよいよ受験生でしょう。だから今年の夏休みは少し長めの日程で帰省して、自然の中で楽しい思い出を作ってあげたいんだって。あの川沿いのキャンプ場、あんたたちが子供の頃にも、よく家族で行ったじゃない」

　山間の河原に面したキャンプ場は実家から車で三十分ほどの距離に位置し、私と伸彰も小学生の時に何度か父と母に連れられていった場所だった。確かに自然はいっぱいだが、山と川以外に何もないところで、今時の子供たちが楽しめるものだろうか。

だが母は息子からの提案に大賛成の様子だ。

「畑がなかったら、私が孫の世話をしにいきたいくらいだわ。あんたの仕事は融通が利くんだし、たった一泊なんだから行ってあげてよ」

　奥秩父で葉物野菜とこんにゃく芋の専業農家を営む両親は、畑仕事があるため二日間も家を空けるわけにはいかない。対して私は五年前に激務で体を壊したのをきっかけに東京のマンションを引き払って実家に戻り、現在は前職の経験を活かして在宅でフリーのWEBデザイナーをしている身だ。そして幸いというべきか、その仕事もさほど忙しい状況ではなく、一泊のキャンプに同行するくらいはなんの問題もなかった。仮に新しい案件が入ったとしても、納期を交渉すればそれで済む。

「まあ、いいよ。キャンプなんて私も久しぶりだし」

私が了承すると、母は野菜はうちのを持っていけばいいとか、物置にまだ昔のキャンプ道具があるはずだなどと張り切り出した。伸彰には母から連絡しておいてくれるという。

「あんたは普段、家にこもってばっかりなんだから、いい機会よね。それに伸彰も、子供たちと羽を伸ばせるんじゃないの――麻実さんもいないことだし」

母が意味深な言い方で付け加える。確かに、麻実が来ない方が気楽な面もあった。特に今の伸彰にとっては、そう感じるところが多いのかもしれない。

東京で生まれ育ち、都内の有名私立女子大を卒業した麻実は大手監査法人で会計士として働いており、真面目で規律正しい性格だった。地元の専門学校を出たものの就職に失敗し、契約社員やアルバイトといった勤務形態を続けてきた私は、年下なのに責任ある立場で高い収入を得ている彼女を前にすると気後れしてしまい、正直苦手としていた。

一方の伸彰は、新卒で入社したソフトメーカーで十年近く技術者として働いていた。人付き合いがあまり得意でない伸彰にはその職種が合っていたようなのだが、それが部署の異動をきっかけに、大幅に職務内容が変わってしまった。何度か上司に元の部署に戻してもらえるよう掛け合ったが受け入れてもらえず、伸彰は悩んだ末に、今から三年ほど前についに転職を決めた。

新しい会社は勤務時間が短く、仕事内容も伸彰の希望どおりとなったが、収入が大きく下がったようだ。夏葵と侑悟を私立の一貫校へ入れるつもりだった麻実には、それが不満だったのだろう。以来、夫婦間で衝突することが多くなったそうで、耐えかねた伸彰が母に相談をしてきた。早く帰れるようになった分、伸彰が家事を担うことが増えたのだが、そのやり方が麻実は気に入らないらしい。

「麻実さん、子供たちの前でも伸彰にあれこれ言うこともあるらしくて、あの子もだいぶ参ってるのよね。次の日会社があるのに、夜中過ぎまで食器の洗い方が雑だとか、お風呂場の掃除ができていないとか、ぐちぐち文句を言われたりするって」

「ちょっと、それって精神的DVなんじゃないの」

伸彰はこれ以上この状況が続くなら麻実と離婚したいとまで言ったそうだが、母は子供たちのためになんとか考え直すよう説得したという。そのようなことを聞かされ、そんな息苦しい状況に置かれた夏葵と侑悟が気の毒になった。それがキャンプの話が出る二か月前のことだ。

こうした背景もあり、せめて子供たちには、夏休みに楽しい時間を過ごさせてあげたかった。その後、私も伸彰と連絡を取り合い、当日はお互い車で現地に直接向かうことと、それぞれの持っていくものを決めた。そしてこの日、待ち合わせをした午前十時にキャンプ場にやってきたのだった。

テントを張り終えたところで、夏葵と侑悟に手伝わせて隣接する駐車場に停めたバンから残りの荷物を運び、日除けのタープを設置した。その下に折り畳みテーブルを組み立て、母と私とで朝から準備したおにぎりや惣菜を並べる。子供たちを待たせておいて、昼食にしようと河原の方にいた伸彰に声をかけにいった。

「俺、薪を集めたいから、先に食べててよ」

流木を両手いっぱいに抱えて戻ってきた伸彰は、バーベキューコンロの横に置いたアウトドアベンチに腰かけ、鉈で薪割りを始めた。先が枝分かれした木の股に鉈を打ち下ろすと、黄色っぽい断面が覗き、生乾きの雑巾のような臭いが散った。

「昨日まで雨だったから、燃えにくいんじゃない？　炭だったら私も持ってきてるし、バーベキューするなら炭火の方がいいと思うけど」

それに何も昼食を後回しにする必要はない。子供たちだって父親と一緒にお昼を食べたいのではないか。そう意見したが、伸彰は返事をせず、裂けた木に指をかける。

ふんっと鼻息を吹き出すと、めきめきと力まかせに捩じ切った。そうして陰鬱な顔で私を見上げた。

「子供たちに、焚き火をさせてあげたいんだよ。ホームセンターで買った炭なんかじゃなく、本物の火を見せてやりたいんだ。そのためにはたくさん薪を集めて、よく乾かしておかなきゃ。呑気に飯なんか食っていられないよ」

何かに急き立てられるように目が落ち着きを失っている。伸彰は割れた木を足元に放り出すと、次は大人の腕ほどもある太い流木を地面に立て、その先端に鉈を当てた。そして「麻実が」とつぶやいた。

「あいつがオール電化のマンションにしたいなんて言ったもんだから、夏葵も侑悟も、誕生日ケーキの蠟燭くらいしか火を見たことがないんだ。最近の子供は、マッチの点け方も知らないんだよ。俺はそんな今の日本の教育は間違っていると思う」

鉈を食い込ませた流木を地面に叩きつける。ばきっと割れた木の内側は、虫に喰われたようにぼろぼろに崩れていた。木屑とともに割った木を足で脇に寄せると、別の折れ枝へと手を伸ばす。

憑かれたように鉈を振るう伸彰の姿に、なんとなく普通でないものを感じ、それ以上何も言えずにその様を見つめていた。先ほど一緒にフライシートを張っている間も、終始伏し目がちで、夏葵と侑悟とは言葉を交わすことがなかった。そして子供たちもどことなく伸彰と距離を置いているようで、親子の間に奇妙な緊張感が漂っていた。

麻実との不仲のために、伸彰はかなり精神面で追い詰められているのではないか。子供たちはそのことを感じ取り、不安を抱いているのかもしれない。

「――じゃあ、伸彰の分は残しておくから、きりのいいところで食べてね」

平静さを保ち、なんとかそう声をかけた。分かった、と返事をすると、伸彰は首のタオルでごしごしと頭の汗を拭う。子供たちの方へ戻りかけながら、暑いから水分補給を忘れないでと言い足そうとした時だった。

「伸彰、あんた、血が出てるじゃない」

タオルの内側に赤茶色の染みが見えて、驚きのあまり鋭い声が出た。はっとした顔で手にしたタオルに目をやった伸彰は、その部分を隠すように握り込んだ。

「違うよ。このタオル、元々汚れてたんだ。手に泥がついたのを拭いたから」

言いわけのように早口で説明する。泥だとしたらあんな色になるだろうか。伸彰の手元を注意深く観察したが、傷はどこにもなかった。服にも裂けたところや血の跡はない。伸彰は私の視線を避けるように、顔を背けている。

あの汚れはなんなのかと考えていた時、ふと、あまりに現実離れした想像が湧いた。そんなはずはない。そう自分に言い聞かせようとしたが、一瞬よぎった馬鹿げた考えは、なかなか頭を離れなかった。

もしも伸彰が、《あの場所》を訪ねたのだとしたら。

だとすれば弟は妻の麻実を、殺そうとしたのかもしれない。

二

キャンプ場の裏山には、菱田（ひしだ）神社と呼ばれる古い神社がある。さほど有名ではない、社務所などもない小さな神社で、参拝するのは地元民だけだった。

主祭神は崇徳（すとく）天皇だと伝わっているが、ともに祀られている配祀神や詳しい由縁についてははっきり分かっていない。だが崇徳天皇は悪縁、腐れ縁を絶つご利益があることで知られており、菱田神社も縁切り神社であるとされてきた。

私は過去にこの神社で縁切りを願い、結果としてそれは叶った。

私には晴香（はるか）という同い年の幼馴染がいた。保育園の頃から同じ組で、家が近所だったこともあり、一緒に遊ぶことが多かった。

四月生まれの晴香は早生まれの私と比べて体が大きく、足も速かった。鬼ごっこをすると、晴香はいつも一番に私を捕まえた。そして鬼ごっこが終わるまで私を鬼のままにして、他のみんなと逃げ回った。はやし声を上げて逃げる友達の背中を追いかけ続け、最後には走れなくなっても、鬼ごっこは終わらなかった。私が泣き出すまで終わらなかった。

そんな関係が小学校の中学年になっても続いていた。晴香は周りの子たちに、私とは保育園からの親友なのだと告げていた。だから晴香が私に何をしても、それは友達同士ふざけているのだとしか受け取られなかった。

「またあそこの娘かあ。ありゃ腐れ縁だんべえ。菱田様に、切ってもらやいいだで」

小学四年生の、明日から夏休みが始まる一学期の終業式のことだった。晴香に通知表を取り上げられ、クラスメイトの前でさほど良くもない成績を読み上げられて泣いて帰ってきた私に、当時は同居していた今は亡き祖母が、慰めるような口調で言った。私はその時に初めて「腐れ縁」という言葉を聞いた。祖母に意味を尋ねると、まさに私と晴香の仲はそれだと思えた。

「ばあちゃんが前に、石のまじない教えたろう。やってみらっせえ」

祖母は真顔でそう言った。

それは地元の一部の人間だけに知られている話だった。菱田神社の裏手にはある石が祀られており、古くから縁切りのまじないに使われてきたのだという。その石に縁を切りたい相手の血をほんの一滴でも捧げれば、縁だけでなく、相手の命を絶つことができるというのだ。

「あそこの石には近寄んな。怪我でもしたら、よいじゃあねえことになんだから」

私も伸彰も、そう祖母から注意されたものだった。そばで遊んでいて石に血がつくようなことがあれば、大変なことになるのだと。私はそれを、単に神社のような場所で遊ぶものではないというしつけの言葉だと捉えていた。だが祖母は本当に私たちの身を案じて言ってくれていたのだとのちに知った。

この夏休みには菱田神社のそばにあるキャンプ場に、両親と私と伸彰とでキャンプに行くことになっていた。祖母もそれを知っていたから、そんなことを言ったのだろう。祖母なりに励ましてくれたことはありがたかったが、そんな気味の悪い《おまじない》をする気にはなれず、まして効き目があるとも思えなかった。

それから一週間ほどして、キャンプ当日の朝を迎えた。両親の畑仕事の都合で、出発は昼前の予定だった。朝起きるのが苦手な伸彰を家に残し、私はいつものように公民館の駐車場で行われるラジオ体操に参加した。キャンプに出かけるのが楽しみで、私はこの日のためにと母が新調してくれた帽子を朝から被っていた。

「幸菜ちゃん、今日からキャンプ行くんだよね。その帽子被っていくの？」

顎紐のついた水色のサファリハットで、つばの内側が花柄になっているお気に入りの帽子だった。友達と夏休みの予定をあれこれ話し合っていた時、不意に後ろから、頭を強く叩かれた。そして私のすぐ横を晴香が走り抜けていった。

「いいなあ、幸菜、キャンプ行くんだあ」

馬鹿にしたように語尾を伸ばした言い方で、晴香は走りながら右手を突き上げた。その手にはぐしゃりと形を歪められた私の帽子が握られていた。

晴香の家は兼業農家で、両親は平日は仕事、土日は農作業をするため、家族で遊びに行くことなどできなかった。だから私の話を聞いて、面白くなかったのかもしれない。

待って、返して、と叫んで、私は彼女の方へ駆け出した。けれど晴香は前年から地域の陸上クラブに入団し、これまでにも増して足が速くなっていた。どんなに必死で走っても、追いつけるはずがなかった。晴香は帽子を握り締めたまま駐車場の中を逃げ回る。その場には他の子供たちも、子供会のラジオ体操当番の大人もいたが、友達同士ふざけ合っているようにしか見えないのか、誰も助けてはくれない。

少し離れたところで立ち止まり、ほーら、こっちこっち、とおどけた仕草で帽子を振る晴香に、恥ずかしさと悔しさで半泣きになりながら突進した。

その直後だった。「いったあい」と、大きな声が上がった。

足元をよく見ていなかった晴香は、駐車場の車止めのブロックにつまずいて思い切り転んでしまった。勢いがついていたせいか、晴香はアスファルトに上半身から倒れ込んだ。轢き潰されたカエルのような不恰好な体勢を、そばにいた高学年の男子たちが「うわ、やべえ」とくすくす笑い合っている。

ややあって、晴香は痛そうに顔をしかめながら、帽子を持っていない方の手を突いて立ち上がった。見ると肘や膝が擦り剝けて傷になっている。特に膝の方の怪我が酷く、脛にまで血が伝うほどだった。子供会の保護者が、救急セットを出すから待ってて、と焦った様子でバッグの中をかき回し始める。

「ねえ、大丈夫？」

さすがに気の毒になって、私は膝の擦り傷を見つめたまま中腰になっていた晴香に近づいて声をかけた。

私に同情されたことが屈辱だったのか、顔を上げた晴香は、険のある目つきでこちらを睨んだ。

そして、手にしていた私の帽子で、おもむろに自分の足に垂れた血を拭った。

やめて。汚い。叫びたかったが、動揺のあまり喉を絞ったようなか細い声が漏れただけだった。

はい、返す、と晴香は私の胸の前に帽子を突き出した。そうして薄笑いを浮かべると、離れたところで様子を見ていた取り巻きの女子の方へ走っていった。受け取った新品の帽子は、裏地の青い花柄の部分に擦れたような薄赤い血の染みがついていた。ぷんと鉄臭さが鼻をつき、吐き気をこらえながら、その場に立ち尽くしていた。

その後、予定どおり家族でキャンプに出発したが、私は帽子を忘れたと言って被っていかなかった。母はせっかく買ったのにと呆れていたが、朝から沈み込んだ様子の私を気づかってか、強く叱りはしなかった。

テントとタープを張ってしばらく川遊びをしたあと、父と伸彰は上流の方へ釣りをしに行くと言い出した。朝が早かった母は夕飯の支度の時間まで休みたいと、タープの下で休憩していた。

「暑いから、ちょっと山の中を散歩してくる。神社まで行ったら戻ってくるから」

母にそう告げると、私は自分のリュックを背負い、菱田神社のある裏山へと向かった。神社までは歩いて十五分ほどの距離で、これまでにも家族で何度か行ったことがあった。そしてそこまでの道も、参道として整備された一本道だった。迷う心配はないと判断したのだろう。今の時代なら許されないかもしれないが、母は私を一人で行かせてくれた。

キャンプ場から駐車場を突っ切ったところにある裏山の入り口には、色あせた赤い鳥居と古びた石燈籠がある。鳥居をくぐり、林の中に分け入ると、照りつけていた日が枝葉に遮られ、急に辺りが暗く感じられた。

雑木林を登っていく緩い傾斜の参道は、踏み固められてはいるがでこぼこ道で、ところどころに木の根っこが覗いている。湿った土と、青臭い森林の匂いが漂う木立の中を、つまずかないよう注意しながら進んだ。

つづら折りに蛇行する山道を登るうち、いつしか川の音は聞こえなくなり、その代わりに頭の上で鳥や蟬の声がしていた。張り出した樹木が道を覆うように茂り、半袖シャツでは寒く感じるほどだった。

時々、立ち止まってリュックに入れてきた水筒の麦茶を飲みながら、十分以上は歩いただろうか。鬱蒼とした木々の向こうに、赤いものが見えた気がした。少し早足になって曲がり道を折れると、その先にあちこち色の剝げた朱塗りの鳥居が建っていた。鳥居の先は急な石段になっている。苦労して昇り切ると、そこが神社の境内だった。

苔むした石畳が敷かれた狭い境内には、風雨にさらされたため白茶けて顔が削れた狛犬が向かい合っている。奥へ進むと、私は正面に建つ本殿ではなく、その裏手に回った。家族で来た時には、そちらへ入ったことはなかった。

祖母に以前聞かされたとおり、本殿の裏側には小さなお社があった。その横に、箒の柄と同じくらいの太さの白木の棒が四本、大体一メートル間隔で、菱形を作るように地面に突き立てられている。棒の高さは大人の身長くらいだろうか。そのてっぺんから二十センチほど下のところに、菱形の四辺を囲うようにしめ縄が張られていた。

藁の飛び出た、今にも千切れそうなぼろぼろのしめ縄には、なぜかそれだけ真新しい、白い紙垂(しで)が下がっている。

そしてその菱形に仕切られた空間の中央に、ひと抱えほどの大きさの、なんということもない石が置かれていた。ボールをほんの少し潰したような形で、漬物石だと言われれば信じただろう。石の表面は比較的滑らかで、川の下流で見るような、丸く角の取れた石だった。近づいて見ると、石の上面に自然に穿たれたような小さな凹みが二つと、真ん中にちょっとだけ盛り上がっている部分がある。特徴と言えばそれだけだった。

私は背負っていたリュックを下ろした。そして中から、晴香の血で汚された水色の帽子を取り出した。

しめ縄の囲いの中に入るのは少し怖い気がして、外側から手を伸ばして、石の上に帽子を置いた。紙垂の下にかがむと手を合わせ、目を閉じて祈った。

晴香との縁を切ってください。晴香を酷い目に遭わせて、死なせてください。どうかお願いします。お願いします――。

こんなおまじないが、本当に効くとは思っていなかった。ただ、何かに頼らなくては、もう立ち向かえなかった。助けてほしかった。私は信じてもいない神様に、真剣に祈りを捧げ続けた。

祈りが通じたかどうかは分からなかったが、しばらくして目を開けた。ずっと力を込めていたせいか、合わせた両手が固まったようになっていた。ようやく手を離し、立ち上がろうとした時、口の中に違和感を覚えた。舌を動かし、その異物を押し出す。そっと手の上に吐き出すと、それはなんの前触れもなく抜けた、奥歯の乳歯だった。

血の味を感じながら、わけもなく恐怖に駆られて周囲を見回した。その時、頭の上で、ざざざざ——と葉擦れのような音がした。

顔を上げると、紙垂がいっせいに揺れていた。風は吹いていない。その証拠に、しめ縄の方はまったく動いていなかった。ただ白い紙だけが、狂ったように不規則に揺れ動いている。恐ろしいのに視線を外すことができず、身を固くしたままその光景を見上げていた。

「お姉ちゃん、何してるの?」

聞き慣れた声がして、弾かれたように振り返った。見ると本殿の方から、伸彰が歩いてくるところだった。

「なんでお姉ちゃんの帽子、そんなとこに置いてるの?」

伸彰は私の背後にあるものに興味を示した様子で、ずかずかと歩み寄ると、あっさりと菱形の中へと入ってしまう。

そしてそのまま帽子に触れようとした。

「駄目、触んないで!」

咄嗟に叫んだが、その時には伸彰は帽子を手にしていた。そしてほどなく、呆けたような顔でこちらを振り向いた。私は弟の身に何が起きたのか分からず、慄然とした。

特にどこかにぶつけた様子もなかったのに、伸彰はぼたぼたと鼻血を垂らし、Tシャツの胸元を血で汚していた。思わず石に目をやるが、そちらに弟の血の跡らしきものはなかった。

「あんた、どうしたの、それ――」

伸彰は答えなかった。血まみれの顔に満面の笑みを浮かべると、帽子を摑んだ腕を突き上げ、妙に甲高い、間延びした声で言った。

「いいなあ、ゆきな――はい、かえす」

三

昼食のあと、子供たちに川遊びをさせてテントの方へ戻ってくると、伸彰はすでにバーベキューコンロのそばに焚き火を起こしていた。ベンチに腰掛け、ビールの缶を手に炎を眺めている。子供たちに気づくと、おいでと手招きした。

「私、暑いからいい。幸菜おばちゃんと日陰にいたい」

侑悟は素直に伸彰の隣に座ったが、夏葵はタープの下で涼みたいという。伸彰も無理強いはせず、侑悟に先ほど集めて積んでいた薪をくべさせてやっていた。夏葵はクーラーボックスから出したジュースに口をつけながらも、多少は焚き火の方が気になるようで、伸彰と侑悟の様子をちらちらと見ている。やはり下の子の方が、親に甘えるのが上手なのかもしれない。

あの小学四年のキャンプの時も、伸彰はただ鼻血を出しただけなのに頭がふらふらするなどと言って、夕食の準備も手伝おうとせず、日陰で休んでいた。でも夜に花火をする時にはすっかり元気になり、調子に乗って手持ち花火を振り回して叱られていた。晴香が朝に言ったのと同じ言葉を口にしたことは、覚えていないようだった。

肝心の菱田神社のおまじないは結局のところ、半分だけ効いた。晴香は事故に遭った。

二学期の始業式に、晴香は松葉杖をついて登校してきた。自宅近くの農道を自転車で走っていて軽トラックに接触し、膝を骨折したのだそうだ。酷い目に遭わせてほしいという願いは叶ったが、クラスメイトたちにちやほやと世話を焼かれて、晴香はどこか得意げだった。

陸上クラブは辞めたようだが、ギプスが外れてしばらく経つと私への嫌がらせも再開された。だが幸いなことに、晴香の家は翌年、父親の仕事の都合で親族に畑を譲り、東京に引っ越すことになった。そのことを思えば、縁切り神社としての菱田神社には、やはりご利益があったのだろう。

「幸菜おばちゃん、僕もジュース飲みたい」

あれこれと昔のことを思い出していると、焚き火に飽きたのか侑悟がこちらに駆けてきた。伸彰はまだ焚き火のそばで缶ビールに口をつけている。昼間からあんなに飲んで大丈夫だろうかと心配になりながら、夏葵の向かいに座った侑悟に冷えたペットボトルを出してやる。そこで侑悟が目をこすっているのに気づいた。

「侑悟、眠いの？　疲れちゃった？」

尋ねると、夏葵が「今朝、うちを出るのが凄く早かったの」と割って入った。そして麻実に似たぽってりとした唇を尖らせる。

「パパに起こされたの、四時くらいだもん。ママは寝てたから、行ってきますって言えなかったし」

そうなの、と返しながら、夏葵の説明に違和感を覚えた。キャンプ場に集合するのに伸彰から指定された時間は、午前十時だった。東京から車で来たとしても、関越道なら二時間半もあれば着くはずだ。なのになぜ、そんなに早く家を出る必要があったのか。

「来る途中にどこか寄ったの？　買い物とか」

二十四時間営業のスーパーなどで、買い出しでもしていたのかもしれない。そうだとしても時間が掛かりすぎだが、一応尋ねた。しかし夏葵は首を振った。

「キャンプ場には七時過ぎには着いちゃったんだ。それで、パパが用事があるから車で少し待っててって言うから、私は寝て待ってたんだけど、侑悟は眠れなかったみたい。パパがいなくなっちゃって、怖くて泣いてたんだって」

「泣いてないって！　パパが山の方に歩いていっちゃって、なかなか帰ってこないから、転んで怪我したんじゃないかって心配してたんだよ」

侑悟がむきになって否定する。言い合いになりかけたのを遮り、二人に確認した。

「待って。じゃあ七時過ぎにキャンプ場に着いたあと、パパはずっと車に夏葵たちを置いたまま、戻ってこなかったってこと？」

「ずっとじゃないよ。九時半頃には帰ってきたもん。遅くなってごめんって、ちゃんと謝ってくれたし」

侑悟は庇うように言ったが、それでも二時間くらいは子供をこんなところに置き去りにして、そばを離れていたということだ。駐車場は朝のうちは林の陰になっているので熱中症の心配はなかっただろうが、保護者としてやっていいことではない。そんな非常識なことをしてまで、一人で山の中に何をしにいったのか。

思わず伸彰の方を振り返った。だいぶ酔っているらしく、ベンチにかけたまま上体をゆらゆらと揺らしている。やがて弛緩した顔で焚き火に新たな薪をくべた。加減を考えていないのか、あたかもキャンプファイヤーのような大きな炎が上がっている。焚き火は禁止されてはいないが、さすがに管理者に注意されるのではないか。

伸彰が傍らに置いたクーラーボックスから、ロング缶の酎ハイを取り出した。腕を伸ばすとシャツの裾がずり上がり、たるんだ白い脇腹が覗いた。小さな頃から一緒に育ってきた弟なのに、なんだか別の人のように思える。

思えば、あの小学四年のキャンプの頃からだろうか。伸彰と私の関係が、ぎくしゃくし始めたのは。

朝起きるのが苦手だった伸彰は、あの夏休みが終わった二学期から、学校を休みがちになった。行き渋りは徐々に酷くなり、学年が上がる時には完全に不登校となった。そしてその頃になると、伸彰は私と口を利こうとしなくなっていた。

同じ家で育ちながら特に問題なく学校に通えている姉の私に、鬱屈とした思いがあったのかもしれない。顔を合わせることも嫌だったのか、私が居間にいる時には立ち入らなかったし、食事も別にとるようになった。当時のそういう環境が気詰まりで、私は早くに家を出たのだ。

その後、伸彰が高卒認定試験を受け、無事に大学に合格したと聞いた時は、本当に安堵したものだった。就職した会社の取引先の社員として知り合った麻実と結婚した際には、先を越されて少し悔しく感じながらも、素直に祝福することができた。夏葵と侑悟が生まれ、二人を連れて帰省するようになると、それまでのわだかまりも徐々に解けていった。

なのになぜ今、私はこんなにも伸彰に対して恐怖しているのだろう。口の端に泡をつけたまま、うろのような黒々とした目に燃えさかる炎を映した弟をそれ以上見ていられなくて、視線を逸らした。

先ほど思い浮かべて否定した馬鹿馬鹿しい想像が、再び頭をもたげてくる。あのキャンプの日に、菱田神社で起きたこと。伸彰も私と同じく、祖母から例のおまじないを教わっていた。縁を切りたい者の血を石に捧げれば、その悪縁だけでなく、相手の命を絶つことができる——。

伸彰のタオルについていたのは、麻実の血だったのではないか。それをあの石に捧げることで、伸彰は麻実を殺そうとしたのではないか。

あり得ない。どうかしている。そう思いながらも、この朝からの弟の異様な振る舞いに、妄想じみた考えが浮かんでくるのを止められなかった。

四

あまり暗くなってからだと、ランタンの光では肉の焼け具合がよく見えなくなるので、夕方五時半と早いうちからバーベキューを始めた。子供たちは遊び回って空腹だったようで、伸彰が買ってきたカルビ肉も、母が持たせてくれたハラミと牛タンも、四人でほとんど残さず食べ切ってしまった。

アルコールでお腹がいっぱいだったのか、私より少食なくらいだった伸彰が、ステンレスのマグカップにウイスキーを注ぐ。

「ちょっと、飲み過ぎじゃない？」と、さすがに注意した。

「花火もこれからだし、酔っ払って火を扱うのは危ないよ」

伸彰はうるさそうに眉を曇らせながらも、同じカップに子供たち用のコーラを注いでアルコールを薄めた。

夏葵と侑悟はだいぶ熾火（おきび）となった焚き火に小枝をくべて遊んでいる。すでに裏山の向こうに日は沈んでいるが、時刻は七時を過ぎたばかりだった。夕焼けの名残の赤みを帯びた雲が、藍色を濃くしていく空を彩っている。花火を始めるには、まだ少し早かった。

「麻実さんに、子供たちの動画を撮って送ってあげたら？　きっと気にしてるよ」

暗くならないうちにと提案してみる。だが伸彰は「この時間はあいつ、まだ仕事中だから」と、スマートフォンを出す素振りも見せない。またあの不安が頭をもたげてくる。

自分のスマートフォンを取り出して通知を確認する。麻実からの連絡はなかった。これまで気にしないようにしていたが、このキャンプの件で麻実からは、まだ一度も電話もメッセージも来ていなかった。普通なら、子供を預けるのだから、何か一言あるものではないのか。

バーベキューコンロを挟み、姉弟二人でハイバックのアウトドアチェアに体を沈めたまま、しばし無言で夕闇に漂う煙を眺めていた。川の音と虫の声。時折、小さく炭の爆ぜる音がしていた。

「――今朝、神社に行ってきたの？」

やはり聞いてしまおうと切り出した。伸彰は目線を上げた。眠たげな表情からは、何を考えているのか読み取れなかった。

「夏葵たちから聞いたの。今日は早くに着いて、車で寝てたって。その間にあんたが、山の方に行っていたって。神社以外に、何もないでしょう。あそこは」

ああ、と肯定と取れる返事をして、伸彰はチェアの肘掛けのホルダーに入れていたカップを手に取る。そこで何をしていたのか、話し出すのかと思って続きを待ったが、伸彰は何か考え込んでいる様子でカップの中に視線を落としていた。

「俺、あの神社の裏で、鼻血出したことあったよね」

唐突に尋ねられ、うん、とうなずく。何を言おうとしているのか分からず、煙の向こうの伸彰を見つめた。

「姉ちゃんも、子供の時に一緒に見たよな。あの石――あれ、なんだったと思う？」

知らないよ、と反射的に答えていた。それについて話すことが、急にそんな話を始めた弟のことが、なぜだかとても恐ろしかった。だが伸彰は、暗い目で手元を見たまま語り出した。

「俺、学校に行ってなかった頃に、あの神社のこと、気になって調べたんだよ。主祭神の崇徳天皇って、神様ってことになってるけど、実は怨霊なんだ。崇徳院は、自分の血で書き写した経を京都に送ったのを無視されて、舌を嚙みちぎってその血で呪詛の言葉を記し、無念の中で死んだ。死んだあと、その棺からあふれた血が、台座の石に――」

「ねえ、やめてよ。なんの話？」

なぜそんな不気味な歴史上の人物のことを聞かされなければいけないのか。わけが分からなかった。話を遮られた伸彰は、苛立った様子で首元を掻いた。今日一日で日焼けした肌に、赤い筋が浮かぶ。

「あれは、普通の石じゃないんだよ。あの神社は崇徳院を祀っているけれど、それと同時に呪いをかけている。怨霊の祟りを、利用しているんだ。その証拠に、あんなことを——」

いい加減にして、と思わず大きな声が出た。呪いだとか祟りだとか、そんな話を真剣に語る弟を見たくなかった。子供たちが不思議そうに振り返る。その場を取り繕うべく、「そろそろ花火やろうか」と明るい調子で二人に呼びかけた。やったーと喜ぶ子供たちに、火傷をしないように長袖を羽織るよう言いつけると、伸彰を振り返った。

「あんなの、ただの丸っこい石じゃん。それより花火、運んでくるね。伸彰はバケツに水汲んできてくれる？」

話を打ち切ってそう頼んだが、伸彰は立ち上がろうとしなかった。コンロの中で赤い光を放つ炭をじっと見据えている。そしてぽつりと言った。

「姉ちゃんは、気づいてなかったのか」

なんのこと、と尋ねる。伸彰の手が小刻みに震えていた。

「窪みが二つあって、真ん中が出っぱってて、あれ、顔だよね。あの石は、本来はどこかに祀られていた——血を求める何者かの首なんだよ」

夏葵と侑悟は花火を楽しんだあと、ちゃんと後片づけも手伝ってくれた。子供たちが一緒だったので、伸彰とそれ以上、菱田神社の石の話はせずに済んだ。

焚き火とコンロの火の始末をして、炊事場の流しで歯磨きを済ませ、子供たちとテントに入ったのは夜の九時半過ぎだった。本当なら大人だけで久しぶりに積もる話でもするところなのだろうが、そんな雰囲気ではなくなっていた。奥から伸彰、侑悟、夏葵、私と四人が並ぶ形で寝袋に入った。

しばらくはLEDランタンをつけて子供たちと学校のことや友達のこと、塾や習い事のことなどおしゃべりをしていたのだが、やがて侑悟が静かになり、寝息を立て始めた。「明日、早く起きて遊ぼうね」と夏葵に約束して灯りを消した。伸彰はこちらに背を向けてスマートフォンを見ているようで、寝袋の頭の辺りを仄白い光が照らしている。子供たちが一緒に寝ているところで込み入った話もできず、伸彰が今朝、神社で何をしていたのか尋ねることは、今日のところは諦めた。

やがて聞こえてきた夏葵の寝息と虫の鳴く声、遠くに聞こえる川の音に聞くともなく耳を傾けるうち、気づけば眠りに落ちていた。どれくらいの時間、眠っていたのか分からない。ふと、誰かの声がした気がして、目を覚ました。

暗いテントの中で耳を澄まし、気配を探る。子供たちが起き出した様子はない。伸彰も寝入っており、軽いびきを立てている。目が慣れてくると夏葵と侑悟の寝顔と、その向こうで寝袋に潜り込んでいる伸彰の姿が見えた。

頭のそばに置いていたスマートフォンを手に取る。時刻は午前三時過ぎだった。声がしたのは外だったのだろうか。テントの位置は離れていたが、他にもキャンプに来ている家族連れがいた。深夜にトイレにでも起きたのかもしれない。

外の様子を窺うが、人の声らしきものはもう聞こえない。もう一度眠ろうと目を閉じた時、私が寝ているテントの入り口側の方で、ぱたぱたと何かを叩くような音がした。同時にテントの内側のシートが小さく揺れた。

風で飛んできた何かが当たったのだろうか。だが直後、またぱたぱたと同じ音がして、入り口部分のシートが揺れた。ファスナーを閉めているので姿は見えないが、誰かがテントを叩いているようだ。位置の低さからして、どうやら相手は子供のようだった。

一人でトイレに起きて、自分のテントが分からなくなってしまったのかもしれない。私は体を起こすと、「どうしたの?」と小声で尋ねた。しかしその子は答えず、再びぱたぱたとテントを叩き始める。夜中に帰る場所を見失って、半ばパニックになっているのだろうか。早く家族のところへ連れていってあげなくてはと、私はテントのファスナーに手をかけた。十センチほど隙間が開いた、その時だった。

んふふっ。んふっ――。

テントの外で、鼻から息を抜くような笑い声がして、咄嗟に開きかけたファスナーを引き戻した。直後、ばたばたっ、ばたばたっと、突然テントが激しく叩かれた。やめてと言おうとしたが、恐ろしくて声が出なかった。ファスナーを押さえたまま固まっていた。何かがおかしい。夜中に迷子になった子供が、笑うはずがない。ねえ、ちょっと起きて、と奥で寝ている伸彰に必死で呼びかけたが、目覚める様子はない。その間も、嬉しそうに笑い声を上げながら、何者かがテントを叩いている。耐えきれなくなった私は、空いている方の手で枕代わりにしていたウエストバッグを摑むと、その誰かがいる辺りに投げつけた。

ひい――と細い声が尾を引き、笑い声とテントを叩く音が止んだ。逃げていったのだろうか。もしかして、笑い声に聞こえたのは鳴き声で、あれの正体は猿などの野生動物だったのだろうか。そう思いかけた瞬間。

ぐうっと何か球形のものが、テントの入り口に押しつけられた。シートが丸く盛り上がる。それはまるで小さな子供が、中に入りたくて頭をぐいぐいと差し入れようとしているかのようだった。んふう、んふう、と荒い呼吸の音がして、もごもごと口らしきものが動いている。その様はシートを嚙み破ろうとしているようにも見えた。やがてその頭が、ぐるりと首を回し、鼻と思しき小さな突起が私の方を向いた。悲鳴を上げようとしたが、喉が詰まったように声が出せず、そのまま意識が薄らいでいった。

五

「夢だよ、それ。よくあるじゃん。夢の中で声を出そうとしても出ないこと」

朝食のトーストを焼くための炭を熾(おこ)しながら、私の話を聞いた伸彰はそう断じた。まだ朝の六時前で、子供たちはぐっすり眠っていた。

昨晩、悲鳴を上げかけたところで意識が途絶え、気づいたらもう明け方だった。伸彰の姿がなく、テントを出ると早くもコンロに炭を入れようとしていた。

「本当なの。夢じゃないんだって。これ見て。起きてから気づいたの」

必死に訴えると、私は袖をまくって腕の内側を見せた。

がたがたに歯並びの歪んだ、小さな歯形がついていた。その周囲は赤紫色に内出血を起こしている。

「自分で嚙んだんじゃないの？　それか、隣の夏葵が寝ぼけたとか」

「よく見て。夏葵だったらこんなに小さくないでしょう。子供だったら三歳とか、それくらいの大きさだよ。昨日、何かがテントに入ってきたんだよ」

伸彰は私の方を見ようとせず、唇を結んでうちわを動かしている。その顔は強張り、額と鼻の頭にびっしり脂汗が浮いていた。

「ねえ、あんた昨日の朝、神社で何をやったのよ」

弟は何かを隠している。そう確信して尋ねた。伸彰は妻の麻実との縁を切るために、例のおまじないをやったのではないか。昨晩の怪異は、そのせいなのではないか。あの得体の知れない子供がどう関連しているのかは分からないが、そうとしか考えられなかった。

「――何かしたのは、姉ちゃんの方じゃないのか」

不意に発せられた言葉に、意味が分からず首を傾げていると、伸彰は一瞬、怯えた目を私に向けたあと、再び口を開いた。

「姉ちゃんの幼馴染の、あの晴香って子が転校したあとのこと、姉ちゃんは知らないんだよな」

突然そう持ち出され、戸惑いながら弟の顔を見返す。そんなことは知るはずがなかった。晴香の引っ越し先の住所も知らなかったし、知っていたとしても連絡を取り合うような仲ではない。

「あの子には二つ下の、俺と同い年の弟がいたんだよ。引っ越してからも仲良くして、聞いたんだ。あいつの姉ちゃんが――小学六年の時、自殺を図ったって」

うつむいたまま、伸彰はうちわを動かし続ける。煽られた炭から火の粉が舞い上がるのを、呆然と眺めていた。

「東京に行ったら、中学の陸上チームに入るつもりだったんだって。でも膝の骨折のせいで、リハビリしてもタイムが上がらなくて、諦めることになって——それで自暴自棄になったんじゃないかって言ってた。姉ちゃんがキャンプの時にあの石に何かしてたのって、ばあちゃんが言ってたおまじないだよな？　あの子がそんなことになったのは、姉ちゃんのせいじゃないのか」

伸彰は手を止めた。そして小さな炎を上げて燃え始めた炭に、目を落としたまま告げた。

「まあ——未遂だったらしいよ。中学では吹奏楽部に入って、楽しくやってたって」

その一言で力が抜けて、その場にしゃがみ込んだ。自分のしたことで幼馴染の命を奪ったのではなかったと胸を撫で下ろす私の横で、「だからさ」と伸彰が続ける。

「あの石は、人の命を絶ってくれたりはしないんだよ。どんなに死んで欲しくても」

伸彰は虚ろな顔でそう言い添えると、子供たちを起こしてくると告げて、テントの方へ歩いていった。

今の言葉は、どういう意味なのか。私は弟の背中を見つめながら、恐ろしい想像が湧いてくるのを抑えられなかった。

菱田神社までは、子供の足でも十五分しか掛からない。もしおまじないをしていたのだとしても、二時間は長すぎる。

昨日の朝、伸彰は山の中で二時間も何をしていたのか。なぜここへ来てから一度も麻実に連絡を取ろうとせず、そして彼女からの連絡もないのか。子供たちはどうして、伸彰に対して避けるような態度を取っているのか――。

それは伸彰が妻の麻実を言い争いの末に殺してしまい、車に乗せて運んできた遺体を、この裏山に埋めたからではないのか。

伸彰がテントに向かってすぐに麻実に電話をかけた。しかし呼び出し音が鳴るばかりで出ない。早朝から起きている母に、麻実に連絡がつかなくて心配だとメッセージを送る。

子供たちを起こしてきた伸彰は、二人がトイレに行っている間に「昨日は早く着きすぎて、時間を潰していたんだ」と弁明した。

「確かに神社には行ったけど、ただ散歩がてら、うろうろしてただけだよ。そしたら、また俺、鼻血が出ちゃってさ。それで休んでたんだ。なんかあの時から、あそこの石に呪われてんじゃないかな」

冗談ともつかない調子で言うと、タオルについていた汚れは、その鼻血だったのかもしれないと話した。

しかし、それが真実だとは、どうしても思えなかった。

不穏な思いに駆られながら、戻ってきた夏葵と侑悟に、伸彰が網の上で焼いてくれたトーストを手渡す。ジャムをたっぷり塗ったトーストを頬張る二人の姿をスマートフォンで撮ると、麻実のアカウント宛てに送った。だがいつまでも既読にはならなかった。やはり、何かが起きたのか——。

朝食の片づけを終えたあと、フリスビーをして遊び始めた子供たちを落ち着かない気持ちで見守っていた時だった。ポケットに入れていたスマートフォンに着信があった。表示された名前を見て、急いで通話ボタンをタップする。

「あ、私、麻実ですけど。さっきは出られなくてすみません。写真ありがとうございました。このたびはお義姉さんにも本当にお世話になって——子供たち、ちゃんと言うこと聞いてますか？」

生きていた——。麻実は殺されてなどいなかった。安堵しながらも、だんだんと怒りが込み上げてきた。なぜこんな時間まで連絡がなかったのか。それ以前に、子供の面倒を見させておいて、どうして何も挨拶がなかったのか。そもそも、夫である伸彰に、なぜああもつらく当たるのか。

言いたいことを飲み込んで、夏葵も侑悟もたくさん手伝いをしてくれたことを伝える。麻実はここ数日仕事が立て込んでいて、ずっと連絡ができなかったのだと詫びた。電話があった際は出勤途中だったのだという。

「二人は仲良く遊んでるけど、伸彰は今、ちょっと近くにいなくて——麻実さん、手の空いた時でいいから電話してあげてよ。なんかあの子、少し疲れてるみたい。元気がないっていうか」

それとなく様子がおかしいことを伝えようとした。すると麻実が「それはそうだと思いますよ。それくらい反省してもらわないと」と、意味深なことを口にした。

伸彰が何かしたのかと尋ねると、麻実は苦々しげに答えた。

「お義姉さんだから言いますけど、伸彰さん、浮気をしていたのが最近になって分かったんです——今から四年も前のことなんですけど」

三か月ほど前、麻実は伸彰の私物を片づけていて、その中に見慣れない企業名の入った封筒を見つけたのだという。自分に黙ってサイドビジネスにでも手を出したのではと疑った麻実は、封筒を開けてみた。中には四年前の日付のＤＮＡ親子鑑定の鑑定書が入っていた。妊娠した子供の父親が伸彰であることを示すもので、奥さんとは離婚しなくてもいいから認知をしてほしいという、浮気相手の女性からと思われる手紙が同封されていたそうだ。

麻実が問い詰めると、伸彰は数年前に同じ職場のアルバイトの女性と浮気していたことを認めた。相手の女性を妊娠させたが、結局は流産し、その女性とも別れていると打ち明けた。すでに向こうも他の男性と結婚しており、慰謝料請求などはしないでやってほしいと土下座されたそうだ。

「その相手、当時はまだ学生だったんですよ。奨学金だけじゃ学費が払えないって言われて、援助までしていたらしくて。そんなひと回りも下の女に手を出して、もう本当に、情けなくて」

麻実は子供たちの前で伸彰を散々非難した上で、もう二度と浮気をしないこと、この夏休みは子供たちの世話や家事をすべて伸彰が担当することを約束させて、離婚せずに許したのだという。

「まあ、おかげで前よりは真面目に家事もやってくれてますよ。伸彰さん、洗濯物のしわを伸ばさずに干すような人だったから」と、麻実はため息まじりに付け加えた。

そんなことがあったから、伸彰はあんなにも疲れ果て、消沈した様子だったのか。

昨日早く着きすぎたというのは、麻実と顔を合わせずに出発したかったからなのかもしれない。子供たちの様子が変だったのも、母親が父親を責める様を見て、伸彰が家族を裏切ったことを察したせいとも考えられる。もしかすると三年前の伸彰の転職には、その出来事も関係していたのではないか。

様々なことが腑に落ちて、私は気が抜けたようにぽかんと口を開け、白い雲を浮かべた夏空を見上げていた。あんなあり得ない想像をして、本気で弟が妻を殺したのではないかと一瞬でも考えた自分が恥ずかしかった。

だが一つ、今の話の中で気になったことがあった。独身で妊娠経験のない私には分からないことだったので、弟がしでかしたことを詫びつつも、麻実に尋ねる。

「DNA鑑定って、妊娠中にできるものなの？　どうやって胎児のDNAを採取するの？」

「ああ、それって母親の血液を採取するだけでできるんですよ。妊娠初期から、母親の血液中には胎児のDNAが混ざっているらしくて」

その返答を聞いて、胸の奥底から黒い不安がもやもやと湧いてきた。

伸彰は四年前、子供の認知を迫る浮気相手の女性の血液を、菱田神社の石に捧げたのではないか。その血液には胎児のDNAが混ざっていて、だから胎児の命が断たれたのではないか。

晴香の時もそうだった。菱田神社のおまじないは、半分だけ効くのだ。

まだ腕に残る小さな歯形に目を落とす。仮に四年前に胎児だったとすれば、今、三歳くらいになっているのは、計算が合う。

テントを叩くぱたぱたという音と、息の抜けた笑い声が耳に蘇る。

死んだ子も、年をとるものなのかとぼんやりと思った。

同好のＳＨＥ

荒木あかね

Message From Author

「同好のSHE」は「小説現代」2022年9月号に寄稿した読み切りミステリであり、私が初めて執筆した短篇小説です。「小説現代」担当編集氏、単行本担当編集氏をはじめ、たくさんの方々に助言や温かい励ましの言葉をもらいながら書き上げました。決して自分一人の力では生みだせなかった作品をこうして評価していただき、とても誇らしく、幸せに思います。

本作の執筆を通して、シスターフッドと本格ミステリ、双方の輝きを損なわぬよう掛け合わせたエンタテイメント作品を作り続けていくという、作家人生における目標を定めることができました。優子(ゆうこ)と瑠璃(るり)、二人の旅の行方を見届けていただければ嬉しいです。

荒木あかね（あらき・あかね）
1998年、福岡県生まれ。九州大学文学部卒。2022年『此の世の果ての殺人』で第68回江戸川乱歩賞を受賞しデビュー。

優しい子と書いてユウコ。枯芝優子、金に困っても人様の財布をくすねるような人間ではない。

「ない！　やっぱり盗まれたんだ！　このバスの中に泥棒がいる！」

前の座席の男がそう騒ぎ出したときも、どこか他人事だったのだ。私のショルダーバッグの中から盗まれた財布が見つかるまでは。

「警察を呼びましょうか」と乗務員が冷ややかな視線を寄越す。この場の誰もが、私の仕業だと決めてかかっているようだった。言い訳をすればするほどドツボに嵌りそうで、私は黙って隣の女を睨んだ。

そうだ、全部この女のせいだ。遡ること四時間と三十四分、夜行バスの最後列でこの女の隣の席に座ったのが、私の運の尽きだった。

左手を上着のポケットに突っ込んだまま、一段飛ばしで入口のステップを上る。額に汗が滲んだ。通販で買ったオーバーサイズのブルゾンは思いのほかごわごわしていて、着心地が悪い。ここ数日熱帯夜が続いているが、今夜も例によって嫌になるくらい蒸し暑かった。

広島(ひろしま)駅発バスタ新宿(しんじゅく)行きブルースターライナー九二二便は、四列シートの観光バスタイプだった。座席は通路を挟んで左右に二つずつ設置されており、乗客のプライバシーに配慮して、隣の席との間と中央通路部分との境にセパレートカーテンが引かれている。車内のざわめきから察するに座席は七、八割埋まっているようだ。

バス前方に設置された時計によると、時刻は二十時六分。電子板に表示されたデジタル数字が、私を急き立てるカウントダウンに見える。はやる気持ちを抑えるべく、私はわざとゆっくりとした歩調で通路を進んでいった。荷物はショルダーバッグ一つだけ、最小限にまとめていた。

ポケットの中のナイフを握り締め、今一度誓う。

——何があっても私は引き返さない。

割り当てられた席は最後列の通路側だった。隣席の乗客もお一人様のようで、窓側に若い女がぽつんと座っている。真っ白なサマーニットのワンピースがよく似合う、清潔で上品そうな女だ。ただ一つ、高い鼻梁(びりょう)に引っ掛けられたサングラス——青みがかった緑のレンズでフレームは正円形をしている——だけが彼女の慎ましやかな雰囲気と合っていなくて、どこかちぐはぐな感じがしたけれど。

こちらに気づくと、女はサングラスを少し押し上げ「こんばんは」と社交的な笑みを浮かべるが、無視して仕切りカーテンを閉めた。座席はある種の個室空間となり、私は一人になった。外の様子を窺うために、通路側のカーテンにはわずかに隙間を作っておく。

発車時刻二分前、後方通路に大学生風の童顔の男が駆け込んできた。首元の汗をハンカチで拭い、彼は背後の連れに笑いかける。

「まじで焦ったわ。ぎりぎりセーフだったね、修ちゃん」

男の陰に隠れるようにして、まだ小学校二、三年生くらいの男の子が突っ立っていた。夜行バスに小さな子どもとは珍しい。年の離れた兄弟か何かだろうか。

彼らには、後ろから二列目——私のちょうど一つ前の席が割り当てられているようだった。座席の前後に仕切りはなく、男が旅行用の大きなドラムバッグを頭上に掲げているのが視界に入った。荷物棚に押し上げようとしていたが、手首が肩掛けベルトに引っ掛かったらしく手こずっている。手伝おうと、バッグに向かって両手を目一杯伸ばす小さな修ちゃん。学生風の男は「重たいから修ちゃんには持てないよ」と笑った。実に微笑ましいやり取りで、勝手に居心地の悪さを感じた私はそっと視線を外した。

後頭部をシートに強く押し付けながら、ポケットの中の硬い感触を繰り返し確かめる。半日後には憎いあいつの息の根を止めているのだと想像するだけで気持ちが昂る。

た。早く、早く殺してしまいたい。——そのとき、突として視界が開けた。咄嗟に顔を横に向ければ、隣の女が何の断りもなくカーテンを引いていた。

「バスジャックでもするつもりですか？」

女はふっと表情を緩めると、私に向かって手を差し出す。

「ポケットの中のものを出してください。でないと通報しますよ」

「……何、ふざけてんの？」

「わたし、いつだって真面目です。ほら、早くそのナイフを出して」

一秒にも満たない間に、様々な考えが頭を駆け巡った。

この女は何者なんだ。なんでバレた？　どうしてポケットの中身がわかる？　——一体、何を根拠に。

それを見透かすように、女は快活な口調で喋り始める。

「乗り込んでくるお客さんたちを窓から見ていたら、あなたが目につきました。だってこんなに暑いのに厚着なんだもん。日は沈んでいるから紫外線対策というわけでもないし」

「何だっていいでしょ。あんたも夜なのにサングラス掛けてる」

「わたしのはお洒落ですから」

人差し指と親指で気障ったらしくフレームをつまむ。

「あなたが左手をポケットに入れて歩いていることに気づいて、合点がいきました。ポケットが必要だったんですよね？　レディース服ってただでさえポケットが付いていないのに、夏服は輪をかけて少ないですもんね」

否定の言葉は喉元で詰まったまま、声にならなかった。

「何か持ち歩きたいのなら、わざわざ上着を着なくともバッグに入れればいいのに、あなたはそうしなかった。自分の手から離れた場所に保管するのが恐ろしいくらい、危ないものを持ってるんでしょう。危険物を持ち歩く人間は、しばしばそれを自分の手で確かめたがりますからね。ほら、今もポケットに手を突っ込んでる」

女はなおも続ける。

「上着がぶかぶかで身体に合っていないのは、危険物のシルエットを隠すため。形状に特徴があってポケットに隠せるサイズの危険物――シンプルに考えると刃物でしょうね。ポケットの大きさから想像するに刃体は六センチを超えてますから、銃刀法違反ですよ。ああでも、折り畳み式のナイフなら軽犯罪法違反くらいで済むのかな？」

左手の指先から感覚が失われていくような気がした。こんなにも少ない情報で、その正体がナイフであるとまで断定できるものだろうか。しかし彼女の主張はすべて的を射ていた。

女は「図星なんでしょう？」と私の目の前でひらひら掌（てのひら）を左右に揺らす。どうしてこの女はこうも楽しげなのだろう。刃物を持つ相手を前に通報するぞと脅すわりに、緊張も切迫も全く見えない。

ポーンと間の抜けたチャイムが鳴って、車内アナウンスが流れ始めた。『本日は広島駅発新宿南口交通ターミナル行き、ブルースターライナー九二便にご乗車いただき、誠にありがとうございます。当バスは間もなく発車いたします……』

ここで引くわけにはいかないと、反射的に身体が動いていた。手元にあればいざってときにすぐ使えるからだよ
「なんでわざわざポケットに隠してたのか教えてあげる。手元にあればいざってときにすぐ使えるからだよ」

ポケットから左手を引き抜き、折り畳み式のペティナイフを勢いよく開く。女は自分の首筋に刃が突きつけられていることを知ると、「ひっ」と短く悲鳴を上げた。

「着くまで騒ぐな。死にたくないなら」

耳元に口を寄せて脅しにかかれば、女は小刻みに何度も頷く。なんだ、得意げにべらべら喋っていた割に臆病じゃないか。座席の間の肘掛けを力任せに押し上げる。女の方へ身を乗り出してさらに距離を縮め、首に押し当てていたナイフを脇腹のあたりへと移動させた。

女のサングラスには私の酷く陰気な面が映し出されている。レンズの奥で微かに光る瞳は、意外にもまっすぐ私を捉えていた。

「携帯出して。通報されたら困る」

女は首からサコッシュを提げ、膝の上で大事そうに抱えていた。思いがけず素直に中からスマホを取り出す。図らずも、画面に未読のメッセージが何件か表示されているのが目に入った。

『瑠璃ちゃん、無事にバスに乗れた？　到着は明日の朝だよね？』

「父からです」訊いてもないのに、女――瑠璃は言った。

「父と東京で待ち合わせているんです。迎えに来るって」

「いいご身分だね。お姫様みたい」

「……息苦しいだけですよ」

父親と思しき男のアイコンは、瑠璃とのツーショットだった。写真館で撮影されたものらしく、男は朗らかな笑みを浮かべ、椅子に座った瑠璃の肩に手を添えている。写真の中の瑠璃はサングラスを掛けておらず、まさに良家のお嬢様といった風体をしていた。

メッセージを勝手にスワイプして通知画面から消去する。家族が待ってくれているなんて羨ましい限りだ。

私の命がけの計画を、遊び半分の探偵ごっこで台無しにさせはしない。

『発車いたします』出発のアナウンスが車内に響く。夜行バスは広島駅南口のバス乗り場を出ると徐々にスピードを上げた。

広大学生会館前で一時停車したバスは追加の客を拾って満員になった。二十一時四十五分、西条ＩＣを通過し山陽自動車道に乗る。

九二二便は複数の路線を経由し、十時間以上かけて新宿の高速バスターミナルへと向かう。立ち寄る休憩所は三木ＳＡ、岡崎ＳＡ、海老名ＳＡの三ヵ所。到着予定時刻は明日の朝、八時二十七分だった。

外の景色などまるで見えないけれど、タイヤと路面の摩擦音に耳を澄ませば夜の高速道路をひた走るバスが自然と頭に浮かび上がる。神戸と下関を結ぶ山陽自動車道は平地が少なく、長いトンネルが頻繁に現れた。

「まさかこんな近くに同好の士がいるとは思わなかったよ。それも、お隣の部屋の修ちゃんに付き合ってもらうなんて」

エアコンの風に乗って、誰かのおしゃべりが後方へと流れてくる。前の座席の男が小声で窓際の修ちゃんに話しかけていた。

「吉田郡山城跡にも行けたし、俺としては大満足。ライトアップされた広島城もよかったね。観すぎてバス、遅れるところだったけど」

「うん。帰りたくないね」

「俺も。また行こうな」

よっぽど楽しい旅だったのか、修ちゃんはもう一度「帰りたくないね」と呟いた。

前後の会話から察するに、男――修ちゃんからは「高山のお兄ちゃん」と呼ばれていたので以下高山――と修ちゃんは親子でも親戚でもなく、同じマンションのお隣さん同士。歳は離れているが、城巡りという共通の趣味を通して仲良くなったようだ。

「修ちゃんと離れて、お父さんもお母さんも寂しかったと思うぜ。帰ったら思い出話、いっぱい聞かせてあげるんだよ」

荷物棚に載っかったドラムバッグの長い肩掛けベルトが、高山の頭のあたりまでだらんと垂れ下がっている。何とはなしに二人の会話を聞きながら、バスの振動に合わせて揺れ動くベルトを眺めていたら、

「わたし、ここで死ぬわけにはいかないんです」

少し落ち着きを取り戻した瑠璃が、ぽつりと言う。私は途切れていた緊張の糸を繫ぎ直し、彼女の脇腹にあてがったままのナイフを強く握った。吐いた息が額にかかるほどの至近距離で向かい合ったまま、一時間半以上も経過していた。

「ねぇ、聞いてます？　死にたくないんです。バスジャックはまた別の機会にしてもらえませんか」

「うるさいな」と睨めば口を閉じるが、レンズ越しに見える目に恐怖の色は浮かんで

いない。それがなんだか気に食わなかった。

「バスジャックなんて馬鹿な真似するわけないでしょ。これはただの移動手段。バスに乗って人を殺しに行くの」

あいつを殺すためだけに、はるばる東京へ行く。本当は無関係な人間を巻き込むつもりなんてなかったのに。

「まったく、あんたのせいで計画が崩れた」

コメントに困ったのか、瑠璃は神妙な顔をして「邪魔しちゃってごめんなさい」と呟いた。私は深呼吸を繰り返してふつふつとこみ上げてくる怒りを抑えた。

二十二時、消灯時間がやってくると室内灯が一斉に消え、バスは黒々とした夜に溶け込む。リクライニングシートを倒しはしたものの瑠璃という爆弾を抱えながら眠るわけにはいかず、結局瞼を閉じることはなかった。零時半を過ぎて車内の明かりが再び点灯したとき、バスは最初の休憩地である兵庫県の三木ＳＡに到着していた。

『二十分間停車いたします。出発予定時刻は零時五十二分です。必ずお席にお戻りください』

駐車場に停まるや否や、瑠璃は席を立とうとした。咄嗟に手首を摑んで引き留める。

瑠璃は眉を顰めた。「トイレくらい行かせてくださいよ」

つくづく神経の太い奴だ。

周囲の様子を窺うために通路側の仕切りカーテンを開けてみると数名の乗客が席を立ち始めていた。前の席の高山も寝ている修ちゃんを置いたまま、そっと忍び足でサービスエリアに向かおうとしている。

瑠璃をふらふら出歩かせるわけにはいかないが、この先八時間以上も排泄を我慢させることなどできない。都合よく車内に個室トイレが設置されていたので使用を許可すると、小走りにバス前方へと向かった。私は座席にショルダーバッグを置いてその後を追う。

「え、なんでついてくるんですか？」

「見張ってんの。あんたが余計な真似しないように」

他の乗客に助けを求められでもしたら一巻の終わり。瑠璃が用を足す間、個室トイレの扉に寄りかかって見張ることにした。通路側にもカーテンが引かれていることが幸いして誰もこちらを見ていないし、乗客の出入りも案外少ない。途中、バスを出て行ったばかりの高山が再び乗り込んできたが、トイレの前ですれ違ったのは彼一人だけだった。まだ発車時刻まで十五分ほど余裕があるのに、高山は少し早く帰ってきたようだ。

綺麗にアイロンのかかったハンカチで手を拭きながら、すっきり晴れやかな表情で出てきた瑠璃を追い立て、細い通路を引き返す。先に戻っていたはずの高山が、座席のカーテンを開け放ったまま自分の手荷物を何やらごそごそと探っているのが見えたが、特に気に留めず席におさまる。鬱屈としているからだろうか、置きっぱなしだったショルダーバッグを膝に載せると、なんだか重みを増しているような気がした。

異変に気づいたのは、高山が周囲に響き渡るような大声で叫んだときだった。「ない、ない！」

高山は棚から大きなドラムバッグを下ろし、中身を引っ掻き回していた。真後ろの席の私たちには大騒ぎの様子がよく見える。窓際の席で眠っていた修ちゃんも高山の声で目を覚ましたようだ。

何を思ったのか、瑠璃は私の膝に上半身を預けるようにして身を乗り出すと、勝手にセパレートカーテンを全開にし、通路に顔を突き出した。

「何がないんですか？」

高山は闖入者(ちんにゅうしゃ)に面食らってしばし戸惑いの表情を浮かべていたが、ややあって質問に答えた。

「財布と……あっ、あとスマホがなくなってるんです」

貴重品ばかりじゃないか。思わず私も耳をそばだてそうになったけれど、我に返って瑠璃の首根っこを摑んだ。

「何勝手なことしてんの」

瑠璃はペロッと舌を出し、「困ってる人は放っておけない質なので」

「嘘つけ。とにかく、これ以上トラブルを増やさないで」

その間にも、高山は「ない！　やっぱり盗まれたんだ！　このバスの中に泥棒がいる！」と喚いている。〝泥棒〟というワードを耳にした瑠璃はますますサングラスの奥の瞳を光らせ、するりと通路まで抜け出した。舌打ちしつつ後を追う。

高山は貴重品を紛失した不安からか饒舌になっており、私たちを相手に状況を説明し始めた。高山が言うことには、三木ＳＡに到着してすぐ、彼は煙草を吸うために降車したらしい。修ちゃんは眠っていたので起こさず、一人で。しかし喫煙所に着いたところでライターを車内に忘れたことに気づき引き返したという。

「バスに戻ったら、荷物棚の上に置いていたバッグの位置がなんだか微妙にずれているような気がして。誰かが勝手に触っていたら嫌だなと思って、一応中身を確認しようと思いました」

彼の不安は現実となり、中からスマホと財布が消えていた。

座席に下ろされたドラムバッグは既に高山の手によって調べ尽くされていたが、確かに財布や携帯らしきものは見当たらなかった。高山の切羽詰まった様子を見れば、これが狂言だとも思えない。

「ちょっと質問いいですか？」と律儀に断ってから発言する瑠璃。

「持ち物を紛失したのは車内で間違いありませんか？　ええと、お名前は……高山さんですね。高山さんは昨夜二十時十五分頃――バスの発車時刻寸前に、バス乗車場までタクシーで乗り付けていましたよね？　タクシーの中で落としたのかも」

「タクシーの支払いでアプリ決済を使った後、スマホをバッグに仕舞い込んだのを覚えてます。確かにこの中にあったんですよ」

「財布も確認してます？」

「もちろん。奥底の方に財布があるのをちらっと見ました。最近は電子決済の方が便利がいいから、この旅では一度も現金を使わなくて、ずっとバッグの奥に入れっぱなしだったんです。財布こそタクシーの中で落とすはずがないんですよ」

「なるほど。――ところでそちらのお子さん、お宅の同行者ですよね？　何か見なかったんでしょうか」

瑠璃の視線の先には、高山の座席から首を伸ばしてじっとこちらを窺う修ちゃんがいた。高山は勢いよく修ちゃんの方を振り返る。

「修ちゃん、何か見た？　誰かが俺のバッグに触ったりしなかった？」

「……見てない。寝てたから、わかんない」

修ちゃんはそれだけ言うと、俯いて親指の爪を噛んだ。

発車時刻が近づき、他の乗客たちも徐々に車内に戻ってきていたが、皆一様に通路側のカーテンをぴったり閉めている。これではいくら泥棒が闊歩しようとまともな目撃証言を得られるはずがない。盗難事件は瑠璃と共にトイレに行っていた間に発生したのだろうし、当然私たちにも財布の行方はわからなかった。

深々とため息をつく高山。一方、瑠璃はふむふむと熱心に頷きながら高山の証言を反芻しているようで、不思議とやる気を見せている。「困ってる人は放っておけない」なんて抜かしながら本音は探偵ごっこに興じたいだけではないのか。

騒ぎを聞きつけたのだろう、まもなく一人の乗務員が駆け足でやってきた。「お客様、どうされましたか？」

よく日に焼けた痩身の男で、胸元には「宮原」という名札がついている。乗車時に見かけた乗務員とは別人だから、交替の運転手なのだろう。ナイフを所持したままの私は内心ハラハラしていたが、しかし瑠璃は人が増えても私の所業を暴露し周囲に助けを求めるようなことはしなかった。それどころか、乗務員にその場の仕切り役を奪われることが不満のようで、口を尖らせている。

「荷物が盗まれたんです。なんとかしてください」

高山が縋りつくと、宮原は作り笑いを浮かべつつ一歩後ずさる。その一瞬の所作で、彼がこの事態を面倒くさがっているのが見て取れた。「荷物の紛失、盗難、破損等について当社は一切の責任を負えませんが……」と前置きをしてから、渋々といった体で事情を聞く。

状況を飲み込むと、宮原は詰るような口調で高山に問うた。

「貴重品の入ったバッグを置いて外に行ったんですか？」

瑠璃がすかさず「悪いのは盗る方でしょ」と口を挟んだが、当の高山は申し訳なさそうに肩を落とした。宮原はさらに厳しい口調で質問を重ねる。「そちらのお子様が荷物を取り出したという可能性は？」

気弱な高山も、これには毅然とした態度を取った。

「この子を疑わないでください。勝手にそんな真似をするような子じゃありません」

「はあ。しかしですね……」

「それに、修ちゃんはまだ背が低いから荷物棚に手が届きません。棚の上のバッグから財布やスマホを抜き取るなんてできっこない。子どものいたずらなんかじゃないんです」

「わかりましたよ。では、荷物点検でもしますか？」

宮原はどこか投げやりとも取れるような口調で提案した。

「他のお客さん全員の荷物を確認するんですか」と驚く高山。

「非常に言いづらいのですが、他のお客様の持ち物の中に、高山様のお手荷物が紛れている可能性が高いでしょう。――手始めに、あなたから見せてください」

宮原が手で指し示したのは私だった。高山たちの視線が一気に集まって顔の皮膚がぴりぴりと痛む。「なんで私から？」

訊かずとも答えはわかりきっていた。私は疑われているのだ。真夏に長袖のブルゾンを着て髪もボサボサ、充血しきった目の下に濃い隈をこさえた女は、まともに見えないから。

しかし、仮にも乗客である私に真正面から疑いの目を向けるとは。宮原は一人の客を吊し上げることに対して躊躇を感じているふうでもなく飄々としていて、それがまた恐い。咄嗟にショルダーバッグを背中に隠し、「嫌だ！」と叫んだ。

「警察でもないくせに、何の権限があって客のバッグの中身まで調べようとしてんの？」

宮原は私の態度にむっとしたようだが、瑠璃が「まあまあ」と宥める。

「この人、アリバイありますよ。高山さんが喫煙所に向かってからバスに戻ってくるまでの間、わたしと一緒に車内のトイレに行ってたんです。寂しがり屋さんだから、わたしが個室にいる間も外で待ってたみたいで」

最後の一言は余計だが、もしや私を庇ってくれたのか。目が合うと、瑠璃はおどけて小さくピースサインを送ってくる。ともあれ、おかげで宮原はとりあえず引き下がった。

荷物点検の強行を諦めた宮原は、車内の目撃証言に頼ることにしたらしい。「失礼いたします」と形ばかり恐縮してみせながら、通路を挟んで隣の席のセパレートカーテンを開けた。

「お休みのところ失礼いたします。隣のお客様がお財布をなくされたのですが」

隣の客は、黒いジャージを着た四十代くらいの男だった。

「財布？　何も知らないっすね。ずっとうとうとしてたんで」

巻き込まれたくないのだろう、男は会話を切り上げようとしている。宮原はジャージ男に負けず劣らず面倒そうな声色で言った。

「なくなったのはつい先ほどのことのようで。三木ＳＡに着いてからのことなんです。何かおかしなものは見ていませんか？」

「カーテン閉めてましたし」

「音が漏れ聞こえてきたり、カーテンの隙間から人影が横切るのが見えたり、そういうのも全くありませんでしたか？」

「……うーん、言われてみれば、今から十分か十五分くらい前、隣の荷物棚のあたりで影が揺れていたような気もしますけど」

「それって……」

宮原の台詞は高山の素っ頓狂な声に掻き消された。「それって、泥棒が通路を通ったときの人影ってことですよね！」

ジャージ男は心許なげな面持ちで「断言できるほどの自信は……」などとまだ何か言いかけていたが、宮原は用済みとばかりにカーテンを閉め、瑠璃に向き直った。

「隣のお客様の証言を聞く限り、盗難事件なのは間違いなさそうです。先ほど、お二人は一緒にトイレに行っていたからアリバイがあるとおっしゃってましたよね？」

「ええ」と瑠璃は頷いてみせる。

「あなたが個室に入っている間、こちらのお客様が外で待っていたと。自分が用を足すわけでもないのにトイレについていくのはやはり妙です。単刀直入に申しますと、あなたにアリバイを保証してもらうための工作だったのでは？　あなたと共にバス前方のトイレに行った後、財布を盗むために引き返したのかも。先ほどこちらの荷物棚付近で目撃された人影は、トイレから戻ってくる犯人――もといこちらのお客様だったのではないでしょうか」

トイレについていったのは瑠璃を見張るためだが、事情を一から説明することは不可能だ。

「あなたが個室に入っている間、こちらのお客様が何をしていたのか、あなたには知り得ないのではありませんか？」

とにかく、宮原は私を犯人にしたいらしかった。犯人さえいてくれれば事件は解決するし、この面倒事からも解放される。そして私は犯人にもってこいの人物——まともじゃない人間だ。

そうだ、私はまともじゃない。隣席の乗客を刃物で脅すような人間は紛うことなき犯罪者だ。でも財布は盗ってないのに。

瑠璃にナイフを突きつけたときの無謀とも言うべき大胆さは霧消してしまい、全身の筋肉が硬直する。何も言えなくなった私の代わりに、思いがけず瑠璃がくってかかった。

「こんなに少ない手掛かりで、よくもまあ人を犯人扱いできますね。バスの外から泥棒が乗り込んできた可能性だってあるでしょう」

「僕はSAに到着してから今までの間、外で車両点検をしていました。不審人物が乗り込めばすぐに気づきます。それに、車内の設備や構造を知らない外部の窃盗犯がわざわざ忍び込むとは考えにくい」

「犯人はこのバスの中にいる、と。じゃあ乗務員さん、あなただって容疑者ですよ」

「僕がこの格好のまま車内をうろついて、お客様の荷物を勝手に触ったと？　いくらなんでも目立ちすぎます」

「これだけ通路側のカーテンが閉まっているんだから、タイミングを見計らえば可能です。全員が等しく容疑者なんですよ」

「はいはい、おっしゃる通りです。全員が疑わしいという点には同意します。ならばやはり、まずはお近くにいらっしゃったお客様の荷物点検をすべきではないでしょうか」

　先ほどまでは億劫そうだったくせに、瑠璃に反抗された途端「乗務員の指示に従え」とでも言いたげな宮原。私としては一人で座席に戻ってしまいたい気分だが、一刻も早く事態を収拾したいのも事実だった。唾を呑み込んで、騒ぎの中心へと歩み寄る。

「バッグの中、見せればいいんでしょ。構いませんよ」

　腹を決めた。身の潔白が証明されるならばそれでいい。ところがショルダーバッグを宮原に渡したとき、覚えのない重みを指先に感じたような気がして急に不安になった。

「どうかしました？」と瑠璃が私の目を覗き込む。

　嫌な予感は的中した。宮原がスナップボタンを外した途端、中から見知らぬ長財布が顔を覗かせたのだ。

　財布は重力にしたがって床に落ち、どん、と鈍い音を立てる。掌を二つ並べたって隠せないほど大きくて、黒い、革製の長財布。私のものじゃない。全身の血の気が急速に引いていくのがわかった。

高山は、それが自分の財布であると訴えた。

宮原が薄ら笑いを浮かべる。「警察を呼びましょうか」

高山は「大事になっちゃったな」と困惑しながらも、どこかほっとした様子。一連の騒動を不安げに眺めていた修ちゃんは、そろそろと座席から這い出してきて、高山のTシャツにしがみつきながら蚊の鳴くような声で言った。

「高山のお兄ちゃん、あのね……」

「心配しなくても大丈夫だよ、修ちゃん」

財布を盗んだ覚えはない。いくら金に困っても人様の財布に手を出すほど堕ちてはいない。犯人でないのなら堂々としていればいいものを、私は知らず知らずのうちに身を縮こまらせていた。

警察を呼ばれるのだろうか。バスから引きずり降ろされて所持品検査でもされたら、ポケットの中のナイフが見つかってしまう。そうしたら永遠にあいつを殺せない。――いっそ本当にバスジャックでもしてしまおうか、と捨て鉢な考えが頭を過る。

この女のせいだ。この女がトイレに行くなんて言うからバッグを置いて席を外すはめになり、気づけば中に高山の財布が入っていた。隣の席がこいつじゃなければこんなところで窃盗犯の疑いをかけられることもなかったし、計画に綻びが生じることもなかったのだ。

恨みを込めて瑠璃をねめつけた私は、彼女の顔を見て思わず息を吞む。唇は真一文字に引き結ばれ、野次馬根性丸出しのふざけた笑顔は消え失せていた。

「何かの間違いです」

宮原から私を隠すように、瑠璃は通路に立ちふさがった。

「席にバッグを置きっぱなしにしていたから、真犯人に財布を入れられてしまったんです」

「真犯人、ですか」と鼻で嗤われる。宮原の言わんとすることは理解できた。真犯人がいるとして、どうしてせっかく盗んだ財布を見ず知らずの人間のショルダーバッグに忍ばせる？

それにしても、さっきから瑠璃が助けてくれているように思えるが、一体どんな魂胆があって自分をナイフで脅した相手を庇うのだろう。宮原に詰め寄られ、瑠璃は一瞬口を噤んだが、ほどなくして大袈裟にため息をついてみせた。

「これは単純な窃盗事件じゃないんですよ。盗まれたのは財布だけじゃありません。高山さんのスマホはどこに行ったんでしょう？　彼女のバッグの中からは財布しか見つかりませんでしたよ」

はっとして、我知らず「そうか、スマホか」と呟いていた。瑠璃は私が反応したことに気分をよくしたのか、してやったりとばかりに得意げな表情になる。変な奴。でも、変な奴に庇われて安心してる私もたぶん変。宮原は中身をぶちまけるようにして私のショルダーバッグを漁ったが、高山のスマホはついぞ出てこなかった。

「他に荷物は？」

里帰りでも観光でもないので荷物は最小限にまとめている。盗んだスマホを隠す場所などない。瑠璃はふんぞりかえった。

「この人が本当に窃盗犯なら、財布とスマホの両方が発見されるはずですけど」

くるりと振り返ると、私にしか聞こえないくらいの小さな声で、

「わかってますよ、あなたは犯人じゃない。窃盗で捕まれば人を殺しにいけなくなりますから、そんなリスクは犯しませんよね」

顔に熱が集まるのがわかる。これも気まぐれな探偵ごっこの一環であって、瑠璃は親切心で庇ってくれているわけじゃないのだ、と自分自身に言い聞かせた。

「真犯人の正体を暴くためには、窃盗の目的を突き止めなきゃ。真犯人が欲しがっていたのは高山さんのスマホでしょうか、それとも財布？　その両方？　あるいは、騒ぎを起こすこと自体が目的だったのかもしれません」

瑠璃は通路をゆっくり歩きながら、舞台俳優のようによく通る声で状況を整理する。いつの間にか一座の主導権は瑠璃の元へと渡っていた。

瑠璃たちのやり取りにじっと耳を傾けていた高山が、生真面目な学生のごとく挙手した。瑠璃は「どうぞ」と発言を促す。

「泥棒にとっては金目のものが重要でしょうけど、スマホだって情報の宝庫ですよね。犯人の本当の目的はスマホで、ショルダーバッグに財布を紛れ込ませたのは注意を逸らすためだったのかも。ほら、スマホは高値で売れるじゃないですか」

転売するスマホを夜行バスで仕入れるものだろうか。一方、宮原は「犯人の目的は財布だ」と鼻息荒く主張する。

「普通に考えて財布が目的でしょう。現金もクレジットカードも、金目のものは全部財布の中にある」

「へえ。ではスマホが消えたのは偶然？」

「偶然とまでは言いませんけど……」

宮原が口ごもるのを見て、瑠璃は笑顔になった。どぎまぎしながら私も意見してみる。

「スマホも財布も、犯人は別に欲しくなかったんじゃない？　私を陥れるために盗んだ財布をバッグに入れたのかも」

瑠璃は笑い、ちょっと眉を下げた。

「自意識過剰な推理ですね。誰かの恨みを買った覚えでも？　そもそもこのバスの人たちと初対面でしょ」

いちいち癇に障ることを言う。

「じゃああんたはどう思うの？　犯人の目的は財布？　スマホ？」

「さあ、わたしにもさっぱり。——捜査は足からって言うでしょ？　まずは聞き込みをしましょう！」

言うが早いか、瑠璃は通路を挟んで隣のカーテンを引いた。先ほど宮原が目撃証言を聞き出そうとしていた、高山の隣の乗客の席だ。

黒ジャージの男はカーテン越しに聞き耳を立てていたらしく、気まずそうに身をよじらせた。

「さっきの影のことについてですけど、もう少し詳しくお話伺えませんか？　あなたは『隣の荷物棚のあたりで影が揺れていた』とは証言されましたが、それが泥棒の人影だとは断言しなかった」

念を押すように尋ねられ、男は首を捻る。

「うとうとしてたから自分の証言に自信がないんです。ただ、影がこう、ちらちらと揺れているように見えただけで」

影の動きの再現のつもりか、ジャージ男は目の前で二、三度手を振ってみせた。瑠璃は「へえ」と呟くと、フレームをつまむようにしてサングラスを掛け直す。瞬間、目つきに真剣な色が差した。

「ちらちら影が揺れた、と。泥棒が通路に突っ立ってバッグを漁っているだけでは『ちらちら』とは表現しませんよね。誰かが、もしくは何かが複数回視界を横切ったんですね？」

「言葉尻を捕えられても困りますよ。そう見えただけです」

男は最後まで自信なげだった。

カーテンを閉めた後、瑠璃はしばらく黙っていた。サングラスの奥には深い影が落ちていたが、よく見ればレンズの向こうで彼女がゆっくりと瞬きをしているのがわかった。しかし私の視線に気づくと、すぐに笑みを貼り付けて向き直る。――瑠璃がなんだか思いつめているように見えたのは私だけだろうか。

次に瑠璃が興味を示したのは、高山のドラムバッグだった。

「ちょっとこれ、触ってもいいですか？」

高山が頷く前に、肩掛けベルトを手に取って持ち上げる。

「見た目のわりに軽いんですね、このバッグ」

「あれ、そうですかね？　結構重いはずですけど」

高山はいぶかしげな顔で瑠璃からバッグを受け取るが、程なくして納得したように頷いた。

「財布が重かったんですね。抜き取られたから軽くなってる」

確かに、私のバッグに入れられていた高山の長財布には重みがあった。床に転がり落ちたときもどんと鈍い音がしていたし。バッグの重量を確かめるように掌を開いたり閉じたりしていた瑠璃が、唐突に呟く。

「これなら小さな子どもでも持ち上げられる……」

独り言めいていたが、傍らの高山は聞き逃さなかった。「どういう意味ですか？」とにわかに態度が硬化する。

「まさか修ちゃんを疑ってるんですか。人のバッグから物を盗むような子じゃありません。背が低いから、荷物棚に手が届かないとも説明したじゃないですか」

修ちゃんを背後に隠し、高山は不快感を露わにした。一言謝ればいいものを、瑠璃は曖昧に笑うだけ。

沈黙に堪えきれず、私が切り出した。

「ねえ、犯人は誰なの？　もうわかってるんでしょ？」

ナイフを突きつけても視線を逸らさなかった瑠璃が、そっと目を伏せる。瑠璃には犯人の見当が付いているのだ、と悟った。高山は長財布とドラムバッグの間で視線を彷徨わせて何やら一心に考え込んでいたが、まもなくはっと顔を上げた。

「そうか。スマホだけが見つからないってことは、真犯人はそれを今も持ってるってことですよね。そして犯人は乗客の中にいる。俺のスマホの音を鳴らせば、犯人の位置がわかりますよ！」

これは名案だ、と高山は目を輝かせている。スマホはマナーモードに設定してあるそうだが、紛失時のために備わっている機能を利用すれば、別の端末から遠隔操作で着信音を鳴らすことができるという。

正直なところ私も彼の意見に賛成だった。どうしてこんな簡単なことにもっと早く気づかなかったのだろう。しかし瑠璃は厳しい声で「やめたほうがいい」と警告した。

「後悔しますよ。知らなきゃよかったたって」

「もったいぶった言い方をされても困ります。はっきり言ってくれないとわかんないですよ」

瑠璃に背を向けた高山は、宮原に携帯を貸してくれるよう乞う。宮原は一つ頷いて、制服のポケットから業務用のスマートフォンを取り出した。瑠璃はなおも口を開きかけたが、高山はそれを無視して宮原のスマホからクラウドサービスにアクセスし、ＩＤを入力していった。

「これで犯人がわかる。もううちの修ちゃんを疑わないでください」

高山の指が画面をタップする。着信音はごく近くから聞こえてきた。修ちゃんのズボンのポケットが、マリンバの軽快なメロディを反復していた。

瑠璃はしゃがみ込んで修ちゃんのズボンから携帯を取り出すと、鳴り響く着信音を止めた。

「大丈夫。誰も怒ったりしないよ」

修ちゃんは瑠璃から顔を背(そむ)けていた。その瞳はみるみるうちに潤(うる)んでいき、ついには涙の粒をぽろりと落とす。高山は激しく動揺し、譫言(うわごと)のように「なんで……」と繰り返した。

しゃくりあげる修ちゃんの代わりに瑠璃が説明したところによると、高山の財布が盗まれたのも、それが私のショルダーバッグに入っていたのも、スマホが消えていたのも、すべてが修ちゃんの仕業という。

「高山さんはこの子の背丈が足りないから荷物棚のバッグから財布を抜き出すのは無理だと言ったけれど、ベルトを掴んでバッグごと引きずり下ろすことなら小さな子どもにもできます」

瑠璃に釣られて荷物棚を見上げると、発車直後の光景がよみがえった。確かに私も、前の座席の荷物棚から肩掛けベルトがだらんと垂れ下がっていたのを目撃していた。

「でも高山さんが戻ったとき、バッグは棚の上にあったんでしょ。棚から下ろせたとしても上げることはできないんじゃない？」

尋ねると、瑠璃はゆっくりと首を横に振る。

「投げ上げれば届きますよ。何度か失敗はしただろうけど、バ、バッグから、重い、財布を、抜き取ったら成功したんじゃないかな。この子――修ちゃんが欲しかったのはスマートフォンでした。財布を抜いたのは、バッグを軽くして荷物棚に投げ上げるためだったんです」

「バッグを、軽くするために……」

隣の席のジャージ男は、荷物棚のあたりで影が「ちらちらと揺れているように見えた」と証言した。それは棚の上に手を伸ばす不届き者の姿ではなく、放り投げられたバッグ自体の影だったのだろう。

それにしたって、こんな小さな子どもが窃盗犯？　まだ状況が飲み込めていない面々に、瑠璃は噛んで含めるように言った。

「狸寝入りをしていた修ちゃんは、高山さんが喫煙所へ向かうのを窓から確認した後、ベルトを摑んで荷物棚からバッグを下ろし、中に入っていたスマホを自分のポケットに入れることに成功しました。座席の前後に仕切りはないものの、通路側のカーテンがほとんど閉め切られた車内では、周りの視線の大半を遮断できます。最後列のわたしたちが席を外すタイミングさえ逃さなければ誰にも目撃されることはないと、理解できていたんでしょうね。——でも高山さんが予想より早く帰ってきたせいで慌てた。バッグを棚の上に戻そうとしたけれど、重すぎて上手く投げ上げることができなかったんです。そういうわけで財布を抜き取ったのですが、今度はその財布の隠し場所に困りました」

ずしりと重い、大きな財布だった。子どものポケットに隠すことなど到底できないくらい。

「それで咄嗟に、私のバッグの中に隠したんだ」

思わずこぼすと、頭を抱えて小さくなった修ちゃんが「ごめんなさい」と呟く。窃盗犯に仕立て上げられるなんて理不尽極まりない仕打ちだが、責める気は起きなかった。

何より、修ちゃんが高山の携帯電話に執着したことが不思議で仕方ない。高山は未だに信じがたいようで、瑠璃と修ちゃんの間できょろきょろと視線を彷徨(さまよ)わせていた。

「……なんで？　なあ修ちゃん、なんでこんなことしたの？　人の物を盗ったらいけないってお父さんとお母さんに教わっただろ」

高山の問いには答えず、唇を結んだまま涙を拭う修ちゃん。代わりに瑠璃が応じた。「悪ふざけで盗んだんじゃありません」

瑠璃の静かな瞳は、閉ざされた窓際のカーテンのさらに奥――バスの外に広がる暗闇を見据えていた。

「修ちゃんは隙を突いてバスから逃げ出すつもりだったんでしょう」

「一人でＳＡに降りようとしたってことですか？」

「はい。そして修ちゃんの逃亡計画にはお金が必要だったんですよ。財布は要らなかった。ほら、このくらいの歳の子にとっては財布よりスマホの方がよっぽど価値があるでしょ？」

高山のぽかんと開いた口から、「え？」と驚きの声が漏れた。

「高山さんはキャッシュレスの支払いを好んでいたんですよね。この旅では一度も現金を使わなかったとおっしゃってました。かく言うわたしは未だに現金ばかり使う古臭い人間なので詳しいことはわかりませんが、身の回りの大人がスマホ決済を頻繁に使っていれば、子どもにはスマホが財布に見える。修ちゃんはＳＡでこのバスから降りて、タクシーを呼ぶつもりだったんですよ。高山さんの真似をしようとしたんです。逃げるために」

恐らく高山は、飲食時の代金や宿泊費、タクシーの支払いまでスマホのアプリで行っていた。小さな子どもからすれば、スマートフォンは無限にお金を使える便利な道具に見えただろう。

瑠璃は修ちゃんの背中を優しく擦った。

「家に帰りたくなかったんだよね？　……わかるよ」

つい先ほど聞いたばかりの、修ちゃんと高山のおしゃべりが頭の中でこだました。

「家に帰りたくないだなんて、そんな。修ちゃんのご両親はすごく優しいんですよ。帰りたくないね。俺も。また行こうな。帰りたくないね。

いつも家族みんな仲良さそうだし……」

「あなたの前ではね」

ぴしゃりとはねのけるような、瑠璃の硬い声。言葉を失った高山はしばらくの間呆けたように突っ立っていたが、やがて床に膝を突き、おずおずと修ちゃんを抱き締めた。

「本当に帰りたくなかったんだな。何にも知らなかった」

修ちゃんは「ごめんなさい」と呂律の回らなくなった声で言う。修ちゃんが肩を震わせる度、高山は謝らなくていい、と言い聞かせた。

「でもさ、黙って俺を置いて行かないでくれ。寂しいだろ。逃げるときは、兄ちゃんも一緒に連れてってくれよ」

　いくらか落ち着いた様子の修ちゃんを座席に戻すと、高山は突然「お騒がせしてすみませんでした」と私に向かって深々頭を下げた。

「いえ、あの、全然大丈夫なんで」

　本当は全然大丈夫じゃなかったし、それなりに不愉快な思いもした。それでも修ちゃんを責める気が起きなかったのと同様、高山を罵りたいとも思わない。なんだかほっとしたくらいだった。

　対照的に、宮原は決して謝ろうとしなかった。「お客様同士のトラブルでなくて何よりです」などと言葉を濁し、そそくさと身を翻す。

　その背中に向かって、瑠璃が怒鳴った。

「それで済ますつもりですか。一言くらい謝ったらどうですか！」

　噛みつくような勢いだった。義憤に駆られているのだと解釈するにはあまりにも苛烈で、恐ろしいとさえ感じるくらい。

　肩を摑んで「瑠璃、もういいよ」と引き留めれば、私にまで険のある視線を向ける。修ちゃんを宥めていたときの穏やかな表情は消え、サングラス越しにも眦が吊り上がっているのがわかった。

「もういいの。ほら、そろそろ席に座ろう」

瑠璃の腕を引っ張って最後列の座席へと戻る。瑠璃の鋭い眼差しを受けると、宮原は一瞬背筋を震わせたが、やはり謝罪の言葉はなかった。そのうち宮原は、一人車内を駆け回って発車の準備を始めた。「疑ってごめんなさい」の一言も言えない彼を見ていると、なんだか少し可哀想ですらあった。

時刻は午前一時五分。遅延を詫びるアナウンスが流れ、再び車内の照明が消えた。三木SAを出発したバスは神戸JCTから中国自動車道に入る。瑠璃との間の仕切りを開け放っているせいで、窓際のカーテンの隙間から道路脇のペースメーカーライトがよく見えた。

瑠璃は歯痒(はがゆ)そうに言った。

「ムカつく。どうしてもっと怒らないんですか。あの宮原って乗務員に、土下座の一つか二つくらいさせればよかったのに」

「泥棒じゃないって証明できたんだから、もういいじゃん」

疑われたときどうしてああも身が竦(すく)んだのか、やっとわかった気がする。宮原が記憶の中のあいつと重なって恐かったのだ。殺したいほど憎く、そして恐くて堪らなかったあいつ。今の私は宮原のような人間に心からの謝罪などもらえるわけないと理解していたし、そんなもの欲しいとも思っていなかった。

「癪(しゃく)に障るけど、あんたが庇ってくれたおかげだよ」

「庇ってない。あいつがムカつくから黙らせたかっただけです」

何となく、彼女がわざと悪ぶっているように思えた。

「そういうのやめときなよ。せっかく賢いんだし」

宮原にぎゃふんと言わせたかったというのも本心だろうが、それだけで探偵ごっこに乗り出したわけでないことは私にもわかる。修ちゃんの背中を擦っていたときの、あの目を見れば。

瑠璃は気まずそうにぷいとそっぽを向いて、

「何はともあれ、修ちゃんには逃げおおせてほしいですね」

私はそうだね、と頷いた。修ちゃんの逃亡計画は失敗に終わった。いくら修ちゃんが帰りたくないと喚こうと、あんな小さな子どもを一人で広島にやるわけにはいかない。でも、逃げおおせてほしいと思う。泣きじゃくって周りを巻き込んで、大人を利用し尽くしたっていいから、遠くへ逃げてほしい。そして少し気弱で頼りない高山には、修ちゃん——逃げ出したくなるほど自分の家に帰りたくなかった小さな子どもの話を、聞いてあげてほしいと思った。

前の座席から、高山と修ちゃんが小声で何か喋る声が微かに聞こえてくる。ナイフは上着のポケットに仕舞ったままだった。

吹田、草津のＪＣＴを通過した九二二便は三時過ぎ、伊勢湾岸自動車道に入った。さらに四十分後、二ヵ所目の休憩地、新東名高速道路の岡崎ＳＡに到着する。

夜明け前の深い闇の中、大型車専用駐車場はＳＡの放つ白い光を受けて明るく輝いている。私と瑠璃は連れ立ってトイレに寄った後、何となしに二十四時間営業の土産物店を見て回ることにした。町家風建築物を意識したＳＡの正面入口には藤の花柄の暖簾が掛かっていて、くぐると明るいショッピングモールが現れた。

「そういえば、誰を殺しに行くつもりなんですか？」

並んで歩きながら事もなげに訊かれたから、私もなんでもないように答えた。「前の職場にいた先輩」

地方の大学から上京し、とある食品加工会社に就職した。あいつは四つ上の先輩だった。

「殺したいくらい嫌な奴？」

「たぶんね。もうあんまり覚えてないけど」

私が先輩から受けた仕打ちは比較的「大したことない」部類のものだったと、当時の同僚たちは評していた。そんな些細なパワハラごときにすっかり参って、私は三年で広島に逃げ帰った。逃げてよかったことなんて一つもなかった。嫌がらせの証拠を残していなかったために退職は自己都合として扱われ、失業手当の給付を二ヵ月以上待たされている間に貯金はみるみる減った。その受給期間もたった九十日で終わったし、そんなの知ったことかと言わんばかりに奨学金が毎月預金口座から引き落とされていく。もはや減額返還を申請する気力すら残っていなかった。

新しい仕事が見つからない。誰も気にかけてくれない。小さな絶望が積み重なって死ぬしかないと思った。それならせめて、どん底でもがくうちに色褪せた恨みをこの手で晴らしてから死にたかった。「本当は、私がもっとうまくやれればよかったんだけどね」

私の恨み言を静かに聴いていた瑠璃は、わずかな間をおいて軽やかに笑った。「あなたが変わる必要、ないと思いますけど」

人を小馬鹿にしたような、相変わらずの生意気な口調だったけれど、それがかえって心地よかった。

最後の休憩地、海老名ＳＡでも、瑠璃は土産物店を巡りたいと言ってバスから降りようとした。私も誘われたが断った。

「もしかしてわたしを信用してくれてるんですか？」と瑠璃はわざとらしく驚いてみせる。いちいちついて回るのが面倒になっただけだと誤魔化して、彼女を一人にしてやることにした。今さらナイフを突きつけようとは思わない。この隣同士の座席の間にはいつのまにやら奇妙な連帯感が芽生えているような気さえしていた。

時刻は既に朝七時を回り、夜の余韻は霧散していた。乗用車のドライバーたちも活動を始めようとしている。

ふと、瑠璃にスマホを返してやってもいいと思った。バッグの奥底に仕舞い込んでいた彼女のスマートフォンを取り出すと、うっかり指が電源ボタンに触れる。映し出されたロック画面には、メッセージアプリの通知が二百件以上届いていた。——二百？

見間違いだろうと目を凝らしてみたが通知の件数は変わらず、画面には大量の未読メッセージが表示されている。恐る恐るメッセージの一部を確認した私は、端末を取り落とした。

『おい』『返事は？』『無視するな』『何様のつもりだ』『殺すぞ』

二百件以上のメッセージの送り主はすべて瑠璃の父親だった。娘とのツーショットのアイコンから噴き出す、物騒で惨たらしい言葉。咄嗟に電源ボタンを押すが、画面が暗くなっても〝殺す〟の二文字が網膜に焼き付いて離れない。

そのとき通路側のカーテンが開いて、瑠璃が顔を覗かせた。私は泡を喰って瑠璃のスマホをバッグに隠す。

「か、帰ってくるの早くない？」

瑠璃は私の膝の上のバッグにさっと視線を走らせると、

「そうですかね？　もうすぐ出発ですよ」

何も言ってくれないのが恐かった。取ってつけたような静寂の中で様々な情景が浮かび消えていく。父親と待ち合わせていることを揶揄（やゆ）したとき、息苦しいとこぼしていた瑠璃。泣きじゃくる修ちゃんに「帰りたくなかったんだよね、わかるよ」と囁いていた瑠璃。

ようやく彼女が口を開いたのは七時五十六分、大橋ＪＣＴから首都高速中央環状線に差しかかったときのことだった。

「見ました？」

何を、なんて訊かずともわかっている。私は察しの悪いふりをした。作り笑いを貼り付けて首を傾（かし）げると、それ以上質問を浴びせられることはなかった。

事件続きの長旅で疲れ果てたのか、瑠璃は私の肩にもたれかかってきた。そのままずるずるとずり落ちていき、ついには私の膝の上のショルダーバッグを枕代わりにして半身を横たえる。九二二便は初台南（はつだい）で高速を降り、八時三十八分、バスタ新宿三階の高速バス降車場に到着した。

セパレートカーテンを開けると、通路に出てきた高山とちょうど鉢合わせた。泣き疲れて眠ってしまった修ちゃんを抱えた高山は、ぺこりと会釈しながらバスを降りていく。最後に降車した私たちはコンクリートに足の裏を付けると同時に思いきり伸びをして、凝り固まった筋肉をほぐした。瑠璃は肩にかけたサコッシュ以外に荷物を持っていないようで、私以上に軽装だった。

観光案内所横のエスカレーターから二階へ降り歩行者広場を進むと、三分とかからずJR新宿駅新南改札に着く。瑠璃はきょろきょろ周囲に視線を配ると、大きく一歩踏み出して私との距離を詰めた。

「さっきのナイフ、わたしに預けてくれませんか」

小さくて白い瑠璃の手が目の前にあった。私はポケットの中から折り畳み式ナイフを出すと、その掌の上に載せた。

特に抵抗はしなかった。唯一の凶器を簡単に手放してしまうなんて自分でも信じられなかったけれど、これでいいと思えた。

瑠璃は優しげな微笑みを浮かべてナイフを弄(もてあそ)んでいたが、やがて掌に力を入れてそれを強く握り込むと、手近なゴミ箱に向けて勢いよく投げ捨てた。ガコン、と金属が激しくぶつかり合う音がする。その乱暴な仕草に動転して思わず顔を上げると、瑠璃と目が合った。口元は緩い弧を描いていたが、瞳の底には暗い影が見えた。

「ちょっと優しくされたくらいで揺らぐんだ。あんたの殺意ってそんなもの？　……初心(うぶ)なんだね、お姫様みたい」

ドスのきいた低い声。瑠璃のものとは思えなかった。あっけにとられているうちに、彼女は空いた手をサコッシュの中に突っ込んで、何かをうやうやしく取り出してみせた。――柄の長さだけで十五センチを優に超える、大ぶりなキャンピングナイフ。革製のケースを剝ぎ取ると著しく鋭利な刃が現れる。その殺傷力は、玩具みたいな私のナイフのそれとはきっと比べものにならないだろう。通勤中の会社員や学生らしき若者など、改札前の広場を行き交う駅の利用客は瑠璃の殺意に気づかず真横を通り過ぎていった。

漠然と抱いていた違和感の正体に、ようやく気づいた。長距離を移動する夜行バスの乗客にしては、瑠璃の荷物は極端に少なすぎる。ほとんど手ぶらでポケットの中のナイフだけをお守りのように握り締めていた私と同じ理由で、瑠璃はサコッシュ一つを大事そうに抱えていたのだ。彼女が私の隠し持ったナイフを察知することができたのも、自身が置かれた状況とあまりに似通っていたから――瑠璃が殺意と共にこの夜行バスに乗り込んでいたからだろう。

「父親を殺すの？」

沈黙が答えを示している。止めなければいけない。

瑠璃が私にナイフを手放させたように、私も瑠璃からあの凶器を奪わなければ。

手を差し伸べるが、瑠璃は薄ら笑いを浮かべるだけだった。

「引き返さないよ、わたしは。誰かさんと違って」

「通報するよ」

乾いた響きの笑い声が続く。「やれるもんなら」

突然首元が絞まり、呼吸が止まった。気づけば背中が駅舎の硬い壁に押しつけられている。瑠璃はその華奢な腕からは想像できないほど強い力で私の胸倉をとらえ、喉に刃をあてがっていた。

「すごく残念だった。せっかく同好の士と隣に乗り合わせたと思ったのに、あんたまるで根性なしなんだもん」

探偵ごっこに乗り出したときと同様、瑠璃は生き生きと楽しそうだった。腹の底に抱えていた暴力性をようやく解放したような、嗜虐的な笑顔。怯えて押し黙った私を見ると満足したのか、瑠璃は私の襟元から手を離し、無邪気な笑い声を上げながらエスカレーターへと引き返して行った。

一人取り残された私は床にへたり込んだ。すぐ傍には幾人もの通行人が歩いていたが、様子のおかしな女に注意を払う者は一人としていない。

父親を殺す覚悟を決めていた瑠璃は、甘ったれた私を内心で嘲笑っていたのだ。彼女の言う通りだった。私は根性なしだ。

種々の感情がない交ぜになって混乱していた。情けない。口惜しい。でも、胸の内に残ったものは殺意ではなかった。自分の心の底を覗き込んでみて初めて、私はずっと激しい憎悪を燃やし続けていたわけではなかったのだと知った。徐々に生活が削られ絶望が積み重なり、行き場のない感情が風船のように膨れ上がっていって、他の選択肢がまるで見えなくなっていたのだ。これ以上、息を吸って吐くことさえ難しい。ならばあいつを殺して全て終わらせよう、と。

思い出すのはバス車内で起きた盗難事件のこと。進んで探偵役を引き受けたくせに、犯人の正体を明かしたがらなかった瑠璃。

――何はともあれ、修ちゃんには逃げおおせてほしいですね。

虚脱感に襲われ、ショルダーバッグさえずっしりと重く感じる。いや、何か変だ。物理的に重量が増している。中を覗き見れば、オレンジ色の見知らぬ長財布が紛れ込んでいた。

思い返せば首都高速中央環状線に入ったとき、瑠璃は私の膝の上のショルダーバッグを枕代わりにして寝そべっていた。だとしたらこれは、瑠璃が入れたもの？

開けてみると札入れから万札が二枚と、整理されていない分厚いレシートの束が出てくる。そしてカードポケットには、夜行バスの乗車券。九二二便のチケットではない。新宿から広島への直行便――帰り道の乗車券だった。

――困ってる人は放っておけない質なので。

どこからか瑠璃の明るい声が聞こえたような気がして、顔を上げた。

私は弾かれたように立ち上がった。瑠璃はどこにいる。父親との待ち合わせ場所はどこだ。

柱に貼り付けられたフロアマップに飛びつく。瑠璃はエスカレーターの方向へと引き返していったはずだ。新南改札は二階、エスカレーターの先には三階と四階があった。三階はバス降車場とタクシー乗り場、四階はバス乗車場だ。

瑠璃は自分のことを「現金ばかり使う古臭い人間」と言っていた。瑠璃の財布は私が持っているのだから、父親とは近場で待ち合わせているのだ。

ターミナルビル四階の待合室が目に留まる。フロアマップを指で辿って四階直通のエスカレーターの場所を確かめると、私は改札口に背を向けて走り出した。

通路左側で行儀よく整列している人々を横目に、長いエスカレーターを一段飛ばしで駆け上る。エスカレーターを上りきった頃には遠くの方で白いワンピースの裾が揺れていた。瑠璃は後ろを追いかける私に気づくことなく、ゆっくりとした足取りで代々木側の出入口からターミナルビル四階の待合室へと入っていった。

インフォメーションカウンター近くのソファに、灰色のスーツに身を包んだ男が座っている。瑠璃が近寄ると腰を上げ、目尻に皺を寄せて満面の笑みを浮かべる。きっとあれが父親だろう。優しそうな男だ。娘を『殺すぞ』と脅していた人間とは到底思えないくらい。

　この男はきっと、カメラを向けられるとにこにこと笑うのだ。隣人にも優しくできるし、職場でも良好な人間関係を構築できる。でも、瑠璃の前ではきっと別人になる。

　瑠璃は男の元へと走った。男との距離が縮まってもスピードを緩めず、一直線に突っ込んでいく。見えるのは彼女の背中ばかりで表情は窺い知れない。待って。息を切らしながら私は手を伸ばした。

「死んでくれ！」

　握り締めたナイフを、彼女は大きく振りかぶる。命の危機が迫っているというのに、男はポカンと口を開けて間抜け面を晒していた。それが無性にムカついて泣きたくなる。すんでのところで瑠璃に追いついた私は、背後から抱き寄せるようにしてその手首を摑んだ。

「ねえ、賢い頭で考えた結果がこれ？」

　つんのめるようにして立ち止まった瑠璃は、私の姿を認めると「離せよ」と吼える。ただならぬ空気を察知したのか、父親はようやく瑠璃の手元へと目をやり「ぎゃあ！」と叫んだ。男の悲鳴に釣られ、高速バスを待つ周囲の人々が一斉に瑠璃の方を向いた。光るナイフを視界に捉えた途端、蜘蛛の子を散らすように逃げていく。

待合室は恐慌状態に陥りつつあったが、些細なことに思えた。藻搔く瑠璃を羽交い締めにしたまま、必死で呼びかける。

「瑠璃、一緒に逃げよう」

「帰りたいならあんた一人で帰れ。どうしてわたしが逃げ隠れしなきゃいけないの。消えるべきなのはこいつでしょ！」

刃先を父親に向け、唾を飛ばして泣き叫ぶ。

瑠璃と父親の間に何があったのかはわからない。別に知りたいとも思わない。瑠璃がこの男に苦しめられたのは明らかだった。血走った目。追い詰められ、疲弊し、怯え、絶望しきった目。今の瑠璃は、彼女のサングラスに反射した、ボロボロの私とよく似ていた。

「気持ちわかるよ。ここまで来たら引き下がれないって、頭の中そればっかりになってるんでしょ」

「知ったような口利くな。こっちは覚悟が違う！」

「あんただって帰りのチケット用意してたくせに。ずっと迷ってたんでしょ。ねえ、あんな形で譲られたって何も嬉しくないよ。あんたが私に逃げてほしいって思ったのと同じくらい、私もあんたに逃げてほしいんだよ」

瑠璃を置いてけぼりにはしたくない。ここで瑠璃を放っておけば、私自身を見捨てることになる。なぜだか、修ちゃんをおずおずと抱き締める高山の姿が瞼の裏に浮かんだ。

隣の席に座ったときからずっと、私は瑠璃と一緒に逃げたかった。

「あのね、瑠璃……」私がもう一度その名前を呼んだとき、

「おい、瑠璃！」

割り込むように口を開いたのは瑠璃の父親だ。及び腰で、媚びへつらうような笑みを顔面に貼り付けていた。

「どうしちゃったんだ、瑠璃。落ち着いて話をしよう」

おろおろ視線を彷徨わせ、まるで自分が被害者みたいな顔で、男は瑠璃に一歩たりとも近づかずに「話をしよう」と語りかける。瑠璃は鋭い目で男を睨みながら、血が滲むほど強く唇を嚙み締めていた。それなのにこの男は、なぜ瑠璃が往来でナイフを取り出したのか、全くもってわかっていない、想像することすらできないのだ。――そう理解した途端、すべてが馬鹿らしくなった。

「そんな危ないものは仕舞って、ほら話をしよう……」

気づけば、私は瑠璃の腕から手を離していた。瑠璃がナイフを構え直す前に、握り締めた手に精一杯の殺意を込める。

「うるさい！　まだ私が瑠璃と喋ってる！」

コンマ二秒後、私の拳が男の頬にめり込んでいた。クラウチングスタイルから放たれた、強烈な左フック。弾き飛ばされた男は手足を投げ出すようにして床に転がる。骨を打つ音が予想外に響き渡ったせいか、気づけば多くの視線が集まっていた。周囲の乗客も殴られた男も、そして瑠璃も、呆気にとられて私の左手を見つめている。その一瞬の隙を突いて、私は再び瑠璃の手首を掴んで走り出した。

集まり始めた野次馬たちの間を縫うようにエスカレーターを三階まで駆け降りる。ぶかぶかのブルゾンが腕に絡みついてどうにも走りづらくて、私は勢いよく脱ぎ捨てた。布切れが宙を舞う。タクシー乗り場に辿り着くと、空車のタクシーに飛び込んだ。

「とりあえず出して!」

運転手をせっついて、目的地も伝えぬままターミナルビルを出る。瑠璃は窓の外に視線を向けるでもなく、ぼんやり宙を見つめていた。

「ねえ、どこ行くつもり?」

わからない。けれど不安はなかった。頭の芯がじんと痺れて、不思議と心が浮き立っている。当てはなくともバスターミナルなら星の数ほどあるし、夜行バスに乗ればどこへでも行けると思った。

「瑠璃、さっきのナイフ私にちょうだい」

瑠璃に向かって手を差し出すが、彼女は似合わないサングラスの向こうで瞳を揺らすだけ。私はため息をつきながら瑠璃に寄りかかり、その肩に頭を乗せた。

「殺したらすっきりするだろうけど、刑務所行きだよ。心も体も擦り切れるくらい傷ついて、挙句自由まで奪われるなんて、そんなの酷すぎない？」

「……でも、ここで逃げたら負けを認めることになる」

「逃げたら負けって誰が決めたの」

だから逃げる。殺意から逃げる。

瑠璃と私が手を取り合って逃げる。高山が修ちゃんを抱えたまま逃げる。行く先々で、たくさんの人と手を繋いで逃げる。「かかってこいよ」とファイティングポーズを構えた連中から、全員で逃げる。

最後に取り残されるのはあいつらの方だ。パワハラ野郎や小さな子どもを傷つける大人たち、ムカつくバスの乗務員、それから瑠璃の父親は置いて行く。だからこれは、戦略的な逃走だ。

緩慢な動作でキャンピングナイフをサコッシュに仕舞うと、瑠璃はストラップを首から外してそれを私に手渡した。恨めしげに唇を尖らせながら、つっけんどんに「名前、何ていうの」と尋ねてくる。

「カレシバユウコ。枯れた芝で枯芝だよ。辛気臭い名前でしょ」

「ユウコはどう書くの」

「優しい子」

「かっこいいじゃん」

瑠璃は身体の力を抜いて私の左半身にもたれかかってくる。私たちは支え合うように、互いの重みを預け合った。

泣き疲れた迷子のような顔で、瑠璃は小さく笑う。

「優子の隣の席に座ったのが、わたしの運の尽きだった」

モーティリアンの手首

白井智之

Message From Author

有象無象の連中が素っ頓狂な推理を披露し合う、という話が好きでよく書くのですが、「なんだこいつら偉そうだな」と思うことがあります。事件に巻き込まれているならまだしも、縁もゆかりもない過去の事件に安全圏から口を突っ込んでデタラメなことを言ってるやつらは何様なんだよと思います。調子乗んな。ということでこの話ができました。

白井智之（しらい・ともゆき）
1990年生まれ。東北大学卒。2014年、横溝正史ミステリ大賞最終候補作『人間の顔は食べづらい』でデビュー。16年に日本推理作家協会賞候補、17年に本格ミステリ大賞候補。22年『名探偵のいけにえ　人民教会殺人事件』で『2023本格ミステリ・ベスト10』国内編第1位、23年同作で本格ミステリ大賞受賞。近著に『死体の汁を啜れ』など。

0

「ああ、お月様。いい加減あの哀れな妄想屋の目を覚ましてやってくれないか」

雲に覆われて黒いシミのようになった月を見上げ、ムリロは心からの祈りを捧げた。

「黙れ、虫けら」

そう答えたのはもちろん月でも太陽でもない。倒木の向こうのシウベラだった。相変わらず声はでかいが、言葉に勢いはない。

「この役立たず。口だけ虫。穴を掘る以外何もできねえ能無しのミミズ野郎。おれは妄想屋じゃない。死体はある。必ずある」

だったらなぜ七日も樹林をうろついて指の一つも見つからないのか。苛立ちにまかせて石を蹴り飛ばしたところで、

「あっ」

じゃら、と胸の鎖を鳴らして、プージャがマスクサの叢から顔を出した。ムリロとシウベラのほうを振り向いて、

「ここ、あるかも」

そう言って足元を指す。

「本当か？」

シウベラが叢へ分け入り、腹ばいになって地面に顔を近づけた。

「分からん」

ムリロが後ろからセンサーをかざす。針がわずかに反応した。

「微妙だな。掘ってみるか？」

「プージャを信じよう。こいつの嗅細胞は犬並みだからな」

ムリロは草地に設置した基地へ引き返すと、双発型の可動鑿井機(さくせい)に乗り込んだ。この鑿井機は妊娠した蜘蛛(くも)のような形をしていて、腹の裏の履帯(りたい)を回転させて前進する。ステアリングを操作して樹林へ戻ると、プージャが白墨で印を付けたところに尻の穴を合わせた。八方に杭を打って本体を固定してから、レバーを倒して錙管(しかん)を地面に刺し込む。足元が大きく波打った後、揺れが徐々に小刻みになった。

錙管はゆるやかに回転しながら土壌を掘り進んでいく。身体(からだ)一つ分くらいの深さに達したところで先端のセンサーが反応した。副管で目標物を採取し、レバーを起こして錙管を引き上げる。

「早くしろ、ミミズ野郎」

シウベラに急(せ)かされながら操縦席を降りた。簡易洗浄が終わるのを待ち、腹の後ろの扉を開ける。

取り出し口のトレイに載った骨は楓の葉のような形をしていた。小さな骨の塊から棒状に連なった骨が五つ生えている。

「何だこりゃ。蛸の食い滓か？」

「動物の手だろ」

五つの指は大きさがばらばらで、長いものは関節らしき継ぎ目が三つあった。手首には金属の輪が巻かれている。手の甲の側に付いているのは文字盤だろう。こんな道具を使っていた動物は、われわれの他に一つしかいない。

「思った通りだ。手があるってことは近くに他の部位もあるってことだからな」

シウベラは骨が出てきた穴を一瞥して言うと、どうだ、木偶の坊め、と言いたげな面で手首を保存水槽に放り込んだ。ムリロは黙って操縦席に乗り込む。

地面から杭を抜こうとしたところで、

「どうしてこんな中途半端な切れっ端が地中に埋まってたんだろう」

スピーカー越しにプージャの声が聞こえた。見れば目を細くして保存水槽を覗き込んでいる。

「さあ。死体にもいろいろ都合があんだろ」

シウベラがぶっきら棒に答えた。

自分たちが探しているのはただの死体ではない。長い年月をかけて鉱物が染み込み、骨の成分が置換され、石化した死体だ。

もちろん化石なら何でも良いわけではない。鼠（ねずみ）や猫や蜚蠊（ごきぶり）も多少の小遣いにはなるが、わざわざ船を借りて島に乗り込んだ以上、もっと上等な品を見つけなければ元が取れない。

ムリロたちが探しているのは、かつてこの島に住み着いていたとされる異星生物――モーティリアンの死体だった。

1

ポスタ島には神が棲（す）んでいる。

物心ついた頃から、親や教師にそう教えられてきた。

ムリロは子どもではない。もちろん能無しのミミズ野郎でもない。学校をやめて仕事を始めた頃には、神などというものは脳の中にしか存在せず、おとなもそれを知りながら神を崇（あが）めているのだと分かるようになっていた。

遡（さかのぼ）ること二九九七六年前。故郷の島で星空を観測しながら悠々自適の余生を過ごしていた宇宙生物学者のハカ・タファリャが、ポスタ島に生息するモーティリアンを発見した。

モーティリアンはそれまでに発見されたどんな動物ともまったく異なる風貌をしていた。身体はひどく小振りなくせに脳だけが大きく、それを薄い骨とブニブニした肌で覆い、頭の下から生えた蔓(つる)のような細い腕をせわしなく動かしていた。モーティリアンはわれわれの先祖が初めて存在を確認した、高い知能を持つ異星生物だった。

当時の学者たちは観測衛星を駆使して地球全土を隈(くま)なく調査し、ポスタ島の周辺はもちろんのこと、ジャングルや砂漠、南極圏に至るまで、それまで見つかっていなかったのが不思議なほどあちこちでモーティリアンの生息を確認した。モーティリアンは小さな家をつくり、われわれの祖先とよく似た道具——刃物や杖(つえ)、照明具や眼鏡(めがね)、さらには時計まで——を使って生活していた。

モーティリアンはいつから地球に住んでいたのか。どこからやってきて、どれほどの知能を持っているのか。何もかも分からないことだらけだった。学者たちは長期的な調査と適切なコミュニケーションの必要性を訴えたが、生まれ育った星の支配者の座を奪われることを恐れた為政者たちは、モーティリアンへの先制攻撃を決定。瞬く間に彼らを全滅させた。

それから地球の歴史は長い暗黒時代に入る。宇宙の住人が自分たちだけでないことを知った先祖たちは、未知の生物への恐怖に苛(さいな)まれながら、この星で孤独に生きることを余儀なくされた。彼らは解消しようのない不安を互いにぶつけ合い、対立と衝突、紛争と迫害を繰り返した。いくつもの文明が滅び、新たな統治者が現れては儚く消えていった。

ポスタ島に神が棲んでいるという信仰が広がったのもそんな時代だったという。かつてモーティリアンが発見された島に神が棲んでいるというのはおかしな話だが、そんなことでも信じなければ前を向いて生きられなかった者が大勢いたのだろう。

ムリロは神を崇めるくらいなら粉を吸って月でも見ながら寝たほうがましだと考える質だが、とはいえそんな連中のおかげで彼女と再会するチャンスが巡ってきたのだから、彼らには感謝しなければならないだろう。

「モーティリアンの死体を掘ろう」

脳が茹で上がりそうなほど暑い夏の日の晩、アッセルジア市の街外れの薬場で汗を垂らしながら鯱粉を巻いていると、やたらと図体のでかい男が前の席に尻を下ろした。

「またお前か」

かつてネグロの採石場で知り合い、ムリロに隕石の転売事業をもちかけ、膨大な負債を残して姿を消した法螺吹き男——シウベラだった。

「お前は安物のスズだかニッケルだかを掘って一生を終えるようなやつじゃない。おれと手を組んで、異星生物の死体を手に入れよう」

金持ちは石を好む。珍しいというだけで大して美しくもない、どちらかといえば辛気臭い石ころを買い漁って、箱に入れて飾ったり首にぶら下げたりする。頭に埋め込むというのもいる。遥か昔、モーティリアンを発見した頃の祖先たちも似たようなことをしていたというから、これはわれわれの種に刻み付けられた性質なのだろう。ここ数年、特に値段が高騰しているのが動物の化石で、その中でも縁起物として高値で取り引きされているのがモーティリアンの化石だった。

「シウベラ。あんたペテン屋のくせに相変わらず下調べがなってないな」ムリロは跳粉を盛った皿を手元に引き寄せて言った。「モーティリアンの化石はとっくに掘り尽くされてんだよ」

きっかけは百四十年前、アピオ市の科学者が朒波計を発明したことだった。朒波計はその名の通り、モーティリアンが発する朒波を捉え、その強さを計測する機械だ。朒波計この発明によって地下深く埋まっていたモーティリアンの化石が容易に見つけられるようになり、発掘競争が激化した。世界三二七の市が加盟するアルドー連盟が発掘を禁止したのは、すでにあらゆる大陸の地面が掘り返された後のことだった。

「どうかな。地球にはあと一つだけ、まだ誰も鑿管を突っ込んでないうぶな女みたいな土地がある」

シウベラは薬場を見回し、他に誰もいないのを確かめて、

「ポスタ島だよ」

懐から薄汚れた紙切れを取り出した。

「去年の夏、とあるゲリラ団体の依頼で、アルドー連盟のデータベースをハッキングした。これはそのとき盗んだ全地球朒波統計の数値をマッピングしたものだ」

そう言ってテーブルに地図を広げる。大半の陸地は白か灰色だが、ポスタ島だけが真っ黒に塗り潰されていた。

「ポスタ島は神の島だ。二百年前から立ち入りが禁じられているおかげで、未だにモーティリアンの死体がざくざく埋まってるんだ」

傍から聞いたら詐欺ですよと忠告したくなるような、虫の良すぎる話だった。だが島から朒波が出ているということは本当なのか。

「高速輸送船でポスタ島へ潜り込み、ちょっとだけ化石を掘って帰る。危険はないし、誰にも迷惑はかからない」

「ポスタ島は連盟保安局の直接管理区域だ。すぐにとっ捕まって牢屋行きじゃねえのか」

「海岸に見張り番が立ってるわけじゃない。海上で鋼波センサーに引っかかる可能性はあるが、きちんと対策しておけば問題ない」

「嘘をつくな」ムリロは声を力ませた。「お前ごときが保安局から逃げられるはずがないだろ」

「まともに逃げたら勝ち目はねえよ。だから鯨を用意しておくんだ」

は？

「疑似餌だよ」シウベラは頭を突き出す。「胃袋に鉄くずを突っ込んだ鯨を船に積んでおくんだ。で、ブイの鋼波センサーが反応したら、そいつを捨てて逃げる。保安局の役人は馬鹿だから、センサーが鯨に反応したと思い込んで、そいつを拾ってねぐらへ帰るってわけだ」

シウベラは得意そうにムリロの手を摑んだ。

「お前には石を掘る技術がある。おれには石を売る伝手がある。おれたちでモーティリアンの化石を掘って売りまくれば、おれもお前も一生金には困らない。もっときつい粉だって吸えるようになるぜ」

ムリロは返事に詰まった。今の生活に不満はない。モーティリアンを掘り当てたいとも思わないし、そもそもシウベラと仕事をするのは気が進まない。だが。

「——おれの他にも誰か誘ったか」

「まさか。頭数を増やしても実入りが減るだけだからな。おれとお前、それにプージャがいれば十分だ」

やはりそうか。彼女がいるなら話は違う。

「シウベラ」ムリロはシウベラの節くれだった手を摑み返した。「おれも一度、異星生物を掘ってみたいと思ってたんだ」

その地震は神のお告げだったのかもしれない。生まれてこの方、神を拝んだことのないムリロがそんなことを考えるほど、その揺れは天啓めいていた。

シウベラの手配した高速輸送船でアッセルジアの港を出たのが十日前のこと。さいわい鯨の世話になることなくポスタ島までたどり着いたのだが、そこから先が問題だった。上陸から七日間、内陸へ進みながら化石を探し続けたものの、収穫といえば鼠と猫と蜚蠊、それにモーティリアンの手首が一つだけ。モーティリアンがざくざく埋まっているというシウベラの読みの甘さが見事に露呈したのである。

ところが八日目の朝。小さな地震に見舞われた直後、大量のモーティリアンの化石が見つかった。

そこは手首の埋まっていたところから千體（約四キロ）、海岸からは一万體（約四十キロ）ほど進んだ樹林の中の扇形の窪地（くぼち）で、死体は五踝（約一メートル）ほどの深さにまとめて埋まっていた。初めにプージャが胸波を感知したときはせいぜい二、三体かと思ったのだが、掘っても掘っても湧き水のようにモーティリアンの全身骨格が出てくる。夜までに水槽に入れた死体は十一体に上った。

「神様もなかなか気が利いてるな。そこに死体がある。しっかり掘れって教えてくれるんだから」

シウベラが手を叩いて喜んだのは言うまでもない。ムリロも思わず安堵の息を吐いた。

その日の晩。シウベラが基地の宿小屋で宴会を開いた。

「今日はおれの奢りだ。吸いたまえ。脳が宇宙になるまで存分に吸いたまえ」

口では調子の良いことを言っていたが、シウベラが振る舞った鈗粉は売春街の薬場でも見たことがないような混ぜ物だらけの粗悪品だった。

「神ども、ありがとう。あんたら害虫と思ったら益虫だったんだな。あんたらへの感謝の気持ち、おれは当分忘れねえよ」

シウベラはしきりに手を擦りながらそんな言葉を繰り返していたが、やがて屋根に寝転がってぐおぐおと鼾を掻き始めた。

ムリロも頭を倒して夜空を見上げる。そこは山一つない平野の真ん中だった。砂をばら蒔いたような星空に、昨日より少し膨らんだ月がひっそりと浮かんでいる。

ムリロは月が好きだった。冷然とたたずむ月を見ると、自分の身に降りかかった面倒ごとがどれもひどくつまらないことのように思える。高いところからこちらを見下ろしているくせに、太陽のように威張っていないのも好ましい。

しばらくの間、聞き分けの良いガキのようにおとなしく夜空を見上げていたが、そのうちなぜか損をしているような気分になってきた。混ぜ物だらけの鱿粉でもこれだけ心地よいのだから、まともなのを吸えばさぞかし爽快に違いない。全身全霊で月の輝きを受け止めるためにも、やはり自分の粉を取って来よう。

そう決めて宛てがわれた部屋へ向かうと、となりの貯蔵室にプージャの姿が見えた。乳と腹が膨らんでいて、首からは太い鎖が垂れている。

宴会の前にシウベラの部屋へ叩き込まれていたはずだが、こんなところで何をしているのだろう。扉の窓に頭を近づけると、背中を伸ばして水槽を覗いているのが見えた。

「旦那にばれたら目ん玉もがれるぜ」

ムリロが扉を開けると、プージャはこちらを振り返り、気まずそうに腹を手で覆った。指で隠れた辺りからネギだけ食い続けた女の宿便のような臭い（におい）がした。

プージャの腹にはシウベラのガキが入っている。アルドー連盟の通達により、子宮から臭くてびしょびしょのガキが出てくるまでの間、プージャは鎖に繋（つな）がれ、シウベラの命令に従わなければならない。気の強い彼女のこと、表向きは平然としていても、胸の内では怒りを煮え立たせているはずだ。

これは二度とないチャンスである。子宮が空になったら、次はムリロのガキを産んでもらえないものか。ムリロは密（ひそ）かにそう願っていた。

「ちょっと気になったことがあって」

プージャが水槽に目を戻す。昨日見つけたモーティリアンの小さな手首が沈んでいた。

「これ、地下二體（約八メートル）のところに埋まってたんだったよね」

ムリロは頭を縦に振った。體はアルドー連盟が策定した公式単位の一つだ。連盟のお偉方は共通の決まりを大量に作ることで、各地の市民に一体感を持たせられると安易に考えている節があった。

「どうしてそんなところに、手首だけ埋まってたんだと思う？」

ムリロは目を窄（すぼ）めた。ラダブダブ市の学校を出たエリートのプージャが、なぜそんなことを言うのか分からなかった。

「化石ってそういうもんじゃねえのか？」

たとえば明日の朝、ムリロが熊に襲われて死んだとする。その死体が化石になる可能性はきわめて低い。ほとんどの動物の死体は別の動物に食われるか、腐って土に還（かえ）るからだ。

だがごくまれに何らかの理由で土に埋もれるものがあり、その死体に長い時間をかけて鉱物が染み込んだ結果、骨の成分が置換されて化石になる。ゆえに化石が土に埋まっているのは普通のことだし、全身が揃っていないのも当然のことなのだ。

もっともモーティリアンの場合、他の動物とはやや異なる事情もある。彼らはムリロたちと同様、死体を埋葬する習慣を持っていた。方法はいくつかあり、中には随分奇天烈(きてれつ)なものもあったというが、ポスタ島に住むモーティリアンはごく普通に、死体を燃やして土に埋めていたという。

この場合は当然、化石が生じることはない。この島で見つかるモーティリアンの化石は、何らかの不幸な事情で野垂れ死んだか、われわれの先祖の攻撃によって死んだ者ということになる。とどのつまり、他の動物と同様、モーティリアンが五体満足のまま化石になる可能性はきわめて低かったということだ。

「確かにそうだけど。でも、ほら」

プージャは水槽を回転させ、骨の切れたところをムリロに向けた。

「ここ、すごくきれいに切れてると思わない？　自然に分解されたのなら、断面がこんなにきれいになるはずがないと思う」

言われてみると、手首の内側――胴へと繋がっていたであろう側の切れ目に、腕の骨が〇・一踝(約二センチ)ほどずつ残っていた。ムリロたちの身体でいうところの橈骨と尺骨だろう。切断面はつるりとしていて、動物に齧られたり、微生物に分解されたりしたようには見えなかった。

「こいつは何らかの理由で手首を切られていたってことか」

モーティリアンに手首を切り落とす風習があった、という話は聞いたことがなかった。

「それだけじゃない。学校で習ったと思うけど、動物の死体が化石になるには、一度、地中に埋まる必要がある。もっとも多いのは、海や湖の底に沈んだ死体に土砂が積もって埋まるケース。でもわたしたちがこの辺りで見つけたのは、鼠と猫と蜚蠊——陸上生物の化石ばかりだった。つまりこの辺りはずっと陸地だったことになる。手首がこの方法で化石になったとは考えづらい。他にも火山灰が降ったり洞窟に落ちたりして死体が化石になるケースもあるけど、この辺りは見渡す限り山一つない平地だから、そうした可能性も現実的じゃない」

「それって、つまり——」

「この手首は意図的に埋められていたとしか思えない。モーティリアンが何らかの理由で手首を切断して、それを隠そうとしたんじゃないかな」

体温が急に下がったような気がした。

三万年前、この異星生物にいったい何があったのか。

「わたし、もうちょっとこの化石を調べてみたいの」

2

何か出てくれ。

地面を掘りながら心からそう願ったのは数年ぶりだった。

手首が埋まっていた二體（約八メートル）まで錨管を刺し、そこから副管を水平に移動させる。半径一體（約四メートル）の範囲を念入りに探ってみたが、腑波計は反応しなかった。

「もう少し深いところも調べてみて」

スピーカーからプージャの声が響く。

ムリロにはまったくどうでもいいとしか思えないことにプージャが強い関心を見せるのは、今回に始まったことではなかった。ネグロの採石場で知り合ったときも、プージャは動物がいれば観察し、機械があれば燃料を入れて動かそうとし、化石があれば持ち帰って年代や組成を調べていた。数年前までラダブダブ市の学校でモーティアンの文化を学んでいたと知り、研究のための材料を集めているのかと思ったが、腹に綱を巻いて地底湖に潜り込むのを見るに至って、ただ異常に好奇心が強いだけなのだと納得した。

まともな連中はいちいちプージャの調査に付き合おうとはしない。裏を返せば、どんな連中よりも深い仲になる絶好の機会がいつでも転がっているということだ。

ムリロは窓から見えるように頭を上下させると、レバーを倒し、鑽管の先端をさらに深く押し込んだ。二・五體、三體と進み、三・五體を過ぎたところで腩波計が跳ね上がる。

「あったぞ」

マイクを摑んで言うと、窓の外でプージャが跳び上がった。

――手首が埋まっていたところをもう一度掘りたい。

上陸九日目の朝。ムリロがそう提案すると、シウベラは腹からでかい虫が孵ったような渋っ面をした。金儲けのためにポスタ島へ乗り込んだのだから、一팀にもならない調査に難色を示すのは当然である。

だがプージャに「けちじじい」と罵られると、シウベラはあっさり再掘削を承諾した。すでに大量の化石を手に入れていたこともあるが、安物の虩粉を吸い過ぎたせいで頭が重く、女と言い争うのが億劫になっていたのだろう。

ムリロは四體（約十六メートル）のところで目標物を採取し、慎重にレバーを起こした。鑽管の先端が地上へ出てくると、鑿井機が自動で簡易洗浄を始める。腩波や鉱波を発していない部分を三次元プラズマカッターで取り除くもので、よほど入り組んだ構造でない限り、ほぼ完全に目標物だけを取り出すことができた。

洗浄が終わるのを待って裏の扉を開ける。トレイに二本の細い骨が載っていた。片側に関節があり、そこで骨が繋がっている。反対側はどちらも平らに切り落とされていた。

「腕だ。腕の骨だ」

水槽の中の手首と見比べると、断面の形状がよく似ていた。

「ハンディのだね」

プージャの声が弾む。骨の主に名前を付けたようだが、由来はよく分からなかった。

「モーティリアンの腕はもっと長いぜ。まだ先があるんじゃねえか」

新たな発見に興味をそそられたらしく、シウベラも口から唾を飛ばした。それを見たプージャが一言。「気まぐれじじいめ」

ムリロは鑿井機の操縦席へ戻ると、地面の同じところに再び鑽管を押し込んだ。先ほどの四體まですする進んでから、さらに土を掘り進む。

思ったよりも早く胸波計が反応した。先ほどよりも値が大きい。胸波が最大になった四・五體（約十八メートル）のところで目標物を採取する。

鑽管を引き上げようとしたところで、となりの鉱波計が反応し続けているのに気づいた。何か鉱物を掘り当てたのかと思ったが、それにしては値が小さい。副管をぐるりと回すと、水平に〇・五體（約二メートル）ほど進んだところに小さな金属片が二つ埋まっていた。念のため採取してから、今度こそ鑽管を引き上げる。

洗浄が終わるなり扉を開けた。

「おお」

プージャの首から垂れた鎖がじゃらじゃら音を立てる。

「ご本尊のお出ましだ」

現れたのは、腕が半分欠けたモーティリアンの全身骨格だった。かなり小柄だが、形状を見るに子どもではない。異様に大きな頭蓋骨に深い穴が三つ並び、口は威嚇するように大きく開いている。細長い腕は蛸によく似ていた。

「左側の腕が途中で切れてるのを除けば怪我はなさそうね」

手首と同様、腕の切断面はつるりとしていた。

「いや」

シウベラが右側、千切れていないほうの手首を指す。指と腕の間の小さな骨が寄せ集まったところに、〇・二踝（約四センチ）ほどの亀裂が入っていた。

「骨が割れてる。地中に埋まったときに割れたのか、生きてる間に割れたのか分からねえけど」

「後者だとしたら、何かに手を挟んだってこと？」

「すっ転んで手を打ったんだろ。目ん玉が多いせいで酔っちまったんじゃねえか」

シウベラの軽口にプージャがぷっと噴き出す。

骨を掘るだけでなく、もっと良いところを見せたい。そう思って骨を観察していると、洗浄機の底に金属片が二つ落ちているのに気づいた。

「これは――」

取り出してみると、どちらも〇・一踝（約二センチ）ほどの小さな黄銅の円盤だった。死体の近くで金属片を拾ったのを思い出す。左右対称に二つの穴が空いていて、ムリロたちの祖先が着ていた服の装飾品とよく似ていた。片方の円盤だけ、円を二つに分けるように大きな亀裂が入っている。

「何だか分かるか？　死体の〇・五體くらい横で拾ったんだが」

ムリロが尋ねると、プージャはそれを手に取り、表と裏を二度ずつ見た。

「モーティリアンの服の部品だね」

自分たちとモーティリアンの文化に多くの類似点があることは知っていたが、彼らはこんな装飾品まで身に着けていたのか。

「真ん中に亀裂が入ってんのはなんでだ？」

「さあ。分からない」

プージャが顎を上げ、割れているほうの円盤を太陽にかざす。ムリロはない知恵を絞った。

「自分で手首や腕を切り落とすやつはいないだろうし、事故ってこともないだろう。となるとやっぱり、こいつは仲間のモーティリアンに殺されたんだろうな」

プージャの喉から、ごく、と音が鳴った。「じゃあどうして手首と腕を切断されたの？」

「仲間に報復を受けたんだ。モーティリアンはおれたちにも劣らない知性を持っていた。ならば平気で仲間を裏切るシウベラみてえなろくでなしがいたっておかしくない。

ハンディはそんなやつだった。ハンディに裏切られたモーティリアンは、こいつを捕え、生きたまま切り刻もうとした。だが意気地のないハンディは、腕を二つ刻まれたところであっさり死んじまった」

「死体が地下深く埋められていたのは？」

「そいつがハンディの死体を隠そうとしたからだ」

「身体の小さいモーティリアンが埋めたにしては深すぎる気がするけど。一番浅いところにあった手首ですら二體（約八メートル）のところにあったんだよ」

「ポスタ島は地震が多い。九日前にやってきたおれたちがすでに経験しているくらいだからな。海だったところが陸地になるほどの地殻変動はなかったとしても、断層が動いて地面に裂け目が入るくらいのことは何度でもあっただろう。ハンディを殺したモーティリアンは運よく森の中で地割れを見つけ、そこに死体を投げ捨てたんだ」

出まかせにしてはなかなか良くできた推理だった。案外これが正解かもしれない。

「だったら死体は同じところに埋まってるはずだろ。手首と前腕と本体がそれぞれ違う深さにあったのはなんでだ」

シウベラが粉臭い唾を飛ばす。

「それは──手首と前腕が、水に浮いたからさ」

出まかせを重ねた屁理屈が、なぜか確信に変わっていた。

「ハンディが捨てられた数日後に、猛烈な雨が降ったんだ。地割れの中にも水が溜まって、軽い前腕と手首が底から浮き上がった。で、水位の上昇とともに地表に近づいて、前腕は地下四體、手首は地下二體のところで木の根か土くれに引っかかった。それから何十年だか何百年だかかけて土砂が積もり、地割れが塞がったことで、一つのモーティリアンの骨が三つの深さに散らばることになったってわけだ」

気づけばムリロも派手に唾を飛ばしていた。シウベラが不満そうにプージャを睨み、

「おい妊婦。反論しろよ」

鎖を揺すって八つ当たりする。

「モーティリアンはわたしたちとよく似た知性を持ち、よく似た共同体を築いていた。何かのきっかけで仲間に強い恨みを持って、相手の身体を刻んだってのはない話じゃないと思う。でもそれを地割れに捨てたとは思えないな」

プージャは涼しげに答えた。

「なんでだ」

「そこよりも死体を捨てるのに適した場所がすぐ近くにあったからだよ」

何だそれは。

「海のことか？　ここからは九千體（約三十六キロ）も離れてるぞ」

「昨日、わたしたちが死体を見つけた窪地のことだよ」

ムリロの脳は一瞬、銚粉の塊を一息に吸ったように何も動かなくなった。

「あそこには十一体のモーティリアンの死体が埋まっていた。自然現象であれだけの数の死体が一カ所に集まるとは思えない。モーティリアンを滅ぼしたわたしたちの先祖が、モーティリアンの死体をまとめて埋めたって話も聞いたことがない。あの死体はすべて、別のモーティリアンの手で埋められたものだ。ハンディを殺したモーティリアンも、死体を隠すなら大量の死体に紛れ込ませようとしたはずじゃないかな」

「そいつは窪地にモーティリアンが埋まってるのを知らなかったんだろ」

「モーティリアン殺しが二組いて、たまたますごく近いところに死体を埋めてたってこと？　そんな偶然があるとは思えないけど」

「現に死体は埋まってたんだ。ありえない偶然が起きたのさ」

「じゃあ百歩譲って、ハンディを殺したモーティリアンが死体を地割れに捨てたとしよう。雨が溜まって死体が浮き上がったってことは、そのモーティリアンは穴を埋めなかったことになるよね。繰り返しになるけど、モーティリアンはわたしたちとよく似た知性を持っていた。犯行を隠すために死体を穴に捨てたのに、その穴を埋めずに放置するかな？」

　その情景を思い浮かべて、ムリロはひどく間抜けな気分になった。

「……とても埋められないようなでかい地割れだったんだろ」

「だったら雨が降ったところで、何體も水が溜まるはずがないよ」

　唾が喉へ流れ込み、ムリロはげほげほと咳き込んだ。それを見たシウベラが嬉しそうに手の関節を鳴らす。

「プージャの言う通りだ。ムリロの脳味噌はモーティリアン並みだな。知能はあるが知性がない」

「交尾しかできねえ種豚に言われたくねえ」

「キィキィ吠えるな。どうやらおれにはハンディの身に起きたことが分かっちまったみたいだ」

シウベラは鎖を引き、プージャを目の前に立たせた。プージャはさほど期待していない様子で先を促す。「というと？」

「整理しておくと、このモーティリアンの死体には三つの謎がある。一つ、なぜ地中深く埋まっていたのか。二つ、なぜ手首と腕が切断されていたのか。三つ、なぜそれぞれの部位がばらばらに埋まっていたのか」

「当然のことを言って知恵者ぶるのは愚者の特徴だ」

「この雑音機が犯した最大の間違いは、ハンディが別のモーティリアンに殺されたと思い込んじまったことだ。それじゃ他の死体と違う場所に埋まっていたことや、穴がきちんと埋められていなかったことに説明が付かない。

ハンディはなぜ地中に埋まって死んでいたのか。こいつを殺したやつがいるとすれば、それはモーティリアンでもおれたちのご先祖様でもなく、この地球だ。三万年前、ここには確かに地割れがあった。ハンディは樹林を歩いていて、草木に隠れていたその穴に落ちた。そして不幸にも地中深くで息絶えたんだ」

「話にならねえな。ハンディは腕と手首を切り落とされていたんだぜ」

「もちろん自分の身体をバッグに入れて散歩していたわけじゃない。腕と手首がばらばらになったのは、こいつが穴に落ちた後だ」

「もぐらに齧られたんなら断面があんなにきれいなはずがない。地割れの底に都合よく刃物が埋まってたとでも？」

「お前は根本的な勘違いをしている」

シウベラは声を鋭く尖(とが)らせた。

「ハンディが腕を切られてから石化したと思い込んでるから、そんな素っ頓狂な推理ばかり出てくるんだよ。ハンディは石化した後でばらばらになったんだ」

「ははあ」プージャの口からため息がこぼれた。「具体的には、どういうこと？」

「ハンディの腕と手首を切断したのはモーティリアンじゃない。真犯人はやはりこの地球だった。

モーティリアンが落っこちるほどの地割れがあったことから考えて、この辺りに活断層があるのは間違いない。ハンディの骨が数千年かけて石化した後、その場所を震源とする地震が起きた。断層が大きく動き、それによって生じた地面の撓(たわ)みがハンディを直撃した。化石は割れ、軽くなった破片——手首と前腕だけが地表へ押し上げられた。骨の断面が平らだったのは、それが割れた時点ですでに硬い石になっていたからだ。

地震が起きた当初は、地表にも波打つような撓みができていただろう。だが数万年かけてその撓みが均されていった結果、ハンディが平らな土地の地下に埋められたとしか思えないような状況ができ上がったんだ」

ムリロは反論を捻り出そうとしたが、良いものが浮かんでこなかった。先ほどの三つの疑問のどれにもいちおうの説明が付いている。何もかも地球のせいにするのは卑怯な気もするが、モーティリアンが滅んでから三万年の間、地球は地殻変動を続けていたのだから、そんな不幸な目に遭った化石があってもおかしくはない。

と、そう思っていたのだが。

「面白い推理だけど、ハンディがうっかり地割れに落ちたっていうのはおかしいよ」

プージャの考えは違っていた。

「モーティリアンだって穴くらい落ちるだろ」

「そりゃそうだけど。わたしが気になったのは、これ」

そこで先ほどの金属の円盤――モーティリアンの服の部品を掲げてみせた。

「ハンディが穴に落ちて死んだとすると、この円盤に説明が付かないんだ」

「なんでだよ」シウベラは鎖を振り上げ、プージャの腹を打った。「森ん中でその円盤の付いた服を着てたって何の不思議もねえぜ」

プージャは呆れたように頭を振る。

「問題は、二つの円盤がハンディから〇・五體（約二メートル）離れたところに埋まっていたことだよ。この円盤の役割は服を固定すること。その機能からいって、それぞれ服の違うところに付いていたと考えられる。ハンディの骨が石化した時点で、服の大半を占める布は微生物に分解され、円盤はばらばらになっていたはずだ。そこから地殻変動によって円盤が移動したとして、身体の違うところに付いていた二つの円盤が偶然同じところへたどり着くとは思えない」

「ああ。まあ、そうだな」

「つまりこの服は、ハンディが息絶えた時点で、すでに身体から分離していたことになる。端的に言えば、ハンディは穴の底で服を脱いでいたんだ」

「確かにその通りだ」シウベラはわざとらしく腕を広げ、「だが残念ながら一つ問題がある」憎たらしい口調で続けた。「だから何だ?」

「次の問題は、ハンディがいつその服を脱いだのかってことだね。地割れに落ちる前から服を脱いでいたのか、落ちた後で服を脱いだのか。答えは二つに一つだ。

といっても後者の可能性は現実的じゃない。ハンディが埋まっていたのは地下四・五體(約十八メートル)の穴の底だ。そんな場所へ落ちたら、身体の脆いモーティリアンは間違いなく即死だろう。ハンディがそこで服を脱ぐことはない」

「なら落ちる前に服を脱いでいたんだろ」

プージャは不敵に微笑んで、ハンディの右腕を見下ろした。

「死体が石化した後で手首と腕が切断されたというシウベラの推理が正しいなら、ハンディが地中に落ちた時点で骨格に生じていた損傷はただ一つ、この手首の罅だけだったことになる」そう言ってハンディの右手首を指す。「四・五體（約十八メートル）の地割れに落ちたことを考えれば、これはあまりに少ない。本来ならもっとあちこちの骨が折れたり割れたり撓んだりしているはずだ。なぜハンディの骨格はこれほどきれいなのか。それは彼がこの森を訪れたのが寒い冬だったからだ」

シウベラは目玉をぐるりと回してプージャを見返した。「は？」

「わたしたちと同様、モーティリアンは体温調節や体表保護のために服を着ていた。ハンディの骨格にほとんど損傷がなかったのは、その日がとても寒く、服を何枚も着込んでいたからだ。だから地割れの底へ叩きつけられてもほとんど怪我をせずに済んだんだよ」

「さっき言ったことと辻褄が合わないね」

ムリロが合いの手を入れる。

「その通り。このことは先ほどのボタンに基づく推理――ハンディは穴に落ちる前に服を脱いでいた――と矛盾している。強いて説明を付けるなら、ハンディは外側の服を一つ脱いだものの、その下にまだ多くの服を着ていたってことになるかな。でもひどく寒い冬、日差しが樹木に遮られた森の中で、ハンディが自ら服を脱いだというのは不可解だ。たまたま地割れに落ちたというなら、この点に説明を付けてもらう必要がある」

シウベラはぶつぶつ唸(うな)りながら身体を小刻みに揺らしていたが、やがて「知るか」とハンディの頬骨を殴った。

「ちなみに別のモーティリアンがハンディを殺して地割れに死体を捨てた、というムリロの推理を採用すれば、この疑問には説明が付く。そのモーティリアンが死体を運ぶ際、死体を軽くするために服を一枚脱がせた、というのは十分ありえるからね。ただその場合、今度は別の疑問——なぜ窪地の死体と一緒に埋めなかったのか？——にぶつかることになる」

肝心の答えはプージャも分からないのだろう。そう言ったきり、彼女は死体を見下ろして黙り込んだ。

「お前、そういうのやめろよ」

風が一つ吹いた後、シウベラが鎖を引いて怒鳴った。何か難癖を付けなければ気が済まなかったのだろう。

「学校でモーティリアンの文化を学んだからって、説明もなく知らない言葉を使うな」

「何のこと？」

プージャが億劫そうに頭を上げる。シウベラは噛みつきそうな顔で言った。

「さっきのボタンってのは何だ」

わずかな沈黙の後、プージャが「ああ」と鑿井機を振り返って、

「モーティリアンの服の部品のことだよ。骨と一緒に埋まっていた――これ」

再び金属の円盤を手に取った。

「ただの装飾品に見えるけど、実はちゃんと役割があってね。服の片側にこのボタンを縫い付けておいて、反対側の穴に嵌めるの。そうすると簡単に外れなくなるでしょ」

大して興味もなかったのだろう。シウベラは触角で円盤を摑むと、

「おれたちより前からこの惑星に住んでたくせに、随分原始的な服を着てたんだな」

二十四本の歩肢を互い違いに畳んで、口器から一液、粘液を飛ばした。

◆

死が目前に迫ると、人は否応なしに自らの人生を回顧する。

家族や友人に恵まれ、充実した日々を送ることができたと満足する者もいるだろ

う。だが望むように生きられなかったことを悔やみ、つまらない人生だったと嘆く者が大半ではないか。

　それでも時間をかけて死を受け入れ、穏やかに最期のときを迎える者もいる。まだ何かできるのではないかと右往左往し、おかしな行動に走ってしまう者もいる。

大谷真人は後者だった。そして、そのことを自覚してもいた。

二一二七年十一月十八日、日本標準時の午前七時十二分。大谷真人が下ろしたてのジャケットのボタンを留め、妻と娘と三人分のコーヒーを淹れようとしたそのとき。街のあちこちから悲鳴が上がり、怪物が人類を襲い始めた。

　怪物は七、八メートルほどの大きさで、一つ目の節足動物のような見た目をしていた。彼らは抵抗の隙を与えず、淡々と人を殺していった。いつ、どこから、何のためにやってきたのか、分かることは何一つなかった。

　気づけば街から人が消えていた。散乱していた人の死体は野生動物の胃袋に消え、空っぽの街に草木が茂った。テレビもスマートフォンも無用の長物と化し、いつしか世界は動物たちのものになった。

「あまり運が良いのも考え物だな」

　何度そうつぶやいたことだろう。怪物の出現から七カ月、大谷真人と二人の家族が生きてこられたのは、賢かったからでも逃げ足が速かったからでもない。ただ、運が良かったからだった。人が蚊を殺すのはたやすいが、寝床を飛び交う蚊を一匹残らず叩き潰すのは難しい。彼らはたまたま怪物に見つからず、命を奪われずに済んだだけだった。

　彼のように運よく生き延びた学者たち——その中でも往生際が悪く、右往左往しながら死んでいくことを選んだ者たちは、さまざまな通信手段で連絡を取り合い、やがて数十人のネットワークを築いた。彼らは意見を交わしながら、各々の方法で怪物に関する調査を行った。清華大学の遺伝子工学研究者、チョウ・シンウェイは人の死体から怪物の体液を採取し、ＤＮＡの解析を試みた。ワイツマン科学研究所の主任研究員、Dr.Yは世界中で撮影された映像から怪物の行動に規則性を見出そうとした。大阪大学の言語学者、井田江具実は怪物が発する音声を録音し、言語の解読を試みた。志半ばで連絡の途絶える者も多かったが、彼らはそれぞれの土地で辛抱強く研究を続けた。

　ネットワークが立ち上がった当初から彼らの関心を集めた問題の一つが、怪物たちはどうやって自分たち獲物を見つけているのか、ということだった。

　およそ発見されるとは思えない場所に隠れていた仲間があっけなく怪物に殺されるのを、学者たちはたびたび目にしていた。夜の暗がりに隠れていても、地下室に身を潜めていても、あるいは雨の中で一切音を立てずに息を殺していても、一定の距離

――およそ十メートル以内に標的がいる限り、怪物たちは確実にそれを捕えることができた。彼らは人類にはない未知の器官で人を捉えているのではないか。学者たちはそう推測したのである。

　この謎を解明したのは二人のスウェーデン人だった。

　放射線技師のヨハン・ハーディは、生存者の調査を行う中で、怪物たちが出現する直前――十一月十八日の早朝、多くの市民が吐き気や倦怠感を訴えていたことを知った。さらに詳細な聞き取りを進めるうち、市民らの症状が、二年前の原子力発電所事故で被曝した作業員の初期症状と類似していることに気づく。彼は欧州各地の放射線測定器のデータを収集、分析し、怪物が現れる直前の午前六時六分に、約二秒にわたり微量の電離放射線が地上へ降り注いでいた事実を明らかにした。

　この発見を受け、素粒子物理学者のロイ・カールソンは自らの身体に付着していた放射性物質を採取。分析の結果、この物質が未知の原子構造を持っており、人類の筋肉の蛋白質に強く吸着する性質を有していることを明らかにした。

　人が一部の化学物質を嗅ぎ取ることができるように、怪物たちは放射線を感知することができるのだろう。彼らは地球に降り立つ直前、この放射性物質の雨を降らせることで、人にしるしを付けていたのである。

　学者たちは色めき立った。この放射性物質を肉体から取り除けば、怪物から逃れられる。さらにこの物質を使って怪物たちを誘導し、許容値を超える高濃度の放射線を浴びせてＤＮＡを破壊すれば、彼らを一網打尽にできるのではないか。そんな妄想めいた計画が持ち上がり、理性的だった研究者たちが熱狂した。

大谷真人はいつしかネットワークから距離を置くようになっていた。

最大の理由は、大谷真人が考古学者だったことだろう。種が滅ぶのは悲しいことだが、それは何億年も繰り返されてきた自然の摂理でもある。たとえ滅んだからといって、その種が劣っていたことにはならない。ならば強がらず、卑屈にもならず、人は人らしくこの時代をまっとうすれば良いのではないか。大谷真人はそう考えていた。

だがそんな彼にも、死ぬ前にどうしてもやっておきたいことがあった。

「食い物を盗ってくるよ」

六月も終わりに近づいた雨の日。大谷真人は妻と娘にそう嘘をついて、ねぐらの倉庫を後にした。

自動車の充電ケーブルを抜き、運転席に乗り込む。御守り代わりのオウムガイの化石をダッシュボードに置いて、パワースイッチを押した。

アクセルを踏むと、繁茂していたオヒシバの葉を巻き込んで座席が揺れた。タイヤが窪みに落ちて車体が弾む。うっかり水溜まりに突っ込んだら、水の飛び散る音で怪物に見つかりかねない。思わず肩を縮めたが、さいわい水が跳ねることはなかった。

地下に巨大な雨水貯留槽が埋め込まれているおかげで、この辺りはほとんど水が溜まらないのだ。

冷や汗を拭いながら駐車場を出ると、事前に決めていた通り、神寿市（かむほく）の南の樹林へ向かった。途中で怪物と出くわせばそれで終わりだったが、このときも運は彼に味方した。

自分のやろうとしていることが、他人に受け入れられないことは分かっていた。だが決して投げやりになったのではない。ただ、彼なりに人生をまっとうしようとしたのだ。

大谷真人は葉の擦（こす）れ合う音に耳を澄ましながら、森の中で深い穴を掘った。

3

三万年前、ハンディにいったい何が起きたのか。

わざわざ全身の骨を掘り起こしてしまった手前、謎が解けないままでは居心地が悪い。三頭は新たな手がかりを探すことにした。

プージャは基地のコンピュータを立ち上げると、アルドー連盟のモーティリアン文化アーカイブにアクセスした。これは連盟所属の研究者が各地で収集した情報を市民に提供しているもので、データ総量は六千五百秭にも及んでいた。

この百五十年ほどでモーティリアン文化の研究は飛躍的に進んでいた。アルドー連盟の統治によって政治が安定したこと、モーティリアンが使用していたプログラム言語の解読が進んだことも一因だが、最大の要因はモーティリアンの絶滅から長い時間が流れ、彼らへの嫌悪感が薄まったことだろう。

二九七六年前、アルドネから四十七・五光年離れた惑星系の岩石惑星に知的生物が確認されたことで、先祖のアルドネ人たちは歴史上類のない恐慌に陥った。モーティリアンと名付けられた知的生物がその星の至るところに繁殖しており、自分たちに勝るとも劣らない文明を築いていることを知ると、アルドーの多くは将来の衝突は避

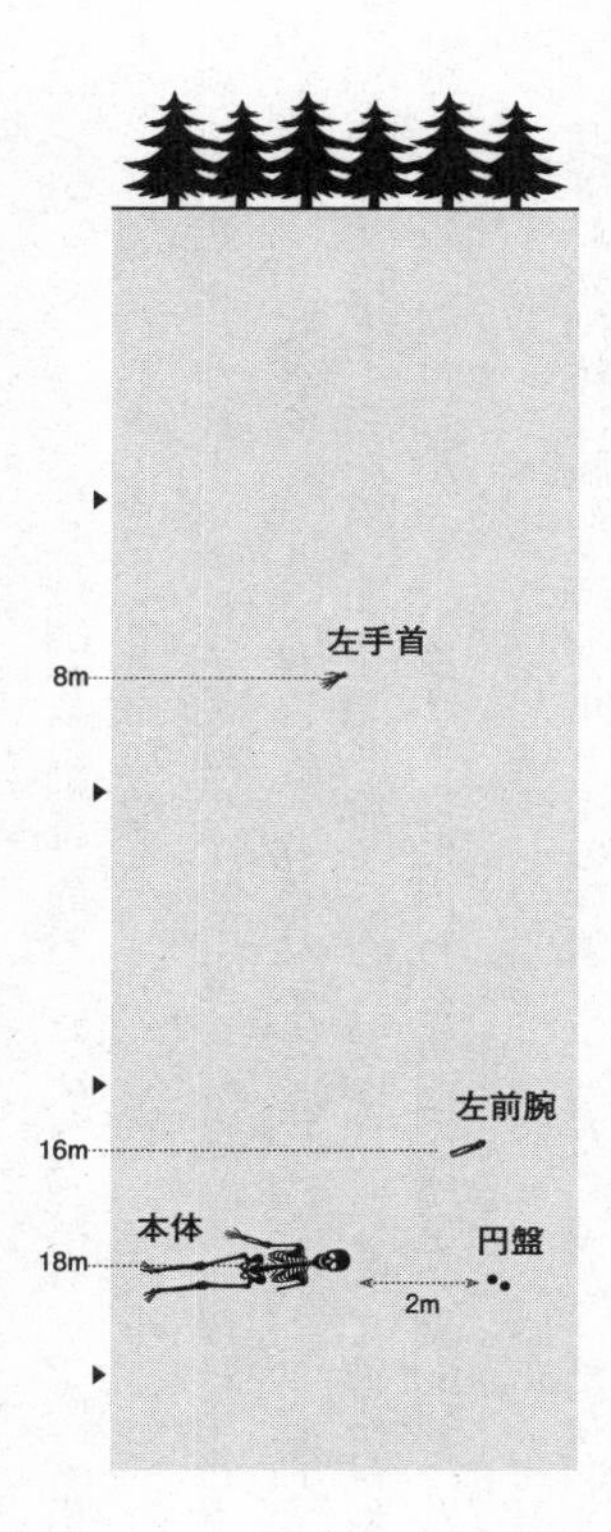

けられないと考えた。学者たちは調査の継続を訴えたが、為政者は予防的措置として、モーティリアンを絶滅させることを決めた。

彼方の惑星へ送られた兵士たちに、故郷のアルドネへ帰還する手段は用意されなかった。為政者にとって彼らは兵士ではなく、岳器に過ぎなかったのだ。使命を終えた兵士たちは二百年ほどで姿を消すと予想されていた。だが期せずして彼らは環境に適応し、繁殖を重ね、いつしかモーティリアンに代わる新たな惑星の支配種となったのだった。

モーティリアンの肉体は脆弱で、アルドーの攻撃にまったく歯が立たなかったという。それでも兵士たちは、モーティリアンが凶暴な異星生物だと信じ込んでいた。つい数百年前まで、その思い込みが子孫にも受け継がれていたのである。

「この付近でモーティリアンが消えた事件を探してみようか」

プージャは触角でコンピュータのディスプレイを拭うと、モーティリアンが作成したポスタ島の地図のデータを開いた。ムリロたちのいる場所は三万年前、神寿という市の一部だったらしい。当時から鬱蒼とした樹林だったようで、最寄りの集落からも四千五百體(約十八キロ)以上の距離があった。

次にプージャは〝新聞〟や〝雑誌〟と呼ばれるモーティリアンの記録を自動翻訳したデータベースを開いた。『神寿』『失踪』で検索をかけると、七十七件の〝記事〟がヒットする。そこから重複するものを選り分け、失踪者の行方が判明したものや死体が見つかったものを除いていくと、未解決の失踪事件が六つ起きていたことが分かった。

このうち五つの事件は明らかに根を同じくしていた。今から二九九六二年前——彼らの暦でいう二〇九三年、ゴミ処理施設の建造を巡って住人が対立する中、推進派のモーティリアンが合わせて十二頭、立て続けに姿を消したのだという。扇形の窪地に埋まっていた十一体の死体は彼らのものだろう。

残る失踪事件は一つ。二一二六年の秋、山菜を取りに行った老人がそのまま姿を消したというものだった。

「写真はねえのか。身体のサイズが同じならこいつがハンディで決まりだぜ」

シウベラがマザーボードに粘液を引っかけそうになり、プージャが頭殻を押し返す。

その男の名前——『阿良又宗郎』で検索し直すと、三つの記事がヒットした。阿良又は廣崎大学なる学校を卒業した後、スポーツ用品メーカーに就職。五十年勤め上げた後、趣味の弓道を嗜みながら悠々自適の老後を過ごしていたという。

二一二二年に廣崎大学の同窓会が発行した〝会報〟には、阿良又宗郎のインタビューが掲載されていた。『未来を切り拓く卒業生たち』というページで、三つの記事が横に並んでいる。右が考古学者の大谷真人、真ん中が国会議員の山尾棉子で、左が弓道家の阿良又宗郎だった。

「なかなか美的センスのある写真だね」

インタビューの終わりにはそれぞれの写真が載っている。阿良又宗郎は飾り気のない紺色の服を着て、険しい顔で右手の的に弓を引いていた。

「こいつはハンディじゃないな」

シウベラが声を歪ませる。阿良又宗郎は後ろのモーティリアンよりも一回り背が高く、小柄なハンディとは明らかに体形が違っていた。

プージャはがっくりと触角を垂らすと、

「こっちの写真はまったく美的センスがないね」

投げやりにつぶやいて、右側の考古学者の写真を指した。テーブルに見たことのない料理が置いてあり、その後ろにモーティリアンの男女が座っている。

「待て」シウベラが下顎を軋ませた。「そいつじゃねえか?」と写真の男を指す。

その男——考古学者の大谷真人は、子どものように身体が小さく、干した木の皮のように手足が細かった。

だがそれだけではない。確かに体格はハンディと似ている。

男の服の左側に付いた筒状の布から、そこにあるはずの腕が出ていなかった。

「形は完全に同じだ」

インタビューに目を通す。略歴の欄に、現在は神寿市の施設に勤務しているとあった。

間違いない。地下四・五體（約十八メートル）に埋まっていたのはこいつだ。

だが──。

「こいつがハンディだとすると、ハンディには初めから腕がなかったことになるな」

それではムリロたちの推論は根本的に間違っていたことになる。

「じゃあ一緒に埋まっていた手首と前腕は、いったい何だったんだ？」

◆

科学は過去へのタイムマシン　　考古学者　大谷真人

──考古学に興味を持ったきっかけを教えてください。

ぼく、宇宙人って地球にいると思ってたんですよ。赤いタコみたいなやつです。それくらいオカルトめいたことを考えるのが好きな子どもでした。

でも年齢を重ねるにつれ、現実はそんなに刺激的じゃないって分かってきますよね。学校にUFOが攻めてくることはないし、幽霊やツチノコも見つかりそうにない。そんな中で唯一、未知の秘密が眠っていると思えたのがこの分野だったんです。エジプトのピラミッドからナスカの地上絵まで、考古学は今でも分からないことだらけですから。

——現在はどんなお仕事をされていますか。

かれこれ二十年近く、遺跡の調査に携わっています。たとえばあなたが野っ原に家を建てるとしますね。土地を整備してみると、意外と頻繁に遺跡が見つかります。そうすると自治体からうちの窓口にお声がかかります。

われわれは現地へ赴くと、まず土地の堆積物を調べて、遺跡の年代を特定します。それから遺構や埋蔵品を掘り出し、科学的に分析し、その結果を記録していきます。

何が出てくるかは掘ってみないと分かりませんから、見つかったものの数や大きさによって作業量も大きく変わってきます。昨年、神寿市の中心部で雨水貯留槽を地下に埋め込む工事が行われた際は、相次いで四つの遺跡が見つかり、休日返上で現場を駆け回る羽目になりました。

——やりがいを感じるのはどんなときでしょう。

思いがけない発見があったときですね。堆積物の分析から土地の意外な歴史が明らかになることもありますし、埋蔵品のCT撮影で思わぬ部品や装飾が見つかることもあります。科学はタイムマシンのように時間の壁を超えてしまうんです。

　あとは仕事と社会との繋がりが感じられたときでしょうか。遺跡見学会や考古学のセミナーなんかもやっていますし、最近は化石の取引を巡るルールづくりについて、ちょっとしたロビー活動のようなことも行っています。

――文化財の調査を専門とする大谷さんが、なぜ化石に関心を持たれたのでしょうか。

　見ての通り、ぼくには腕が一つしかありません。三十四歳のとき、クルージング中に事故を起こしたんです。絡まったロープを解いていたらボートが急発進してしまって、肘をすぱっとやられました。片腕では細かい手仕事はできませんから、遺跡の調査ではほとんど役立たずです。以前は海外へ調査に行くことも多かったんですが、事故の後は海が恐く(こわ)なり、日本からも出られなくなりました。ひどく落ち込み、何度も仕事をやめようと考えました。

　そんなとき、自宅の近くの崖でオウムガイの化石を見つけたんです。といっても渦巻きの外側が三分の一くらいだけ残った、とても小さな欠片(かけら)でした。その化石は何万年もの間、不完全な姿のまま、誰かに見つかるのを待っていたんじゃないか。そう思うと、腕が半分になったことくらい、何でもないことのように思えました。大げさではなく、ぼくはたった一つの石ころに救われたんです。

――二一年に行った県への政策提言は大きな話題になりました。

たかが数万年、地上に繁栄しただけの人類が、先人たちの遺体である化石を無暗に掘り起こし、散逸させてよいはずがありません。取引規制は化石を守るための重要な一歩と考えています。

――県議会は今年、化石の売買規制を定めた条例を可決しました。これには奥様のご協力も大きかったとか。

妻の越智浜代は県議会議員で、二十年以上、業突く張りの狸おやじどもとやり合っています。グリーングリーン神寿というNPOで長く環境保全活動に携わっていたこともあって、ぼくの提案にもすぐに興味を持ってくれました。

ぼくは長い間、彼女を自分の映し鏡のような存在と思ってきました。でも今回のことで、彼女がぼくよりはるかに根気強かったことを知りました。妻の辛抱強い働きかけがなければ、あのおやじどもが石より重い腰を上げることは絶対になかったでしょうね。

大谷真人（おおや・まひと）
2070年10月22日、岩手県一関市生まれ。2097年、廣崎大学大学院人文社会

科考古学専攻博士課程修了。２１０１年より神寿市立考古資料館に勤務。２１０８年より調査グループ総括主幹。

＊

　その料理は、ムリロにはおよそ理解の不可能な美的センスによって彩られていた。食い物らしからぬ真っ白な円柱形に、砂糖を固めて作ったと思しき〝猫〟と〝義手〟が載っている。猫の尻尾の横には縦模様の棒が刺してあり、先端にはあろうことか火が灯(とも)っていた。皿には樹液のような色のソースで文字が書かれている。

「これは何だ。暗号か？」

「ただのアルファベットだよ。ローマ字で大谷真人と書いてある」

　写真の下には『奥様の浜代さんと、昨年の誕生パーティにて』とあった。左の弓道家は道場で弓を引いた写真、真ん中の国会議員は拳を掲げたポスターの写真なのに、考古学者だけなぜか珍妙なパーティの写真を載せている。

　そこは芝の生えた広場のような場所だった。後ろに木造の家が見えるから、大谷真人の自宅の庭だろう。屋根の上には右の弧が欠けた月が出ている。膨らみ損ねたウリのような半端な月だった。

料理を置いたテーブルの後ろには、モーティリアンが二頭、簡素な椅子に並んで座っている。右側が大谷真人。左側に半分だけ写っているのが越智浜代だ。

モーティリアンは何度見ても気味が悪かった。異様に膨らんだ頭や細すぎる腕もどうかと思うが、なにより体毛がなくブニブニの肌が剝き出ているのがいただけない。そのくせ頭の上だけ毛がぼうぼう生えているのだからふざけるなと言いたくなる。

「モーティリアンには生まれた日を祝う習慣があった。これは大谷真人の生まれた日を祝うパーティだね。テーブルの料理はバースデーケーキだ」

大谷真人は越智浜代のほうに身体を傾けて口器の両端を吊り上げていた。妻の肩に置かれた右の腕と比べ、左の腕は半分ほどの長さしかなく、筒状の布が途中からだらんと垂れている。

「ただでさえ腕が二つしかねえのに、その片っぽがなくなっちまったら不便で堪んなかっただろうな」

「右腕が残っていたのが救いだろうね。彼らの大半は右利きだったそうだから」

服の喉元から下腹部にかけては例のボタンとやらが並んでいたが、埋まっていたものとは材質が違っていた。

「ん？」プージャがディスプレイに目玉を寄せる。「おかしいな。この服、女モノだ」

モーティリアンの服は男女で作りが違っていて、男の服は右側に、女の服は左側にボタンが付いているのだという。確かに大谷真人の服は左側にボタンが付いていた。

「大谷真人は女だったのか？」

「いや。鼻の下と顎に毛が生えてるから男だと思う。間違えて家族のシャツを着ていたんじゃないかな」

越智浜代の服は一つもボタンがなかったが、それは彼女が無性だからではなく、「そういう服なだけ」らしい。

「これ、インタビューに出てきたオウムガイの化石じゃねえか」

シウベラが触角でディスプレイを叩く。写真の右下――珍妙な料理を置いたテーブルの端に、小さな白い箱が置いてあった。上の面が透明になっていて、中に石が入っているのが見える。ぼくはたった一つの石ころに救われたんです、というあれだ。

「肌身離さず石ころを持ち歩いてたのか。どうかしてるな」

その理屈ではアルドーの金持ちも大半がどうかしていることになる――とそんなことを考えていると、

「ああ」

ふいにプージャがディスプレイから目玉を上げ、熱屁（ねっぺ）を二つこいた。

「何だよ」

シウベラの言葉も耳に入らない様子で、プージャは第二体節から第十二体節までをまっすぐ伸ばし、みるみる頭殻を持ち上げていく。

「どうした。産気づいたか？」

「事故で腕を失った大谷真人は、化石に惚れ込み、異常な執着を見せていた。それがすべての原因だったんだ」

天井すれすれまで持ち上がった頭殻の左右から、ぼたっ、と粘液が落ちた。

「ハンディが地下四・五體に埋まっていた理由が分かったよ」

4

「わたしがシウベラの推理――例の地球犯人説に反論したとき、言ったことを思い出してほしいんだけど。ハンディの服装について分かっていることは二つある」

プージャはそう言って、二本の触角をぴんと伸ばした。

「一つはボタンの付いた服を脱いでいたこと。これは二つのボタンが一緒に、身体から離れたところに埋まっていたことから導かれる。もう一つはハンディが厚手の服を着込んでいたこと。これは骨格にほとんど損傷がなかったことから導かれる。

この二つは一見、矛盾してるよね。体温を下げないために厚手の服を着ていたはずなのに、わけても温度が低いはずの森の中で服を脱いでいたというのは理に合わない。ハンディにはいったい何が起きたのか。ここで発想の転換が必要になる」

　プージャは二頭のアルドーに順に目を向けて、

「モーティリアンが服を着ていた理由はもう一つある。体表を保護するためだ。犯人はまず穴の底へ厚手の服をいくつか落としたうえで、そこへやはり厚手の服を着せたハンディの死体を投げ込んだ。そうやってできるだけ傷をつけずに死体を地中に埋めようとしたんだ」

「二つも屁をこくほどの発見とは思えねえんだが」

　シウベラが鎖を引き、プージャの頭殻を揺らす。

「とんでもない。これは実に奇っ怪なことだよ。死体を地中に埋めるようなやつは普通、死体を傷つけないように細心の注意を払ったりしない。犯罪を隠すのが目的なら、死体を保護するのはむしろ逆効果だ。ハンディを埋めた犯人の動機は、ただの人殺しとは根本的に違っていたことになる」

　プージャは挑発するようにシウベラに粘液を垂らした。

「わたしたちの知ってるモーティリアンの中に、そんな妙な真似(まね)をする理由のあるやつが一人いる。化石に心を奪われた考古学者、われらが大谷真人だ」

「大谷真人はハンディじゃなかったってことか？」

「そういうことになるね」プージャは触角を上下に振った。「大谷真人は不完全な姿で生きることを余儀なくされた自分を、不完全であることが当たり前の化石に重ね合わせていた。彼は化石の取引規制を議会に求め、いたずらな発掘や散逸を防ぐことで、自らの喪失感を打ち消そうとした。化石を守ることで、自分の心を守ろうとしたんだ。取り組みは実を結んだけど、それは所詮、代償的なものだ。彼の喪失感が消えることはなかった」

「べらべら何言ってんだ？」

「大谷真人はこう思ったのさ。化石の保全活動で心が満たされないのは、それが不完全なものをそれ以上不完全にしないための取り組みに過ぎないからだ。喪失感を打ち消すには、自らの手で完全なものを生み出すしかない。そんな思考の果てに、彼は自らまったく損傷のない完全な化石――それも自分と同じモーティリアンの化石を生み出そうと考えるに至った」

「なるほど」ムリロは呆然（ぼうぜん）とつぶやく。「大谷真人は神の真似事をしようとしたのか」

プージャは再び触角を振って、

「もちろんモーティリアンに確実に化石をつくる技術はないし、彼らの短い寿命では結果を見届けることもできない。それでも大谷真人は、できうる限り最善の手を尽くそうとしたんだ。

二〇九三年、神寿ではゴミ処理施設の建造に賛同する住人が立て続けに姿を消す事件が起きた。失踪したモーティリアンは十二頭いたそうだけど、窪地で見つかった死体は十一体だけだった。大谷真人はこの窪地から死体を一つ掘り出したんだろう。その死体こそ我らがハンディの正体だ。

化石をつくるうえでもっとも重要なのは、死体を地中、それも多少の地形の変化では地表に出ることのない深いところに埋めることだ。強い圧力にさらされ、長い年月をかけて鉱物が染み込むことで、骨の成分が置換されて化石になる。会報のインタビューによれば、遺跡を調べる際、彼らはまず穴を掘ってその場所の堆積物を調べていたという。大谷真人は技術者ではないものの、二十年近く遺跡の調査に携わる中で、機械を使って深い穴を掘る術を心得ていたんだろう」

その土地の堆積物を分析することで、その場所がたどってきた歴史を知る。科学はタイムマシンのように時間の壁を超える、というあれだ。

「大谷真人は仲間のいない時間に発掘現場を訪れると、四・五體（約十八メートル）の穴を掘り、そこに死体を放り込んだ。このとき彼は、死体を傷つけないよう細心の注意を払っていた。クッション代わりの服を放り込んだうえで、死体にも厚手の服を着せていたんだ。緩衝材でぐるぐる巻きにすれば万全だっただろうけど、彼の狙いはあくまで完全な化石をつくることだから、モーティリアンが身に着けていて不自然なものは使う気にならなかったんだろう」

いや、でも――と疑問が浮かぶ。

「それだけ苦労してハンディを埋めたのに、なぜ腕と手首が千切れちまったんだ？」

「大谷真人が穴を埋めたまさにその場所で、不幸にも別の作業者が堆積物を掘り起こしてしまったのさ。パイプを地面に打ち込んで土を引っ張り出し、一部を採取して、再び元の場所へ戻したんだろう。このとき、ハンディの腕と手首が切断され、地表側へ引き上げられたんだ」

ムリロは生まれて初めてモーティリアンに同情した。それが本当なら、大谷真人は運が悪すぎる。

「彼は当然、自分が死体を埋めた場所を覚えていたはずだ。死体がばらばらになった可能性がきわめて高いことに気づいて、神に罰を下されたように感じただろう」

パイプが地中で切断した部位が、大谷真人が事故で失ったのと同じ左腕だったことも因縁めいている。お月様だけを拝んで生きてきたムリロですら、ポスタ島に棲むという神の気配を感じずにはいられなかった。

「ハンディがその後も地下に眠り続け、不完全ながらも化石になったことは、彼にとって唯一の救いだったんじゃないかな」

5

宿小屋を出ると、空が淡い銅色に染まっていた。

三頭は明朝、ポスタ島を出る予定だった。それまでに海岸へ戻り、収穫の化石や機材を船に積み込まなければならない。シウベラの指示で、彼とプージャが宿小屋を解体し、ムリロが水槽を四輪車へ運ぶことになった。

ムリロはひどく落胆していた。柄にもなく謎解きにのめり込んでいたが、プージャが答えを見つけたことで、急に目が覚めてしまったのだ。

プージャに良いところを見せようとはるばるポスタ島までやってきたのに、獲物を見つけたのはプージャだけ。死体の謎を解いて法螺吹き男と違うところを見せようとしたものの、ムリロの推理はプージャに軽くいなされ、最終的に謎を解いたのも彼女自身だった。

面倒なことは忘れて、プージャが寝ている間に精包を突っ込んでしまえばいい――そんな考えが脳をよぎる。だがそれではシウベラと同じだ。アッセルジアへ戻ったら一度頭を冷やして、薬場で作戦を練り直すしかない。

水槽を荷台に置いたところで、底からカン、と涼しげな音が響いた。小さな金属片が二つ沈んでいる。ハンディの近くに埋まっていた、例のボタンとやらだ。見れば手首にも腕時計が巻かれたままだった。

「シウベラ。おまけのボタンと時計はどうする？」

ムリロが声を張り上げると、

「いらねえ。捨てろ」

宿小屋の陰でプージャの尻をまさぐっていたシウベラが投げやりに答えた。飛び出た触角からひどく臭い粘液が垂れている。

ムリロは水槽の蓋を開けると、保存液に触角を突っ込み、内側の金具を折って時計を外した。文字盤に恐ろしく細かな目盛りが並んでいて、モーティリアンのあまりの甲斐甲斐しさに気が遠くなる。

「ん？」

続けてボタンを取り出そうとして、表面の感触に違和感を覚えた。見れば片方のボタンだけ、二つの穴を分かつように割れ目ができている。すっかり忘れていたが、このボタンにも亀裂が入っていたのだ。

脳へ大量の血液が流れ込むのを感じる。皮殻の内側が熱くなり、体節の継ぎ目から軋んだ音が洩れる。ぼたっ、と足元に落ちたのは保存液ではなくムリロの粘液だった。

「おい性病ども、コンピュータを借りるぜ」

第二体節の歩肢で水槽を持ち上げ、返事を待たずに半壊の宿小屋へ入る。モーティリアン文化アーカイブにアクセスし、『服』『ボタン』で検索をかける。

やはりそうだ。自分の考えは正しい。

「お前、下っ端の分際でなに遊んでやがる」

ことを済ませたらしいシウベラが、部屋に入ってきてムリロの背部の突起を摑んだ。湿った皮殻からネギだかガキだかの臭いが漂っている。

「プージャの推理は間違ってるぜ」

ムリロは尾殻を丸めてシウベラの触角を摑むと、ディスプレイの前へ頭殻を引き摺り込んだ。

「大谷真人は神の真似事をしたんじゃない。神になろうとしたんだ」

鎖に引っ張られて宿小屋へやってきたプージャは、驢馬に痰を引っかけられたような間抜け面をしていた。

「あんたの推理はよくできていた。ハンディが埋められたのは完全な化石をつくり出すためだった――そう考えるといくつもの不可解な状況に筋が通る。死体が地中深く埋まっていたこと。骨格にほとんど傷がなかったこと。左腕が切断されていたこと。

それが違う深さに埋まっていたこと。さらにボタンが二つ一緒に埋まっていたことまで説明が付くんだから大したもんだ。でも残念ながら、あと一つだけ見落としがあった」

ムリロはプージャの目の前にボタンをぶら下げた。プージャは「ああ」とボタンを見つめてから、「んん?」と下顎を歪める。

「見ての通り、このボタンは真ん中に亀裂が入ってる。黄銅はそう簡単に割れるもんじゃない。このボタンに亀裂が入ったのは、穴の底に落ちたとき強い衝撃を受けたからだ」

プージャは触角を上下に揺らす。「まあ、そうだろうね」

「でもモーティリアンの服は所詮、布切れを繋いだものだ。表面積が大きければ、落下するときも大きな抵抗を受ける。服がそれだけで地中に落ちても、金属が割れるほどの衝撃が生じることはない」

「確かに」

「かといってハンディはこの服を着ていたわけではない。二つのボタンが一緒に、身体から離れたところに埋まっていたことからプージャが推理した通りだ。ではなぜボタンは割れたのか。犯人はまずこのボタンの付いた服を落とした後、同じ穴へ死体を放り込んだ。その死体が穴の底へ着地したとき、先に落ちていたボタンに衝突して罅が入ったんだ」

「だから何だよ」

シウベラが野良犬のように吠えた。ディスプレイの明かりが目玉を光らせている。

「変だと思わないか？　仮にハンディが厚手の服を着せられていたとしても、ボタンに割れるほどの力が加わったとすれば、少なくとも衝突した部位だけは剝き出しになっていたことになる。そこの骨も無傷で済むはずがない。でも骨が傷ついていたのは一カ所、右の手首だけだった」

あっ、とプージャが粘液を飛ばす。

「ボタンについて基本的なことをおさらいしておこう。これは服を身体に固定するための道具だ。当然、どこでもでたらめに付いてるわけじゃない。ざっと調べてみたが、ボタンが付いている部位はだいたい決まっていたようだった」

ムリリロはディスプレイに雑誌の記事を広げた。ナマズのような髭の生えた男が厚そうな服を着込んで煙草を咥えている。『30年代風レトロスタイルが大本命』とあった。

「上半身を覆う服を固定する、首から腹にかけての部分。腕を包む筒状の布を固定する手首の部分。下半身を包む布を固定する腰の部分。あとはポケットとかいう物入れの蓋に付いてることもある。ボタンのある場所はだいたいこの四つだ」

ムリリロは教師になった気分で、ナマズ男の服のボタンを順に指していく。

「さらに言えば、ボタンの数も、その場所によってほとんど決まっている。上半身の服を固定するものが最も多く、おとな用はたいてい五つ以上だ。手首のものは二つか四つ——モーティリアンの腕は二本だから二の倍数になる。腰のものは一つ。ポケットのボタンもたいてい一つだ。

じゃあ地中に埋まっていたボタンは服のどこに付いていたものか。ハンディの近くに埋まっていたボタンは二つだった。上半身の服を固定するものなら数が足りないし、腰やポケットのものなら多すぎる。これは手首に付いていたボタンだ」

「なるほどね」プージャの声に粘液の弾(はじ)ける音が交じっていた。「ハンディの骨と服のボタン、どちらも同じところに鋳が入っていたってことか」

「そうなんだよ。つまり身体と服のちょうど同じところに強い力が加わったことになる。ハンディは穴に落ちた時点でこのボタンの付いた服を着ていた。これは事実だ」

「いやいや、おかしいだろ」シウベラは表面が裂けそうなほど目玉を力ませた。「二つのボタンはハンディから〇・五體（約二メートル）離れたところに埋まっていた。服の布が微生物に分解され、死体とボタンがばらばらになることはありえても、二つのボタンが偶然同じところへ移動するとは考えづらい。つまりその服は、ハンディが息絶えた時点で身体から分離していた。違うか？」

「それも正しい。ハンディは穴に落ちたときこの服を着ていた。でも息絶えたときその服を脱いでいた。この二つがどちらも正しいとすれば、考えられる可能性は一つしかない。ハンディは地下四・五體（約十八メートル）で服を脱いだんだ」

三頭の目は、いつの間にか水槽に釘づけになっていた。

「ハンディは四・五體の高さから落下しても生きていたのか」

シウベラの顎が擦れ、キイ、と不快な音を鳴らす。

「ハンディは猫じゃない。予め穴の底へ下りる道具を用意していたんだろうな。滑車に繋いだ縄で身体を縛るか、大きな箱に乗るかして、慎重に穴の底へ下りたんだろう。自分では道具を回収できないから、他にも協力者がいたことになる。左腕のないハンディの正体は当然、大谷真人。協力者は妻の越智浜代だったんじゃねえかな」

「そんな道具を使ったのにボタンと骨が割れたのはなんで？」

「大谷真人が想定していたよりも穴の底が深かったんだろう。こいつらは三・五體（約十四メートル）ほどの穴を掘ったつもりでいたが、穴の先が地下水のつくった空洞に繋がったせいで、もう一體（約四メートル）くらい底が深くなっちまったんだ。縄が足りなくなった大谷真人は、やむなくその高さから身を投げた。結果、即死には至らなかったものの、右手首の骨が折れ、同じところのボタンに亀裂が入った」

「なんでそんな手間のかかる真似をしたんだ。化石に惚れ込み過ぎて脳がとろけちまったのか？」

「その通りだが、それだけじゃない。大谷真人に初めから左腕がなかった以上、埋まっていた手首と前腕は別人のものだ。こいつは他人の手首と前腕を用意して地下へ潜り込んだことになる。もし彼が地下の底で、あたかも手首と前腕が繋がっているような姿勢で死んだらどうなるか。その状態で鉱物が染み込んで石化すれば、断面が繋がって一つの化石になる可能性がある」

プージャは自分の歩肢が千切れたような顔で、ああ、と皮殻を震わせた。

「大谷真人は化石になることで、本来の自分の姿を取り戻そうとしたんだ」

ムリロは触角を丸め、二頭の前にボタンをぶら下げた。

「穴の底でボタンの付いた服を脱いだのは、化石に妙なおまけを付けないためだ。大谷真人は自分を理想の姿に変えるために、あらゆる手を尽くしたのさ。でも神は彼に味方しなかった。手首と前腕と本体がばらばらになっていたのは、ごく普通の自然現象——地震や地下水の流動などが繰り返された結果だろう。石になることはできたものの、かつての身体を取り戻すという彼の夢は叶わなかった」

質問は？　と問うようにムリロは第二体節の歩肢を開いた。

プージャは答えの代わりに頭殻を持ち上げ、触角を水槽に浸した。手首と前腕をつまみ上げ、ハンディの肩に繋げてみせる。

口を開いた頭蓋骨が一瞬、笑みを浮かべたように見えた。

6

黒く煤けた月がテーブルを照らしている。

ムリロはひどく憂鬱な気分で、薬場と幻覚の世界を行ったり来たりしていた。

シウベラの手配した高速輸送船でアッセルジアへ帰還したのが二四三日前のこと。翌日、シウベラは故買屋を集めて競売を開き、すべての化石を売り捌いて九二四葬を懐に収めた。ムリロの取り分はわずかだったが、それでも当分、上等な眺粉を吸い続けてもお釣りの出る額だった。

そのくせになぜこんな場末の薬場で吸いだくれているかと言えば、その原因はプージャだった。あの女が市立病院の院長のガキを孕んだらしい――行きつけの市場でそんな話を耳に挟んだのだ。シウベラのガキを産んだばかりのはずなのに、とんだ淫汁猿である。あの手の半端に骨のある女は結局、危険な空気を漂わせた男が好みなのだ。これでは何のためにポスタ島へ出かけたのか分からない。

ムリロはぶつぶつ呻きながら、窓の外の月を見上げた。今回ばかりはお月様の気高さをもってしても苛立ちが収まりそうにない。触角の先っぽについた眺粉を舐め、ムリロは意識を幻覚の世界へ追いやった。

どれだけ時間が過ぎただろうか。

「起きて。ねえ、起きてよ、ムリロ」

頭上から降ってきた耳なじみのある声を聞いても、まさかそれが現実のものとは思いもしなかった。

「話があるの。起きてよ」

「うるせえ淫汁猿。子宮に芋詰めんぞ」

「は？」

テーブルの向こうのアルドーが熱屁を二つこいたので、ようやくそれが本物のプージャらしいと気づいた。頭殻と第二体節の間に巻かれていた鎖がなくなっている。ムリロは尾殻のあたりが猛烈に熱くなった。

「なんでお前がいるんだ。院長とよろしくやってんじゃねえのか」

「馬鹿な噂を真に受けないでよ」

プージャは尾殻を引き寄せ、尻の穴をかっ開いてみせた。「シウベラが嘘の噂を流したの」

「あいつが？　なんで？」

「あの業突く張り、わたしに黙って子どもを売ろうとしてたの。腹が立ってしかたなかったから、病院で全部ぶっ堕ろしてやった。そしたらあいつ、怒っちゃってさ」

ムリロは呆れた。欲の皮の突っ張った野郎はいくら儲けても足りないものらしい。

「そんなことはいいの。ちょっと来て」

プージャは尾殻を丸めてムリロの頭殻を掴むと、引き摺るように薬場の軒先へ連れ出した。

「あの月見て。何か思い出さない？」

第二体節の歩肢を伸ばして目玉を上に向ける。南の空に浮かんだ月は、右半分の弧が夜空に溶け、ひどく半端な形をしていた。

「ハンディの頭蓋骨か？」

表面の煤けたような模様が、頭蓋骨に空いていた三つの穴——二つの眼窩と鼻腔に似ていた。

「大谷真人の誕生パーティだよ。あの写真の屋根の上にもあんな月が出てたでしょ」

大谷真人。その名前を聞くのも二四三日ぶりだ。写真に写っていた月は、確かに膨らみ損ねたウリのようなひどく半端な形をしていた。

「わたし、あの写真で一つだけ気になってたことがあるの。あの大谷真人、ボタンが左側に付いた女モノのシャツを着てたでしょ。

もちろん男が女モノの服を着たって殺されるわけじゃない。実際にそういうモーテイリアンもいたと思う。でも大谷真人は左腕をなくしていた。右腕だけで服を着なきゃいけないのに、わざわざ左側にボタンが付いた留めづらい服を選ぶのはおかしい。もちろん間違って妻の服を着るとも思えない」

「そう言われてもな。現に女の服を着てたわけだろ」

「そうじゃないの。大谷真人はボタンが右側に付いた男モノの服を着ていた。でも写真が左右反転していたせいで、女モノの服を着ているように見えていたんじゃないかな」

脳から眠気が吹き飛んだ。

あの写真は裏焼きされていたということか。

「会報には廣崎大学の卒業生のインタビューが三つ、横に並んで載っていたよね。それぞれの記事の下には話し手の写真が載っていた。左が弓道家、真ん中が議員で、右が考古学者の大谷真人。このうち弓道家と議員が左右どっちを向いてたか覚えてる?」

「覚えてるわけねえだろ」

「わたしも。でも推測はできる。弓道家は写真の中で的に弓を引いていた。動物は弓を射るとき、利き腕でないほうの手で弓を持ち、利き腕の手で弦を引く。モーティリアンの大半は右利きだから、右側から写真を撮らないと顔と弓が写らない。よって弓道家は右を向いていた可能性が高い。

　議員の写真はポスターを写したものだった。この手のポスターはたいてい見た者と目が合うようにつくられている。この議員も正面を向いていただろう。

誌面左の弓道家が右を、真ん中の議員が正面を向いていたとすれば、バランスを取るため、右の考古学者には右じゃなく左を向いていてもらいたい――モーティリアンくらい美的センスを持った動物なら、そう考えて写真を反転させてもおかしくないと思うんだ」

　プージャは自分を制するように、第二体節の歩肢で頭殻を摑んだ。

「――といっても、これはわたしの想像に過ぎなかった。大谷真人がただの気まぐれで女モノの服を着ていた可能性もないとは言えないからね。

　でもさっき気づいたの。あの写真が左右反転していたかどうか、確かめる方法があることに」

　ムリロはとっさに知恵を絞ったが、プージャが何を言おうとしているのか分からなかった。

「三万年前の写真だろ？　照らし合わせようにも何も残っちゃいねえよ」

「ところがあるものに注目すれば、写真が本来の向きだったか簡単に分かるんだ」プージャはそう言って空を見上げた。

「それはね、月だよ」

ムリロは熱屁をこきそうになった。

「あの写真には右側が欠けた月が写っていた。あの日の本当の月の形が分かれば、写真が反転されていたかどうか確められる」

「三万年も経ってるのに？」

「三万年前だろうが百万年前だろうが、月の動きは変わらないよ。日付が分かれば形も分かる。大谷真人の誕生日は十月二十二日。会報が出たのが西暦二一二二年。写真に『昨年の誕生パーティにて』と説明があったから、あの写真は二一二一年の十月二十二日に撮られたものだ。

厳密に言うと、月の満ち欠けの周期は年に〇・〇〇〇〇〇〇二一六二日ずつ長くなっていて、今は平均二九・五三〇六五日、三万年前は平均二九・五三〇五九日で一周してる。写真が撮られてから今日までの時間からこの日数を引いていけば、当時の月の満ち欠けが割り出せる。プログラムを組んで計算してみると、この日のポスタ島では左側の欠けた月が出ていたことが分かった」

写真は反転していた。

それは間違いのない事実だったのだ。

「さらに厳密に言えば、写真を撮った場所がポスタ島じゃなく、南半球のどこかだったって可能性もある。南半球ではこの日、右側の欠けた月が出ていたはずだからね。でも大谷真人はヨットで事故に遭って以来海が恐くなり、島を出ることができなくなっていた。ポスタ島から陸伝いに南半球へ行くルートはない。よって写真の場所は南半球ではありえない。——で、ここからがようやく本題なんだけど」

軽くなった尾殻をくるりと巻いて、プージャはムリロに皮殻を寄せた。

「あの写真が反転していたとすると、大谷真人が化石になることで完全な身体を取り戻そうとしたっていうムリロの推理は成立しないと思うんだ」

ムリロは体節一つ分下がって、背中の尖った突起を隠した。「なんでだよ」

「あの写真の大谷真人は左腕が半分しかなかった。いや、半分しかないように見えた。でも写真が反転していたのなら、本当に失われていたのは右腕だったことになる」

ムリロは熱屁をぶっこいた。

「ハンディに欠けていたのは左腕だ。つまり大谷真人はハンディではない」

「そりゃそうだ」

「すると初めの疑問がよみがえってくる。ハンディはいったい誰だったのか？　結論を言うと、やつの正体は妻の越智浜代だと思う」

ん？　と籠もった声が洩れた。

「なんでそんなこと分かんだよ」

大谷真人の左に座った越智浜代の身体が半分しか写っていなかったことは覚えていた。一見、右腕が切れていたようだったが、左右が反転していたとすれば左腕が切れていたことになる。だが写真に写っていないからと言って、その部位が本当になかったことにはならない。

「肝心なことを忘れてる」プージャは嬉しそうに歩肢を躍らせた。「写真のバースデーケーキの皿には、アルファベットでこう書いてあった」

触角を垂らし、足元の土に文字を書く。——〝OYAMAHITO〟

「でも写真は反転していた。つまり本当はこう書いてあったんだ」

今度は左右を引っくり返して同じ文字を書いた。——〝OTIHAMAYO〟

「これは越智浜代と読むんだ。左右反転していたせいで大谷真人に見えたけど、このパーティで本当に祝われていたのは越智浜代だったんだ」

——ぼくは長い間、彼女を自分の映し鏡のような存在と思ってきました。

大谷真人は妻についてそう語っていた。文字を引っくり返すと相手の名前になるなら、それはまさしく〝映し鏡〟だ。

「ちなみにそうなると、写真は大谷真人の誕生日である二〇二一年十月二十二日に撮られたものではなかったことになる。越智浜代の誕生日は分からないから、写真が撮られた日付を突き止めることはできない。とはいえ大谷真人の誕生日に撮られたものでないことは確かだから、ここまでの推理が揺らぐことはない。

ところであのケーキには、義手をかたどった砂糖菓子が置いてあった。あれは当然、その日の主賓にまつわるものだったはずだ。越智浜代は義手を使っていた。つまり彼女は片腕を失っていたことになる。右腕は写真に写っていたから、失っていたのは左腕で間違いない」

大谷真人には右腕がなく、越智浜代には左腕がなかった。これも〝映し鏡〟だ。

「越智浜代は左腕がなかった。ハンディも左腕がなかった。まだ彼女がハンディだと信じられない？」

「信じるよ」ムリロは歩肢を縮めた。「だがあの女はなんで穴に潜ったんだ。やっぱり腕の繋がった化石になろうとしたのか？」

「あんたの推理も途中までは正しかった。骨と服の同じところに損傷があったこと、二つのボタンが一緒に埋まっていたことから、越智浜代が穴に落ちてから服を脱いだ――つまり生きたまま穴の底へ潜っていたことが分かる。でも彼女の目的は化石になって腕を繋げることじゃなかった」

「なんで分かんだよ」

「初めに地下二體（約八メートル）で見つけた手首に腕時計が巻かれてたの、覚えてる？　あの時計、文字盤が腕の外側を向いてたよね。あれはモーティリアンの男の腕時計の着け方なんだ」

　ボタンを反対に付けたり腕時計を逆に巻いたり、モーティリアンはやたらと性に意味を持たせたがる動物だったらしい。

「越智浜代は女だ。彼女が化石になって完全な身体を取り戻そうとしたのなら、普通と反対を向いた腕時計をそのままにするとは思えない」

「そうだな」

「あの手首と前腕は越智浜代が用意したものじゃない。かといって穴を掘ったところに偶然、手首と前腕が埋まっているはずもない。彼女はそこに手首と前腕が埋まっているのを知りながら、わざと同じところに自分の身体を埋めたんだ」

　雲が月を覆い、薬場の軒先が闇に沈む。プージャの目玉だけが光を照り返していた。

「思い出して。初めに見つかった手首は地下二體（約八メートル）のところにあった。次に見つかった前腕は地下四體（約十六メートル）のところにあった。あのときはまるで、誰かがわたしたちを地中に誘い込んでるみたいだった。

　でも次に見つかった本体は地下四・五體（約十八メートル）のところにあった。前腕から〇・五體（約二メートル）しか空いてない。急に間隔が狭くなってたんだ。

あのときは腕と本体が同じモーティリアンのものだと思い込んでたから、間隔が変わったことも気にならなかった。でも実際は、腕のない死体だけが越智浜代で、手首と前腕は彼女とは違うモーティリアンのものだった。ならばあの下には、男のほうのモーティリアンの前腕から先が、同じ間隔で埋まっていたんじゃないだろうか」

十一体の死体を見つけたあの日のように、足元の地面がぐらりと揺れた気がした。

それじゃ、越智浜代の死体は――。

「地下四・五體に埋まっていた腕のない死体は、そこよりも下を探らせないために後から埋められたダミーだった」

ポスタ島へ向かう際、シウベラは高速輸送船に鯨を積んでいた。海上で鋼波センサーに引っかかったとき、鉄くずを呑んだ鯨を見つけさせて役人を納得させ、そこから先を調べさせないようにしていたのだ。越智浜代はあの鯨と同様、そこから先を探らせないための疑似餌だったのだろう。

「初めに男の死体を埋めたやつを便宜的に〝犯人〟としよう。犯人はどこかで五体満足なモーティリアンの死体を手に入れた。窪地に埋まっていたゴミ処理施設の建造推進派の死体を一つ掘り出したとみて間違いないだろう。犯人はこの死体をばらばらにして、およそ二體（約八メートル）おきに欠片を埋めていった。これは地下の果てのどこかへわたしたちアルドーを招き入れるための餌だ。わたしたちが肭波を嗅ぎ取れる間隔で餌を埋めていくことで、その先の場所へわたしたちを呼び込もうとしたんだ」

でも、とプージャは粘液を啜る。

「犯人の企みを知った越智浜代は、化石につられたアルドーが地下深いその場所へやってくるのを防ごうとした。とはいえ彼女は所詮、モーティリアンだ。アルドーのように腑波を嗅ぐことはできない。彼女には地下に埋められた死体の小さな欠片を見つけることはできなかった。

そこで彼女は一計を案じる。犯人が死体を埋めるのを見ていた彼女は、もっとも浅い二カ所に埋まっているのが左の手首と前腕であることを知っていた。彼女は同じところに穴を掘り、左腕が欠けた別の死体を埋めることで、そこより下にはもう死体は埋まっていないとわたしたちに思い込ませようとしたんだ」

その場所に、絶対にアルドーを近づけてはならない。彼女はその思い一つで知恵を尽くしたのだろう。

「ただ、先に死体を埋めた犯人と比べ、越智浜代は強い倫理観を持っていた。他人の死体を切断して地中に埋めたら、犯人やアルドーたちと同じところまで品位を落とすことになる。彼女にはそれが耐えられなかった。

だから彼女は、別のモーティリアンに協力を頼み、自ら穴の底へ下りることで、腕が半分しかない自身の死体をそこに埋め込んだんだ」

誇張ではなく、彼女は身を挺して何かを守ったのだ。

地下の果てに隠された、何かを。

「あの下にいったい何があったんだ」

思わずつぶやいていた。

そこには何かがある。

いや、おそらく。

いる。

ばらばらの死体を餌にアルドーを地下へ誘い込もうとした犯人。そいつは越智浜代と親しく、地下に隠されたモーティリアンの秘密をアルドーに知らせようとするほど自らの種を憎んでいた。犯人の正体は大谷真人だろう。

この男はモーティリアンに愛想を尽かしていた。地球の先人を敬わず、化石を無暗に掘り起こしては散逸させる同朋たちを軽蔑していた。彼は自らの手で、地の底へ逃れた仲間たちに最後のとどめを刺そうとしたのではないか。

だがこの男の暗い企みを、妻の越智浜代は見抜いていた。夫よりも高潔で辛抱強い性格をしていた彼女は、わずかでも未来への希望を残すため、自らの命と引き換えに夫の企みを挫こうとしたのだろう。

アルドーがモーティリアンを滅ぼしてから——少なくともモーティリアンが地表から姿を消してから——すでに三万年の月日が流れている。寿命の短い彼らにとっては膨大な年月だ。過度な期待はできない。

だが万一、彼らが地下の底で命を繋いでいたとしたら。

「プージャ。一緒にもう一度、ポスタ島へ行ってみないか」

彼女の気を引こうとしたわけではない。ただ、素直な気持ちを口にしただけだった。

プージャは口器から溢れた粘液を掬って口器へ流し込むと、激しく咽せ込んでまた粘液を吐き、「ああ、ムリロ」堪え切れなくなったようにムリロに飛びついた。「早く鯨を買いに行こう」

◆

運転席を降り、ねぐらの倉庫へ戻ろうとしたところで、パキッ、と巨大な卵を割るような音が聞こえた。

とっさに振り返り、全身から血の気が引くのを感じた。考古資料館の屋根に張り付いた怪物の目玉がこちらを見ている。怪物は触角を伸ばしたまま、顎を左右に開いた。ゆっくりと垂れる粘液が卵白のようだった。

「くそっ」

大谷真人は運転席へ引き返し、左手でパワースイッチを押し込んだ。屋根から物が落ちる音に続いて、気のふれた馬のような足音が迫ってくる。あの怪物をここへ呼び寄せるわけにはいかない。倉庫まで五メートルもないから、眠っている妻と娘が見つかってしまう。震える手でシフトレバーを引き、アクセルを踏み込んだ。

古い横断幕の掛かったフェンスを薙ぎ倒し、道路へ突っ込む。ボンネットが開いて前が見えなくなった刹那、車体が浮き上がった。屋根より高く上がったと思いきや、一秒の間もなく道路へ叩きつけられる。身体がシートに吸い付いた直後、フロントガラスを突き破ってアスファルトに転がった。血まみれの左腕に触角が巻きつき、一足遅れて怪物の頭が現れる。

大谷真人は思いのほか落ち着いていた。怪物が倉庫の二人に気づいた様子はない。自分の不注意のせいで家族が命を落とす、という耐え難い事態だけは回避できたようだ。

とはいえ二人が見つかるのも時間の問題だろう。自分は死ぬ。家族も死ぬ。人類に、逃げ場はない。

だが、それがどうしたというのか。地球の歴史の一つの章が終わり、次の章が始まる。それだけのことだ。

唯一、望むことがあるとすれば、それは怪物たちにも地球の先人への敬意を持ってほしい、ということだった。

新たな支配者となる彼らも、いつか自分たちと同じ過ちを犯すかもしれない。すなわち、目先の欲望を叶えるために地下深く眠る化石を掘り返し、散逸させ、あるいは破壊するかもしれない。

万に一つでもそんな日がやってくる可能性があるなら、穏やかな眠りに就くことはできない。

だから大谷真人は穴を掘った。

それは巨大な、しかし単純な仕掛けだった。

数千年後、いや数万年後、あの怪物たちが人間の化石を掘り当てようとこの街へやってきたとする。

彼らは〝臭い〟を頼りにわれわれの化石を探すだろう。だがこの土地で化石を見つけるのは容易ではない。よほどの事情がない限り日本人の死体は火葬されているし、怪物に殺された者たちは地表に放置されているから、石化する可能性はほとんどない。

彼らは島をうろつき、やがて地下に埋まった手首を見つける。小躍りしながら手首を掘り出し、さらに深いところにも化石が埋まっていることに気づく。前腕、上腕、肩甲骨、肋骨——その辺りで違和感を持ったとしても、欲望に取りつかれた彼らは奥へ奥へと地中を掘り進むだろう。

やがて怪物たちは、それまで嗅いだことのない強烈な〝臭い〟を嗅ぐことになる。地下一二〇メートルでは埋め立てられた坑道にぶつかるが、そこまでたどり着いた彼らが足を止めることはない。涎(よだれ)を垂らして地中を掘り進み、やがて地下三五〇メートルで粘土に覆われた巨大な金属容器を発見する。

それが何なのか、彼らに伝えるものは一切存在しない。設計段階では地上に警告標識を設置すべきという意見もあったようだが、何も残さないことが未来の安全に資するという結論に至ったという。

蓋をこじ開けたとき、彼らは自らの過ちを知るだろう。何千年、何万年が過ぎていようと関係ない。まるでタイムマシンのように、科学の力は時間の壁を超えるのだから。

自分のやったことが良いことだと言う気はない。環境保全活動に熱心だった妻が計画を聞いたら絶対に反対しただろう。あの世があるなら甘んじて罰を受けるつもりだ。

怪物は触角を伸ばして大谷真人を吊り上げると、一瞬、目玉と顎を静止させた。捕えた人間の腕が半分しかないことに気づいたのだろう。怪物は尾を一振りして、大谷真人の左腕を切り落とした。虫を弄ぶ子どものように身体を振り回し、口器からパキパキと乾いた音を鳴らす。しばらく楽しげに歩肢をうねらせていたが、ふいにどうでもよくなったように顎を閉じ、大谷真人の首へ触角を振り下ろした。

大谷真人の頭は数メートルほど転がり、フェンスにぶつかって止まった。横断幕の角が血に染まる。

怪物は一瞬、そこに並んだ見慣れぬ文字に目を留めたが、

——最終処分場とともに明るい未来をつくろう!

すぐに頭を上げ、次の獲物を求めて走り出した。

ハリガネムシ

道尾秀介

Message From Author

　こちらは『きこえる』シリーズの一作です。

　このシリーズでは、物語の末尾にそれぞれ二次元コードが印刷されており、それを読み込むことで、ある音声が再生できます（コードを読み込む端末をお持ちでない方は、併記されたURLをご入力ください）。

　聞こえてくるのは、会話、物音、誰かの歌など様々です。

　それによって決定的な〝何か〟が起きる瞬間を、ぜひ体験していただければと思います。

『きこえる』シリーズの単行本に関する情報は、オフィシャルサイトなどでご確認ください。

道尾秀介オフィシャルサイト
http://michioshusuke.com

道尾秀介（みちお・しゅうすけ）
1975年、東京都出身。2004年『背の眼』でホラーサスペンス大賞特別賞を受賞してデビュー。07年『シャドウ』で本格ミステリ大賞、09年『カラスの親指』で日本推理作家協会賞、10年『龍神の雨』で大藪春彦賞、『光媒の花』で山本周五郎賞、11年『月と蟹』で直木賞をそれぞれ受賞。近著に『N』『いけないⅡ』などがある。

この作品は耳を使って体験するミステリーです。作中のどこかに二次元コードが現れたときは、そこから「ある音声」が再生できます。
※スピーカーでもお聴きいただけますが、イヤホンやヘッドホンの使用をおすすめします。

（一）

塾生たちが練習問題に取り組んでいるあいだ、ずっと教室の窓に目をやっていた。

先週から稼働しはじめた暖房のせいでガラスの内側が曇り、そこに映った高垣沙耶（たかがきさや）の顔がよく見えない。かといって正面から堂々と彼女の顔を眺めることも難しい。練習問題と格闘しながらも、集中力のない塾生たちはけっこう講師の動きを見ているものだ。自分が高校時代に塾へ通っていたときもそうだった。いや僕が通っていたのは塾ではなく市街地の予備校で、こんなプレハブみたいな小さい建物ではなかったし、講師ももっと教え方の上手い一流の人たちだったけれど。

教卓の上でスマートフォンのアラームが鳴る。

僕は両手を八の字に広げ、教卓の端を摑（つか）む格好で前傾姿勢になった。

「終了。後ろから回して集めてくれ」

語尾の「くれ」も、この前傾姿勢のポーズも、学生時代に見た『GTO』という学園ドラマの主人公を真似ているにすぎない。世代が違うと、真似をしても悟られないから助かる。毎年、塾生たちが大学受験を終えて塾を卒業していくとき、馬鹿の一つおぼえのように寄せ書きをくれるけれど、そこにも「アツい」「男らしい」「カッコい」という言葉がいつも並んでいた。授業内容に関するコメントを書いてくれる塾生はほとんどいないが。

「次回までに採点して個別アドバイスを書いとくから、今日はこれで終わり。でもいいか、家に帰っても時間を無駄にするなよ。勝負に敗れるときには必ず理由がある。その理由を徹底的に排除していけ。いつも言ってるように〝勝ちに不思議の勝ちあり、負けに不思議の負けなし〟だ」

松浦静山（まつらせいざん）という、江戸時代の剣豪が記した随筆からの引用――と塾生たちには話してあるが、本当は、それを引用した野村克也（のむらかつや）監督からの孫引きだった。以前たまたまテレビをつけたとき、この言葉について話しているのを見て、すぐにパクった。随筆のほうは読んだこともないし、どこかで読めるのかどうかも知らない。

「やるだけやったら……あとは自分を信じろ」

どん、と右の拳で胸を叩き、その拳を前に突き出す。塾生たちの大半が、こちらに向かって拳を突き出し返す。これは二年くらい前に自分で考案したオリジナルの仕草で、何回かやっているうちに相手が反応してくれるようになった。

「お田浦、何だ」

最前列の席で、田浦が手を挙げている。僕が教えているクラスで唯一、高垣沙耶と同じ高校に通っている塾生だ。丸顔に丸眼鏡。短い前髪は真っ直ぐに切りそろえられ、後頭部は刈り上げ。声は変声期を過ぎていないようなハイトーンで、ふざけているのではないかというくらいカツオの友達に似ている。

「先生、寄生って何なんですかね」

「……嘘だろおい？」

あまりに基礎的な質問をされたので腰が抜けそうになった。大学受験まであと三ヵ月。しかも僕が担当している化学クラスと生物クラスで、どちらも成績トップを維持している田浦からの、まさかの質問だった。生物の寄生については今日の授業でも復習したばかりだし、さっきの練習問題にも出ていたはずだ。

「いまさらお前そんな……ああ、ありがとう」

解答用紙の束が戻ってきたので、急いで田浦のものを探した。あった、これだ。寄生について説明せよ――ある生物がほかの生物の表面についたり内部に入ったりして栄養を摂取し、そこで生活すること。寄生の具体例を一つ挙げよ――ハリガネムシとコオロギ（カマドウマ、カマキリなど）。

「何だよ、できてるじゃんか」

「いや、寄生そのものはもちろんわかるんですけど、何なのかなと思って。それでも生物って言えるのかな、みたいな。自分だけで生きていけないとか、哀しくないですか？」

田浦は顎を斜めにそらして唇をゆがめる。眼鏡に電灯が反射して表情がわからないが、嗤っているのだろうか。

「人間だってみんな地球に寄生してるようなもんだ」

やりとりを聞いていた塾生たちは、なるほどといった顔で頷く。田浦だけは、しばらく顎を斜めにそらしたままでいたが、やがて唇のあいだからふっと息を洩らして帰り仕度をはじめた。いったい何が言いたかったんだこいつは。僕に遠回しな皮肉でもぶつけたつもりだったのか。カツオの友達の分際で。脇役のくせに。

高垣沙耶がリュックサックを背負って廊下に出ていく。

彼女をこっそり目で追っていると、ほかの塾生たちもぱらぱらと教室の出口に向かった。授業が終わると夜九時を過ぎてしまうので、多くの高校生が親の車で送り迎えしてもらっている。しかし自転車で通っている塾生も何人かはいて、高垣沙耶もその一人だ。

窓辺に近づき、塾生たちが駐車場で親の車に乗り込んだり、自転車にまたがったりするのを曇ったガラスごしに眺める。誰もいなくなるのを待ち、鞄から「クリアマックス」の缶を取り出す。ホームセンターで買ってきた、ガラスの曇り止めスプレー。さっきまで高垣沙耶が映っていた窓にそれを吹きつけ、ハンカチで塗りのばす。塾生たちの席は決まっているわけではないが、たいがいみんな同じ席に座る。高垣沙耶の横顔は、つぎの授業の際もおそらく同じ窓に映るだろう。いや、たまに違う席に座ることもあるし、そもそも窓が一枚だけ曇らなかったら妙に思われるだろうか。そう考え、僕はぜんぶの窓に丁寧な防曇加工を施していった。

スプレーを鞄に仕舞い、講師室に戻ってそそくさと帰り仕度をすませる。正面玄関を抜けて車に乗り込み、急いで駐車場を出る。この車はいくらしたのかと、以前に田浦に訊かれたことがある。百万円くらいだと答えたが、実際には二十九万円の中古車で、しかも就職浪人中に親が買ってくれたものだ。ドラマの主人公のようにバイクに乗りたかったけれど、僕は自動二輪の免許を持っていない。

夜道に車を走らせて海岸通りへ向かいつつ、ドアポケットから受信機を取り出して電源を入れた。イヤホンを両耳に突っ込んでみるが、いまは無意味なノイズが聴こえてくるだけだ。閑散とした海岸通りをしばらく走り、漁港の駐車場に車を入れる。イヤホンから響いてくるのは依然としてノイズばかり。サイドブレーキをかけてエンジンを切り、ルームミラーを調節すると、漁港に面した家々の窓灯り（あか）が映った。高垣沙耶の家は、鏡の中で数えて左から三番目。ほかの家からは少し離れた場所に建っている。

その二階にある彼女の部屋は、まだ暗い。

(二)

勉強しかできなかった。子供の頃からずっと。

両親はそれで満足しているようだったが、僕は嫌だった。運動会の前日はどこかへ消えてしまいたくなったし、図工で絵を描けば途中で何度も画用紙をぐちゃぐちゃに丸めたくなった。リコーダーやピアニカはみんなといっしょになんとか指を動かしていたものの、間違えるのが怖くて、実際には音を出していなかった。小学三年生から通いはじめた水泳教室は楽しかったけれど、家に帰ったあと無茶苦茶に眠たくなってしまうので、勉強に集中するため六年生のとき親にやめさせられた。

中学受験と高校受験は上手くいったが、大学受験では第一志望の国立に落ちた。とはいえ入学したのは県内トップクラスの私立大学で、そこで成績上位者として掲示板に名前が貼り出されることもあった。

が、就職活動でいよいよ完全に失敗した。都内のIT系企業でエンジニアになりたかったのに、最初に受けた四社の面接で全滅。その後は面接の傾向と対策を考えに考え、考えすぎたせいで頭がすっかり混乱し、就職活動の後半はもう面接官が何を言っているのかさえ理解できなくなっていた。

就職浪人中に、市内の学習塾で「化学」「生物」の講師アルバイト募集があった。小遣いほしさに応募したら、卒業した大学名のおかげか、すんなり採用の連絡が来た。

講師として働きはじめると、世界の色が変わった。塾生たちはみんな僕の話を真剣に聞き、競うようにノートをとり、ちょっとした冗談にも笑ってくれた。自分が一枚の絵だとすれば、初めて教壇に立った日を境に、背景ががらりと描き替えられた気がした。二年目からは、学生時代に見た学園ドラマの主人公をためしに真似てみた。みんないっそう僕を頼りにしてくれた。その快感を新たな失敗で上書きするのが怖くて、気づけば就職のことを考えなくなっていた。中途半端な現状にしがみついたまま、いまや三十歳のアルバイト講師。月収六万数千円の実家住まい。そんな自分を直視すると、運動会の前日のような、図工で絵を描いていたときのような、リコーダーやピアニカで指だけ動かしていたときのような気分になる。

だから僕は今日、あのUSBアダプタを高垣沙耶に渡したのだろうか？

夢中になれる何かがほしくて。

自分自身を忘れる時間がほしくて。

彼女に渡したUSBアダプタは、ネットで税込み六千六百円。白い本体はマッチ箱より少し大きいくらいで、コンセントに挿し込むためのプラグは「前へならえ」のような折り畳み式。側面にはUSBジャックが二つついていて、つまり一つの電源から二つのUSB機器に電力を同時供給できる。しかもメインの機能は盗聴だというのだから技術の進化は恐ろしい。

——ホット・アイマスク。あたしも使ってるんだけど、むっちゃ気持ちいいよ。

僕の授業を受けている塾生のなかに、五人の仲良し女子グループがあり、高垣沙耶もそこに含まれていた。グループ内ではいつからか、誰かの誕生日にほかの四人がお金を出し合ってプレゼントを買うというくだらない慣習ができあがっていて、先週は高垣沙耶がそのプレゼントをもらう番だった。四人から彼女に贈られたのは、電気の力で両目をあたためてくれるというアイマスク。そっと彼女たちのそばへ行ってみると、パッケージには「USB電源」と書かれていた。

——ありがと。気持ちよさそう。

高垣沙耶の笑顔は相変わらず、絵が下手くそな人が無理に描いた写実画みたいだった。ぎこちなくて、不自然で。楽しそうに笑ってはいけないと、あらかじめ誰かに命じられているかのように。その顔を見るたび僕は、何かに似ていると感じる。いったい何だろう？　わからないまま、彼女のことが気になった。気になって仕方がなかった。本当の彼女はどんなだろう。一人でいるとき、彼女はどんなだろう。高垣沙耶がアイマスクをプレゼントされた日、いつものようにそんなことを思いながら自室でネットを探っていたら、盗聴器の通販サイトに行き着いた。僕はそのサイトでUSBアダプタを購入し、三日後に自宅へ届いたそれを、今日の授業前にこっそり高垣沙耶に渡した。家で余っていたやつだから使ってくれと言って。一人だけ贔屓していると思われないよう、みんなには内緒だよと言って。彼女は何の疑いもなく受け取りながら、やはりあの笑顔を見せ——。

ノイズが唐突に途切れた。

ルームミラーで背後を確認すると、いつのまにか高垣沙耶の部屋に明かりがついている。僕は受信機のボリュームを最大にし、イヤホンに両手を添えて耳をすました。どうやら彼女は帰宅するなり、さっそくUSBアダプタをコンセントに挿し込んでくれたらしい。これで盗聴器に電力が供給された。今後はコンセントから抜かないかぎり、USBアダプタは半永久的に周囲の音を拾い、電波に乗せつづけてくれる。

軽くものがこすれる音。

それがしばらくつづいたあと、アダプタ本体に直接ふれたようなノイズが聴こえ、ついでゴゴッと低い音がした。おそらくアダプタに何かのUSBケーブルが挿し込まれたのだろう。ケーブルの反対側につながっているのは、あのアイマスクだろうか。

それともスマートフォンか何かだろうか。

どさ、とアダプタ自体がやわらかい場所に落ちたような音。

ついで、布と布がゆっくりとこすれ合う、かすかな音。

『キムチ……』

そう聴こえた。帰宅早々にキムチとはどういうことか。眉をひそめて音に神経を集中させていると、彼女の長い吐息が聴こえてきた。とても気持ちよさそうな……そうか、さっきのは『気持ちいい』と呟いたのかもしれない。してみると、ＵＳＢケーブルに接続されているのは誕生日プレゼントのアイマスクに違いない。

僕は目を閉じて想像した。

ベッドに横たわる高垣沙耶。アイマスクの下で、彼女の唇が天井に向けられている。その唇が、両目をあたためられた気持ちよさから、しだいに薄く隙間をあける。アイマスクから延びたケーブルは僕のＵＳＢアダプタにつながり、そのアダプタが挿し込まれているのは壁のコンセント……いや、彼女の呟きや吐息はかなりはっきりと聴こえたから、もっと近い場所かもしれない。たとえばベッドのヘッドボードについているコンセント。あるいは、壁に挿した延長プラグを、ベッドの枕元まで延ばしているのか。――そうだ、後者で間違いない。先ほど聴こえた、アダプタ自体が何かやわらかい場所に落ちたような音は、それで説明がつく。彼女は壁から枕元へと延びた延長プラグを手に取り、そこに僕のアダプタを挿した。そのアダプタに、アイマスクのUSBケーブルをつないだ。最後にそれをぽんとベッドに投げ出したあと、全身を横たえたというわけだ。

しばらく何も聴こえなかった。

高垣沙耶はベッドの上で全身の力を抜き、アイマスクのあたたかさを楽しんでいる。勉強で疲れた彼女は、もしかしたらこのまま眠ってしまうかもしれない。低温やけどをしてしまったら大変だ。でも、ああした商品はたいてい二十分とか三十分で自動的に電源が切れるようになっているから大丈夫だろうか。

「……ん」

素早い衣擦れの音と、ベッドの軋み。何かに気づいたか、驚いたかして、急いで起き上がったような印象だった。

かすかな足音。だんだん近づいてくる。それがわかるくらいだから、たぶん足音の主は男性だ。兄弟はいないと聞いているので、父親だろうか。

部屋のドアがひらかれる音。

『……か』

声からして、やはり父親だったらしい。僕は目を閉じたまま、ドア口に立つ人物の姿を想像した。白髪まじりの、五十代の男。なにしろ会ったことがないので、顔つきはこれといって特徴のない、ごく常識的な線の集合でしかなく――さらにその姿は、彼女がつぎの言葉を発した瞬間、白くもやもやとした、いっそう曖昧なものに変わった。

『部屋に入らないでください』

――？

『俺の家だ』

父親ではないのだろうか？

『でも、わたしの部屋です』

ますますわからない。

高垣沙耶の自宅は事前にきちんと下調べしてある。古くも新しくもない二階建ての一軒家で、表札に「高垣」と書いてあるのも確認していた。それが「俺の家」ということは、彼は高垣ナントカなのだろう。普通に考えれば高垣沙耶の父親ということになるが、彼女は相手に対して敬語を使っている。

『晩飯は食わないのか』

質問というよりも、相手に行動を強いているような口調だった。

『お母さんが帰ってきたら食べます』

『俺がテーブルにいるからか』

『まだお腹すいてないからです』

何か聴き取れない言葉が呟かれたあと、男の足音が遠ざかっていった。すぐさま高垣沙耶が立ち上がり、部屋のドアを閉める。そしてまた戻ってくると、帰宅してきたときよりも乱暴な音を立ててベッドに身体を投げ出した。

（三）

翌日、化学の授業中に僕は何度も窓に目をやった。「クリアマックス」の効果でガラスは曇らず、高垣沙耶の横顔ははっきりとそこに映っている。

「田浦、昨日お前、寄生の話をしたろ」

授業が終わり、塾生たちが帰り支度をはじめる中、僕は用意していた台詞を口にした。

「しましたけど？」

「一人で生きていけず誰かに寄生して、それでも生物と言えるのか、みたいな」

「はい」

「もしそれが人間だったら……俺もそう思うよ」

視界の上端に映る高垣沙耶を意識し、声を張る。

「寄生は下等生物の生存戦略だから、人間がやったら、たしかに哀しいし、みっともない。もちろん子供は別だけどな」

「でも、人間もみんな地球に寄生してるようなもんだって――」

「あれは違った。地球は生き物じゃない」

「ですよね」

「人間の、しかもいい大人が、誰かに寄生して生きていたとしたら、それは恥ずかしいことだ」

「ニート？」

田浦が半笑いを浮かべる。僕は顔を上げ、全員に向かって言った。

「お前ら、将来ぜったいそうなるなよ」

右の拳で胸を叩き、その拳を前に突き出す。塾生たちは拳を突き出し返す。高垣沙耶はといえば、猫の顔がデザインされた可愛らしいペンケースをリュックサックに仕舞いながら無反応だった。でもそれはきっと表面だけで、内心ではあの、男のことを思い出しているに違いない。

『ご飯、食べてないの？』

ゆうべあれから高垣沙耶の部屋に聴き耳を立てていると、遅い時間になって母親が帰宅した。

『食べてない。……あの人は？』

長いあいだ一人きりで黙り込んでいた高垣沙耶の声は、咽喉（のど）に引っかかってかすれていた。

『下のテーブルで寝ちゃってる』

『ねえ、何であの人、ずっと家にいるの？　何で仕事探さないの？』

『あんたが大学卒業したら、いろいろ考えるから』

『大学に合格しても、行けないかもしれないんでしょ？　お金足りないんでしょ？』

『お母さんが、いまの仕事でなんとかする』

『無理じゃん。こないだだって、塾のお金を払えなくなるかもしれないって、わたしに相談してきたじゃん。わたし塾なんて、やめろって言われたらやめるけど、そんなんでどうやって大学の入学金とか学費とか出せるの？』

　彼女があんな強い声音で喋るのも、あんなにたくさんの言葉を発するのも、僕はそれまで聞いたことがなかった。堰（せ）き止められていた言葉がどんどん出てきて、自分では抑えられなくなっているのがわかった。

『家のローンだって、あの人が働かないんなら、このままお母さんがかわりに払いつづけなきゃいけないんでしょ？　わたしべつに大学とか行かなくていいよ。高校卒業したら働いて、そしたらお母さんと二人でこの家から出られるじゃん』

『駄目。大学は行くの』

母親の声がにわかに硬くなった。

『あんたのお父さんも、あの人も、学がないから失敗した。どっちも失業して、どっちも新しい仕事を見つけられなくて。わたしも学がないから、こんなふうにパートを掛け持ちしながら、ちょっとしかお金を稼げない。あんたは勉強して大学行って、一人でも生きていけるようになるの』

『べつに大学じゃなくても――』

『駄目』

いっそう硬い声で母親が遮った。

『進学をあきらめるなんて今度言い出したら、お母さん許さないから』

聴こえた声は、それでおしまいだった。しばらくすると、高垣沙耶は母親といっしょに部屋を出ていき、夕食や入浴などを済ませていたのか、一時間ほど戻ってこなかった。そのあと室内では、何をしているのかわからないかすかな物音ばかりがつづき、十二時を回った頃には部屋の明かりが消えて完全な無音となった。僕は受信機の電源を切って漁港をあとにした。

イヤホンごしに聴いた内容からすると、おそらく彼女の母親は再婚で、高垣沙耶は前夫とのあいだにできた子供なのだろう。住宅ローンを母親が「かわりに」払っているということは、いま三人で住んでいるあの自宅は、再婚相手の男がもともと持っていた家に違いない。しかし男は現在無職で、仕事を探そうともしていない。母親がパートを掛け持ちし、なんとか家のローンや生活費を稼いでいるが、娘を塾に通わせるのもぎりぎりで、大学に行かせられない可能性も出てきている。

自宅に向かって車を走らせながら、僕の頭に浮かんでいたのは、子供の頃に見たカマキリだった。

夏休みに家の近くで見つけたそのカマキリは、お腹がぱんぱんにふくらんでいた。卵を産むのかもしれないと思い、僕はそれを捕まえて帰り、透明なプラスチックの虫カゴに入れた。卵を産みつける場所が必要だろうと、木の枝を斜めに立て、餌もほしいだろうと、冷蔵庫のソーセージを細かく千切ってばらまいておいた。飲み物もあったほうがいいと思い、手のひらほどのタッパーに水を入れて虫カゴの隅に置いた。しばらくプレステで『ぼくのなつやすみ』をしたあと、卵を産んでいるかどうか確かめてみたら、カマキリはタッパーの水に身体を浸してじっとしていた。お尻の先から黒いものがゆっくりと出てくるのが見えた。僕ははじめ、カマキリがうんこをしているのだと思った。でもそのうんこはいつまでも途切れず、お尻からどんどん出てきて、しかも水の中でうねうねと動いていた。それがうんこではなくハリガネムシという寄生虫であることを教えてくれたのは、会社から帰宅した父だった。カマキリなどの虫に寄生し、身体を内側から壊してしまうのだと説明され、僕は哀しくて泣いた。タッパーの底でうねうねと動いていたハリガネムシは、父がトイレに流して捨ててくれた。内臓を喰い尽くされた僕のカマキリは、首をかしげた格好でしばらくぴくぴくしていたけれど、その夜のうちに死んだ。

「高垣、ちょっといいか？」

教室を出ようとしていた高垣沙耶を呼び止めると、彼女はぴたりと立ち止まってこちらを振り向いた。天井のＬＥＤライトに照らされたその顔は、死んだ魚の腹のように生白い。ほかの塾生たちは彼女の横を通り過ぎていき、田浦の刈り上げも、そこにまぎれて廊下へ遠ざかっていく。

「お前、集中できてない感じだったけど、大丈夫か？」

彼女は顎を引く仕草を見せ、しかしすぐに首を横に振る。

「大丈夫です」

そしてまた、あの歪な笑みを浮かべるのだった。

「ちょっと家でいろいろあって、疲れてるんだと思います。すいません」

「謝ることはないけど、家は、なんだ、落ち着いて勉強できない感じなのか？　お父さんとか、お母さんとか——」

言いながら、僕は初めて気がついた。

彼女の笑みが、いったい何に似ているのか。

あれはハリガネムシを見た翌年か、その翌年か、とにかく母の日の前日だった。僕は母親に何かプレゼントしようと思った。そんなことをするのは初めてだったけれど、正月のお年玉がまだけっこう残っていたので、その一部を使ってブローチか何か買ってあげようと考えたのだ。ところが、本人にほしいものを訊ねてみると、自分の絵を描いてくれと言われた。僕は承諾した。手持ちのお金が減らないのは悪くないことだし、絵が下手くそな僕でも、心を込めて描けばいいものが出来る気がしたからだ。でも甘かった。意気揚々と自室の机に画用紙を広げ、頬笑んでいる母を鉛筆で描きはじめてみたものの、やがてそこに現れたのは、ひどく気味の悪い表情をした顔だった。焦りと困惑にかられながら、僕はさらに鉛筆を動かした。線を加えれば加えるほど母の顔は不気味に変形していき、最後には、ぜんぜん見知らぬ人物の、歪（ゆが）みきった笑顔がそこにあった。

翌日、僕は絵のことをすっかり忘れていたと言って母に謝った。

そして夜になると、布団の中で静かに泣いた。

泣きやんだとき、リビングから両親の声が聞こえてきた。ドアごしに響いてくるのは曖昧な母音ばかりで、会話はまったく聞き取れなかった。もしかして母は、父にいっさいがっさいをバラしているのではないか。大切な約束も忘れてしまう駄目な子だと話しているのではないか——そう思えてならなかったけれど、起(た)ってドアに近寄る勇気がどうしてもわかなかった。もしあのときドアの向こうに聴き耳を立てていたら、二人の会話はまったく関係のないものだったかもしれないのに。たとえ僕の絵に関する会話だったとしても、控え目に笑い飛ばすような、しょうがない子ねえというような、僕の心を明るくしてくれるものだったかもしれないのに。でも僕は布団に横たわったまま、ただニヤついていた。両親の声が聞こえなくなったあとも、ずっとそうしていた。自分自身の心を誤魔化すために。僕が描いた、母の絵みたいな顔をして。

高垣沙耶の歪んだ笑みは、どちらにも似ている。

あの夜の僕自身にも、画用紙に描かれた母の顔にも。

(四)

その夜、最初に聴こえてきたのは叫び声だった。

昨夜と同様、受信機の電源を入れたまま漁港に車を駐めようとしたら、いきなりイヤホンに悲鳴が届いたのだ。慌ててブレーキを踏み、背後を振り返った。赤く拡散するブレーキランプの向こうで、高垣沙耶の部屋は暗い。イヤホンからはまだ叫び声が断続的に聴こえていた。声の主がいるのはずっと遠く——家の一階だろうか？　ものが倒れる音。床を乱暴に踏み鳴らす音。叫んでいるのは女性だが、高垣沙耶なのか母親なのかわからない。いや、両方だ。ときおり二つの声が重なって聴こえてくる。かすれた悲鳴とともに、互いに何か言葉を発している。

物音と叫び声が、唐突に途切れた。

どどどどどどどどと足音が近づいてくる。一人のものではなく、たぶん二人。漠然とした恐怖に目を閉じると、僕はもう車の中ではなく、高垣沙耶の部屋にいた。ドアが乱暴にひらかれ、すぐさま閉じられる。どん、と大きなものが外からドアにぶつかる。どん、どん。立てつづけに音が響き、細い声をともなった高垣沙耶の息遣いが聴こえ、ばん、と最後にひときわ大きな音がして、彼女が短い声を上げた。両足がたたらを踏むように床を鳴らす。ドアの端に縦長の光が生じ、その光が太くなるにしたがって、男のかたちに黒く切り抜かれていくのが、僕にははっきりと見えた。

『お前……俺のこと何て言った』

唇をほとんど動かさない喋り方で、はっきりと酒を感じさせた。高垣沙耶は小刻みな呼吸をつづけるばかりで言葉を返さない。しかし男が迫ってきたのか、彼女はふたたび短い悲鳴を上げ、逃げるような足音が僕のすぐそばまで近づいた。

『お母さんのこと……もう殴らないって言ったじゃないですか』

『答えろ。お前さっき俺のこと何て言った』

つぎの言葉が聴こえた瞬間、男の光る目が、真っ直ぐ僕に向けられた気がした。

『寄生虫って言ったろ』

『もう殴らないって言ったのに、お母さんのこと殴ってたから、それ見て──』

『つい言っちゃいましたって？　それにしちゃ用意してたような言葉だよな』

重たい足音が接近し、どちらかの身体がベッドにどさりと倒れ込む。

『寄生虫みたいになってやろうか？』

咽喉に力がこもった、押しつぶされた声。

『なあ……こうやって』

い、い、い、
僕のせいだ。

『お前の身体ん中に入ってやろうか？　なあ、こうやってさ』

僕が寄生虫の話なんてしたから。わざと高垣沙耶にあの男のことを思い出させるような言い方をしたから。震える手で鞄からスマートフォンを引っぱり出す。警察に──いや、そんなことできるはずがない。いったいどうやってこの状況を知ったと説明するのか。彼女にあげたＵＳＢアダプタが実は盗聴器で、それを使って音声を盗み聴きしていたと警察に話すのか。僕が無意味にスマートフォンを握りしめているあいだにも、激しい衣擦れと息遣いがつづき、やがて彼女が大声で叫び、しかしその叫びは即座に封じられた。そのあとは、口をふさがれたらしい彼女の、くぐもった悲鳴だけが断続的に耳に届いた。まるで絶叫そのものが、囚われた場所から逃げ出そうと、何度も何度も出口に体当たりを繰り返しているように。

『お前、いつまでも俺に敬語使ってるってことは、他人なんだろ？　他人ならいいんじゃないのか？』

足早に階段を上ってくる音。

男の動きがぴたりと止まり、つぎの言葉はだんだんと遠ざかりながら聴こえてきた。

『あいつに喋ったら、二人ともこの家から追い出す』

こいつは頭がおかしい。狂っている。母親と高垣沙耶を家から追い出したら、たしかに彼女たちは路頭に迷うかもしれないけれど、自分だってどうしようもなくなるはずだ。そんな単純なことも理解できないくらい、こいつはおかしい。

『今度さわったら殺します』

小馬鹿にするような短い息遣いを最後に、男は部屋を出ていった。

階段を上がってきた母親とすれ違ったはずだが、どちらの声も聴こえてこない。

数秒後、近づいてくる足音につづいて母親の声がした。

『沙耶……平気？』

彼女は答えない。

『ねえ沙耶、ほっといて大丈夫なのよ。止めると、あんたも叩かれちゃうかもしれないから』

もう遅い。叩かれるどころではない行為を、すでに彼女はされてしまった。

『お母さん……馬鹿なんじゃないの』

感情の消え去った声で、彼女はただそう言った。

そのあと会話はもう聴こえてこず、やがて一つの足音がゆっくりと離れていき、ドアが閉じられた。しばらくしてから僕の耳に届いたのは、長い長い、高垣沙耶のすすり泣きだった。両手か、枕か、布団か、とにかく何かに顔を押しつけ、彼女は声を抑えて泣いていた。

耳にイヤホンを入れたまま車を出た。堤防沿いに並んだいくつもの漁船が、一様に揺れている。波のせいなのか、それとも自分自身が揺れているのか。身体を反転させて背後を見ると、高垣沙耶が泣いている部屋は暗いままだった。彼女はそこでいつまでも泣きつづけ、僕は全身がしびれたような感覚の中で、その泣き声を聴きつづけた。

(五)

それから毎日、漁港へ行った。

昼間は人目のある場所なので、行くのはいつも夜だった。授業がない日は、空が暗くなった頃。授業がある日は、それが終わってから。毎夜毎夜、僕は漁港の駐車場に車を駐め、高垣沙耶の部屋に聴き耳を立てた。

一人でいるとき、彼女はとても静かだった。まるで物音に反応して襲いかかる怪物と同居しているかのように、歩くときも、立つときも座るときも、ものを動かすときも、何かのページをめくるときも、なるべく音を立てないようにしているのがわかった。僕もまた息をひそめながら、そんな彼女の気配に耳をすました。そうしているうちに、たいがい夜十時を過ぎた頃になると玄関のドアが鳴り、母親が帰宅する。すると高垣沙耶が部屋を出ていき、一時間ほど経った頃に戻ってくる。そしてまた静かに——何かをして過ごす。その時間、一階で怒鳴っているらしい男の声が聴こえてくることがしばしばあった。それが聴こえてこない夜は、母親が娘の部屋をノックし、親子でぽつぽつと会話をした。声の響き方からして、二人でベッドに並んで腰かけているようだった。

彼女たちの会話を注意深く聴き取りながら、僕は高垣家の事情を少しずつ把握していった。三人が暮らすあの家が、二年ほど前、母親の再婚時に男が所有していたものだったこと。母子はそれまでアパート暮らしをしており、母親は必死で働いていたものの、充分な金を稼ぐのは難しく、とうとう娘の大学進学をあきらめたこと。あの男と母親が、どこでどうやって出会ったのかはわからない。とにかく二年ほど前、母親は男と籍を入れ、娘を連れてあの家に引っ越した。当時、男の仕事は漁師で、何を獲っていたのかは不明だが、けっこうな収入があったことは話の端々から想像できた。母親があの男と再婚したのは、娘の将来を思ってのことだったのだろうか。彼女を大学に行かせるためだったのだろうか。

ところが去年の暮れ、男が酒に酔って車を運転し、事故を起こした。その事故による怪我で片腕が上手く動かせなくなり、男は漁師をつづけることができなくなった。医療保険には入っていたようだが、飲酒運転での負傷だったので保険金は支払われず、家に金がなくなった。以来、男は何もせずに酒ばかり飲み、母親がパートを掛け持ちして金を稼ぎ、生活費や娘の学費、塾の月謝や家のローンを必死でまかないながら現在にいたっている。

『船を売ったら……ある程度のお金になるんだろうけど』

ある夜、母親が言った。その直後に足音が移動し、カーテンと窓を開ける音がしたので、僕は思わず車の中で身を縮めた。どうやら母親は窓辺に立ち、船を見ているようだった。僕の目の前——堤防沿いに並んだ、小型漁船のどれかを。

『売ってくれなんて、言えないし』

『何で……言えないの?』

『わたしたちがいっしょに暮らす前から持ってたものだから』

『お金がなくなったんだから、売ってくれって言えばいいじゃん』

母親は窓とカーテンを閉め、その場に立ったまま、諭すような声を返した。

『あの人だって、いろいろ大変なのよ』

男に対してばかり抱いていた怒りを、僕はそのとき母親にも抱いた。娘がされたあの行為を、あの事実を、彼女に突きつけてやりたかった。いますぐにでも車から飛び出し、二階の窓に向かって叫んでしまいたかった。しかしそんな勇気があるはずもなく、やがて、高垣沙耶が僕のかわりに口をひらいた。

『車の事故で死んでくれてたら……保険金が出たのに』

『馬鹿なこと言わないで』

『わたし、あの人が入ってる医療保険のこと調べたの。飲酒運転だったから怪我の保険は出なかったけど、もし死んでたら死亡保険はたぶん出てた。いまだって死んでくれたらお金が入る』

『あんた――』

お母さん、と彼女が母親の声を遮った。

『お母さん、あの人――』

声のトーンから、息遣いから、彼女が母親に打ち明けようとしていることがわかった。僕は車の中で、勇気を出して伝えてくれと願った。胸の前で指を組み、握り合った両手がぶるぶる震えるほど強く力を込めた。

『あの人……』

でも、けっきょく彼女は話さなかった。

その夜、眠りにつく前に、彼女はどこかの引き出しを開けた。

どんな部屋にも引き出しというものはいくつかあり、どれも普通は、開けられたあと閉じられる。数秒後か、長くても数十秒後には。しかしその夜、彼女は引き出しを開けたまま、長いこと閉じずにいた。物を取り出す音も、仕舞う音も聴こえてこず、まるで、そこに入っている何かをじっと見下ろしているかのように。

奇妙なことに、それは翌日以降もつづいた。部屋の明かりを消して眠りにつく前、必ず同じ引き出しが開けられ、長い時間が経ったあと、そっと閉じられる。音の様子と距離感などから、僕はそれを机の引き出しだと想像した。そして、引き出しを開けた彼女の視線の先に、様々なものを思い浮かべた。中学校を卒業したときの寄せ書き。海辺で集めた綺麗な石。昔の家族のアルバム。こんなふうになる前の、自分自身の写真。

週に二度、教室で見る高垣沙耶は、つくりもののように無表情だった。友達に話しかけられても、ぼんやりした顔をそちらに向け、外側ではなく内側を見ているような目で、首をかすかに縦か横に振るくらいしかできなくなっていた。授業が終わり、彼女が教室を出ていったあと、それを受験勉強によるストレスのせいにされているのを、僕は耳にした。でも何も言えなかった。わざとらしく寄生虫の話をしたあのときのように、自分の言葉が高垣沙耶にとって何か取り返しのつかない事態を招いてしまうのが怖かった。彼女と同じ高校に通っている田浦に、学校での様子を訊ねてみようとも思ったが、同様の理由でそれもできなかった。空き家の庭にあふれかえる植物のように、苛立ちと怒りが僕の胸を埋め尽くしていくばかりで——しかし実際には、そんなふうに僕が何もできずにいるうちに、すべては取り返しのつかない事態に向かってゆっくりと進んでいたのだ。

（六）

十二月二週目のその日、夕方から冷たい雨が降っていた。

「クリアマックス」の効果はすっかり薄れ、しかも塾生たちが持ち込んだ湿気が教室にむんむん立ちこめていたので、僕が生物の授業をしているあいだ、窓に映る高垣沙耶の横顔はほとんど判別がつかなかった。正面から本人に目を向けてみても、うつむいた彼女の顔は前髪のあいだに隠れて見えない。

ところが授業の半ば、気づけば彼女が顔を上げていた。ぽっかりと開いた両目は空気を凝視し、妙に背筋が伸びた上体は、ほんのかすかだが前後左右に揺れているように見えた。その様子はまるで、映画やドラマに出てくる何かに取り憑かれた人みたいで、僕はすぐに視線をそらした。ほかの塾生たちが気づいてしまってはいけないと思ったのだ。そのあとは一度もまともに視線を向けないまま授業を進め、しかし、彼女が同じ姿勢でいるのは、ずっと目の端に映っていた。

授業が終わると、高垣沙耶は誰よりも早く席を立ち、リュックサックを背負って教室を出ていった。駐車場に面した窓の向こうでは、子供を迎えに来た車のヘッドライトがいくつも、曇りガラスに光を拡散させながら動いていた。今日のような雨の日は、ほぼすべての塾生が親の車で送り迎えしてもらう。僕は窓辺に近づいてガラスを拭い、駐車場の脇にある駐輪場を覗き見た。そこに駐められているのは高垣沙耶の自転車一台きりだ。この冷たい雨の中、彼女は自転車をこぎ、濡れて帰るのだろうか。声をかけ、車で家まで送ってはまずいだろうか。いや、まずいことはない。今日は彼女だけが自転車で来ているのだから、大勢のうち一人だけを特別扱いするわけではない。車で送れば、そのあいだに話をすることができるし、その話の中で、彼女は僕に悩みを打ち明けてくれるかもしれない。僕は急いで窓辺を離れようとしたが――。

「先生って一人暮らしなんですか？」

背後に田浦が立っていた。

「……どうしてだ？」

「いえ、なんとなく」

言葉とは反対に、田浦は僕の顔をよく見ようというように丸眼鏡を直す。

「家は実家だ。近いし、わざわざ出る必要もないからな。お前、迎えの車が来てるんじゃないか？　早く行ってやれ」

「最近、送り迎えは断ってるんです。今日も家から傘さして延々歩いてきました」

「無理して、大事な時期に風邪ひくなよ」

適当に言いながらその場を離れると、田浦の声だけが追いかけてきた。

「親に迷惑かけたくないですし」

振り返った僕の顔には、たぶん、世にも醜い表情が張りついていた。

子供のころ画用紙に描いた、あの顔のような。ドアごしに響いてくる両親の会話を聞きながら、ひそかに布団で浮かべていた笑みのような。何年も何年も、ずっとドラマのキャラクターに寄生してきた自分自身が、身構える間もなく教室の隅で剝き出しになっていた。僕の正体を目のあたりにした田浦は、ふっと眉を上げ、変わった生き物を見つけたような顔をしてみせた。

（七）

あいつは何なんだ。どうして僕にあんな話をしたんだ。——濡れたにおいのする教室から逃げ去り、建物を出て駐輪場に目をやると、高垣沙耶の自転車はもう消えていた。講師室で帰り支度をするあいだも、正面玄関を飛び出して車に乗り込んだときも、田浦の丸顔が頭を離れず、その顔を背後に引き離すように、僕は漁港に向かって車を飛ばした。あんな気持ちの悪いガキに構っている暇はない。僕にはやることがある。

漁港の駐車場に到着し、イヤホンを両耳に突っ込んで受信機の電源を入れる。エンジンを切ると、すぐに湿気でガラスが曇りはじめた。車内が息苦しく感じられ、僕はビニール傘をさして外に出た。イヤホンから聴こえる静寂に、ホワイトノイズのような雨音が重なる。高垣沙耶の部屋はまだ暗い。堤防のへりに沿って歩くと、並んだ漁船がずぶ濡れになって揺れていた。ほかの船から少し離れた場所に係留してある、一艘の小型漁船。毎晩この漁港に車を駐めていたので、その船が一度も動かされていないことに僕は気づいていた。ためしに近づいてみると、甲板の金属部分が夜目にもわかるほどひどく錆びている。甲板の真ん中には、目の粗い漁網が投げ出してあり、風で飛ばないようにだろうか、上にいくつか石が置かれていた。網にも石にも、白い斑点が無数に散っていて、どうやらカモメのフンのようだ。

ひょっとしたらこれが、使いもしないのに放置してあるという、あの男の漁船なのだろうか。これを売ったら、いったいいくらになるのだろう。古そうだし、手入れもされていないし、大した額にはならないのではないか。高垣沙耶は帰ってこない。僕がいつもより車を飛ばしてきたせいか、彼女が雨で自転車のスピードを出せないからなのか。彼女の帰宅を待ちながら、いつのまにか僕はまた田浦の顔を思い出していた。舌打ちをしても、頭をぶるぶる振ってみても、いやらしい嗤いを浮かべた丸顔は消え去ってくれず、仕方なく僕は、それを頭から摑み出して目の前に浮かべた。ビニール傘を閉じて逆さまに持ち、プラスチックの柄で思い切り横からぶっ叩いてみると、田浦の顔はやわらかいゴムのように、傘を振り抜いた方向にびよんと伸びるだけで、手応えがない。もう一度ぶっ叩いてみる。もう一度。もう一度。――何度か殴りつけていると、やがてゴムの表面がやぶれて血が噴き出した。それからは、傘を左右に振り抜くたび、ぶしゅう、ぶしゅうとその方向に血が飛んだ。いつしか僕は夢中になり、気がつけば田浦の顔面はもとのかたちがわからないほど崩れ果て、イヤホンから は小さく物音が響いていた。

急いで振り返ると、高垣沙耶の部屋に明かりがついている。

素早く車へ戻り、運転席に飛び込んだ。雨音が遮断された直後、洋服ダンスの戸を開けるような音が聴こえてきた。乱れた呼吸をなんとか抑え、耳をすます。ひたいの脇を生ぬるい水滴が流れ落ちていく。雨の中を自転車で帰ってきた彼女は、僕と同じようにずぶ濡れのはずだ。乾いた服に着替えているところなのかもしれない。そう思って瞼(まぶた)を閉じると、僕はもうベッドの陰にいて、天井の電灯に白く照らされた半裸の彼女を見つめていた。動脈血とともに熱いものが全身を駆けめぐり――しかし数秒後、その血は音を立てていっせいに引いていった。

目の前に立つ彼女が、まるで僕の存在に気づいたかのように、はっと身を硬くしたのだ。しかし、彼女をそうさせたのはもちろん僕ではない。

明らかにあの男のものとわかる、重たい足音。瀕死の人間のように、不規則に床を鳴らしながら、ドアのほうへ近づいてくる。高垣沙耶が素早く動き、さっと布が鳴った。両足がでたらめに床をこする。ドアごしの足音は近づいてくる。その不規則な足取りの理由は、ドアが大きな音を立ててひらかれたときにわかった。

『ぬれえんなあうろあいれ』

まったく聴き取れないほど、男は酩酊していたのだ。高垣沙耶は悲鳴まじりの息を吐き出し、飛びすさるように僕のほうへ動き、足がベッドに強くぶつかった。

『入らないで！』

追い詰められた動物のような声で叫ぶ。しかし男はあああああと意味不明な声を洩らすばかりで、出ていこうとしない。直後、まるで床が急な下り坂にでもなったように、男の両足が迫ってきた。高垣沙耶の必死な息遣い。布と布が乱暴にこすれ合う音。身体と身体がもつれ合い、彼女の咽喉から悲鳴が発せられ、猛獣のような男の唸り声がそれを掻き消す。僕の全身は怒りで震え、呼吸がどんどん速まり、血が沸騰して脳天まで迫り上がった。気づけば僕はベッドの陰から飛び出し、手にしたビニール傘で男の顔面を力いっぱい殴打していた。しかし手応えはなく、傘の柄を何度叩きつけてみても、それは同じだった。田浦の顔はあんなにぐちゃぐちゃになったのに。血まみれになってくれたのに。僕はとうとう傘を持ち直し、その先端を男の片目に突き刺した。男はうっと低い呻きを上げて床に転がった。

ようやく身体を離した二人の、荒い息遣いだけが聴こえていた。

彼女の足が、床をこすりながら遠ざかっていく。

『今度さわったら、殺すって言いましたよね』

引き出しが鳴る。

彼女がその引き出しを開けるのを、僕はこれまで毎晩のように聴いてきた。しかし、そこから何かを取り出す音を耳にしたのは初めてだった。

『人殺しは……警察に捕まって人生台無しだ』

『もう台無しになってるんです』

彼女が戻ってくる。

『だから、取り戻したいんです』

『お前……何やってんだ』

男の声にははっきりと怯えが感じられた。

『まともな人生に戻すの……手伝ってください』

激しいノイズが左右の鼓膜を突き刺す。

『手伝ってください』

直後、顎を限界までひらききったような男の叫び声が響いた。しかしそれは一瞬で断ち切られ、そのあと耳に届いたのは、肉体が立てつづけに発する鈍い音と、そのたび咽喉から飛び出す短い呻きばかりだった。肉体は音を発しつづけ、男は呻きつづけ、しかし呻き声のほうはだんだんと小さくなっていき、やがてまったく聴こえなくなった。そのあと数回、肉体だけが無意味に音を発した。それも消えたあと、イヤホンからはただ静寂だけが響き、僕はその静寂を聴きながら両手で顔を覆い、全身の関節がネジ止めされたように、少しも動けなかった。そうしながら、すべてを後悔していた。彼女にUSBアダプタを渡したことも、この場所で毎晩のように聴き耳を立てていたことも、高垣沙耶を助けられなかったことも、就職活動を上手くできなかったことも、塾講師になったことも、子供の頃から勉強ばかりしていたことも。

（八）

男の死体は、それから二週間後、年の瀬になって発見された。

早朝、この漁港から一キロほど離れた海岸に流れ着いていたのだという。

ネット記事によると、身元はほどなくDNA鑑定によって判明し、高垣沙耶の母親が十日ほど前に捜索願を出していた、彼女の夫だということが確認された。

死体を発見したのは、ボランティアでゴミ拾いをしていた父親と息子だった。その息子は高校生で、彼が通っていた学校の同じクラスに、たまたま僕の授業を受けている女子がいた。彼女は級友から聞いた死体の話を塾に持ち込み、まるで自分自身が見てきたかのように喋ったので、僕も詳細を知ることができた。彼女によると、死体は水中で服が脱げたのか、素っ裸の状態で、身体のあちこちから骨が覗き、胴体にはシヤコやエビがたくさん詰まっていたらしい。

「おたく、今日はルアー?」

「メバルが来てるからね。そっちは戻りガレイ狙いでしょ」

「そう、イソメたっぷりつけて投げてみようかと思って」

「このへん水深かなりあるから、わりと近場に投げても釣れるかもしれないね」

堤防でしゃがみ込む僕の背後を、中年男性たちが通り過ぎていく。会話はだんだん遠ざかり、ちょうど聞こえなくなったあたりで二人は足を止めた。それぞれ折りたたみチェアを広げて置き、うきうきした様子で釣りの準備をしはじめる。今日は日曜日だから、仕事は休みなのだろうか。普段は何をやっている人たちなのだろう。いずれにしても、僕と違って、どこかできちんと働いているに違いない。

三月も下旬に入り、海風はずいぶんやわらかくなっていた。目の前では昼の太陽が海面を白く輝かせ、左手を見ると、並んだ小型漁船が眠るように浮いている。そこから視線を上げれば、いまは誰も住んでいない高垣沙耶の家がある。

あれからほどなく塾生たちは受験本番に突入し、二月に入って相次いで行われた合格発表では、みんな悪くない結果を出した。田浦も隣県にある第一志望の大学に合格し、この地方で最難関と言われるその大学を受けたのも、受かったのも、僕が教えてきた塾生たちの中では彼一人だけだ。

高垣沙耶はあの夜を境に一度も塾へ来ることはなく、しばらく経った頃、本人から退会の連絡があったと塾長に聞かされた。同じ高校に通っていた田浦に、高垣沙耶のことをそれとなく訊ねてみたけれど、彼女は学校にも来ていないとのことだった。

僕は高垣沙耶の様子が知りたくて、塾生たちの合否が出そろった二月末の夕暮れ、彼女の家の前を一度だけ車で通った。すると、表札もカーテンも取り外され、一見して空き家になっていることがわかった。漁港に目をやると、かつてあの男が乗っていた小型漁船も、売却されたのか、もう見当たらなかった。

高垣沙耶がどこでどう暮らしているのかは、いまも知らない。

本人から僕に連絡はなかったし、きっと今後も、どんな連絡も来ないだろう。

「こんにちは」

聞き憶えのある声に振り返ると、見憶えのない人間が立っていた。

「……なんだ、田浦か」

「コンタクトにしたんです」

「刈り上げも伸ばしたんだな」

こくりと頷き、彼は僕の隣にしゃがみ込む。

「もうすぐ入学だし、いろいろ変えようと思って。先生は相変わらずな感じですか？」

いや、と僕は首を横に振った。

「塾、辞めたんだ」

「へえ。いつです？」

「みんなの合否を聞いた、すぐあと。あそこ、正規で採用してくれそうにないし、いつまでもバイト講師をつづけてるのもあれだし、ちゃんとした仕事探そうと思って」

「ですよね」

相変わらず嫌な受け答えをする奴だが、どうしてか、もう腹は立たなかった。

「そういえば、高垣さんも志望大学に受かりましたよ」

突然、その名前が飛び出した。

「そうなのか？」

「学校には最後まで来なかったけど、担任に連絡があったらしくて」

その担任が、彼女の大学進学のことを教室で話したのだという。

「じゃあ、塾をやめてからも、勉強はちゃんとつづけてたんだな」

「そういえば高垣さん、どうして塾をやめたか知ってます？」

曖昧に首を振ると、田浦は眼鏡のない丸顔をこちらに向けた。

「僕、なんとなく知ってるんですけど……彼女の家、前にお父さんが交通事故で仕事ができなくなっちゃって、そのあとお金がなくて大変だったみたいです。助けてくれる親戚とかもいなかったみたいだし。だから、塾をやめたのも、月謝を払うのが難しくなったからじゃないかなって」

「さあ……どうなんだろうな」

「ほら塾の女子グループが、誰かの誕生日にみんなでお金出し合ってプレゼント贈るっていう気持ちの悪いことしてたじゃないですか。僕、彼女の家の事情を知ってたから、そのグループの子たちにこっそりそれを伝えたりもしたんです。高垣さん、お金がなくて大変なんだよって。それ以来みんな、プレゼント代を集めるときに嘘の金額を言って、彼女からは少なくもらうようにしてくれたみたいだから、少しは役に立てたのかもしれないけど」

そんな配慮をもし本人が知ったら、どれだけ恥ずかしい思いをしていただろう。

「僕じつは、けっこう前から、高垣さんはいくら受験勉強を頑張っても大学へは行けないんじゃないかって思ってたんです。だって、お金のことがあるし。だから彼女が大学に行くって担任から聞いたとき、どうやってお金を工面したんだろうって不思議でした」

僕は相手が言葉をつづけるのを待った。

ずいぶん長いことかかり、そのあいだに先ほどの中年男性の一人が、何か細長い魚を釣り上げた。

「それで思ったんですけど、高垣さんのお父さん、生命保険か何かに入ってたんじゃないですかね。で、そのお父さんが死んだから、彼女は大学に行けるようになった。偶然なのかどうか知らないけど」

最後の言葉の意味を、しばらく考えた。

「偶然じゃなきゃ……何だってんだ」

「たとえば彼女がお父さんを殺しちゃったとか」

いかにも冗談じみた口調で田浦は言い、同じ口調のまま言葉を継ぐ。

「あの家、再婚なんですよ。お父さんが、ほんとのお父さんじゃなかったんです。ほらニュースとか見てると、そういう家って、虐待とかいろいろあるじゃないですか。だから高垣さんのとこも、あったんじゃないかなって。彼女が父親の存在に耐えきれなくなるようなことが。なんかずっと、様子が変だったたし。それで彼女は父親を殺して海に流した。嫌な人間がいなくなったし、大学へ行くためのお金も手に入った」

田浦は指で輪っかをつくってみせる。

「そんなこと、想像で言うもんじゃないだろ」

「ところが、まったくの想像ってわけでもなくて――」

そう言いながら田浦が指さしたのは、並んだ小型漁船の先だった。

「あっちの離れた場所に、一艘だけ漁船が浮かんでたの知ってます？　あれって高垣さんのお父さんが乗ってた船なんですよ。僕、家がわりと近いから知ってるんですけど、前はあの船の甲板に網が置いてあったんです。石で重しをして。でもそれがいつのまにかなくなってたんですよね。十二月の後半くらいかな、高垣さんのお父さんが死体で見つかる少し前に、ちらっと見たら」

「……で？」

「で、考えたんです」

田浦はくるりと僕に顔を向ける。

「たとえば人を殺して、その死体を網でくるんで、重りといっしょに船の下に沈めておくとするじゃないですか。一週間とか二週間とかそのままにしておけば、死体は水の中で腐るし、腐肉を食べるエビとかシャコも集まってくる。そのおかげで、もし身体に傷が残るような殺し方をしたとしても、その証拠が消えてくれる。証拠が消えた頃を見計らって、死体を網ごとゴムボートか何かで引っ張って、適当な場所で網から外して海に流す。満ち潮のときなら、上手いこと海岸に打ち上がってくれますよね。そのあと死体が見つかってくれれば、水難事故ってことになって、生命保険が下りる」

得意気に喋りつづける田浦の唇を、僕は終始無言で見つめていた。

「ただ、それだと高垣さんのお母さんも怪しくなってくるんですよね。だって、そんなの彼女一人じゃ体力的に無理だろうから。親子の共犯……いや、むしろ殺したのはお母さんで、彼女がそれを手伝ったって考え方もできるかな……」

頬をさすって考え込む田浦に、僕はひどく陳腐な言葉を返した。

「お前、小説家でも目指したらどうだ？」

僕の言葉に田浦は、これまで見たことのない、ひどく素直な照れ笑いを浮かべてみせた。

「小説は好きで、いつか書いてみたいと思ったこともあるんですけど、僕はもっと現実的に生きていきます。大学卒業して、できるだけ大きな会社に入って、そこで出世して」

「悪くないと思うよ」

「うち、兄が引きこもりなんです」

田浦の顔が、ふと歪む。

しかしその顔は素早く海のほうへ向けられ、すぐに表情がわからなくなった。

「もう二十五か六なんですけど、仕事しないでずっと部屋にいて、親から小遣いまでもらって。だから、僕がしっかりしないといけないんです」

そうか、とだけ僕は答えた。

田浦はしばらく隣でしゃがみ込んでいたが、やがて立ち上がり、小さく頭を下げて歩き去った。僕は軽く片手を上げ、田浦の後ろ姿をしばらく見送ってから、また海に向き直った。昼の陽に輝く海面を見つめながら、頭の中に浮かんでくるのは、子供時代に見たハリガネムシの姿だった。

あの生物は昆虫に寄生し、やがて相手の体内で特殊な化学物質を出す。その化学物質により昆虫は行動をコントロールされ、自分の意思とは無関係に、水のあるほうへ向かって歩いていく。水に入り込んだ昆虫は溺れ死に、その死体からハリガネムシは這い出し、水中で自由を得て生きていく。

「あっちのほう。あそこの、船が並んだ向こう」

さっきの釣り人たちが、僕の背後を移動していく。

「師走んときだったかな、シャコがやけによく釣れてさ。ハゼ釣ろうと思ってたのに、シャコばっか」

「食った？」

「家族で腹いっぱい。美味かったよ」

僕はポケットからUSBアダプタを取り出して海に捨てた。そうしながら、ハリガネムシはいったい誰だったのだろうと、無意味なことを考えた。アダプタは細かい泡を吐き出して沈んでいき、すぐに見えなくなった。

https://youtu.be/7SdzE6zq2eU

解説

阿津川辰海（小説家）

二〇二二年のミステリシーンでは、白井智之『名探偵のいけにえ　人民教会殺人事件』が『2023本格ミステリ・ベスト10』の一位、夕木春央『方舟』が「週刊文春ミステリーベスト10」の一位を射止め、結城真一郎が短編集『＃真相をお話しします』の大ヒットでシーンを席巻するなど、本格ミステリーの作家の活躍が目立ちました。ランキングにも、有栖川有栖の『捜査線上の夕映え』や、笠井潔の『煉獄の時』など、本格の話題作がどっしりと構えています。「カッパ・ワン」二十周年を記念し、東川篤哉・石持浅海・林泰広の新作が発表されるだけでなく、『加賀美雅之未収録作品集』もまとめられ、作者のファンの渇を癒(いや)しました。

本書の収録作品は、二〇二二年に発表された本格ミステリー短編の中から、廣澤吉泰、酒井貞道、阿津川辰海の三名で選定しました。期せずして、二〇二二年のミステリシーンを概観出来るようなラインナップになったのではないでしょうか。

今村昌弘「ある部屋にて」

二〇二二年から春・秋の季刊で、光文社文庫から刊行されているアンソロジー『Jミステリー2022 SPRING』が初出。デビュー作である『屍人荘の殺人』のヒット以来、「特殊設定」の文脈からばかり取りざたされがちな作者ですが、今村作品の魅力は鮮やかなロジックと先行作の熱心な研究ぶりと言うべきでしょう。

本編は、倒叙ミステリーの一編であり、中盤まで、倒叙のベタな「お約束」をある種自覚的になぞっています。作者は「作家の読書道」のインタビューで『屍人荘』投稿前の生活について「最初に、ミステリを100冊くらい読んでみることにしました」と語っていますが、こうした余念のない先行作への研究精神が、ありがちな倒叙の構造に罠を仕掛ける、本作の展開の緊密さを生み出しているのです。ロジックによって手掛かりの意味が鮮やかに反転する瞬間を、ぜひ味わってください。

結城真一郎「転んでもただでは起きないふわ玉豆苗スープ事件」

『#真相をお話しします』の大ヒットで躍進を遂げた作者による、新たなシリーズの第一話。作者の特徴は、『#真相を〜』のZoom等、『プロジェクト・インソムニア』のVR、『救国ゲーム』のドローンなど最新技術と本格の骨法の自在な掛け合わせにあり、本編でもその魅力は健在。デリバリーのみで料理を提供する飲食店で、アプリ上では複数の店名があるように見えても、全て同じ調理場で作られている――こうした「ゴーストレストラン」を舞台に、新たな「安楽椅子探偵」を生み出したのです。燃え盛るアパートに、なぜ勇んで飛び込んでいったのか？　現場の矛盾に着目した細やかな推理と、この設定ならではの結末が光る一編です。作者はこのシリーズの連載を続け、「妻も気付かぬうちに二本の指を失っていた夫の謎」「十回以上連続で同じ配達員が配達に来る謎」など、魅力的な謎を生み出し続けています。

潮谷　験「二〇XX年の手記」

「メフィスト」2022 SUMMER VOL.4内の「メフィスト賞受賞作家による読み切りミステリー特集」に掲載された一編。デビュー作『スイッチ　悪意の実験』における人を破滅させるスイッチを使った実験や、『あらゆる薔薇のために』の難病に関連して発生する薔薇型の腫瘍の謎など、SF的な設定を用いた世界観と、古式ゆかしい犯人当ての論理が奇妙に同居するのが作者の特徴ですが、「二〇XX年の手記」はいわば、「特殊状況当て」ミステリーと言える一作です。近未来の独裁国家、その中に作られた「ある集落」で起きた殺人事件を描いた短編ですが、かなり短い作品でありながら、埋め込まれた伏線量と衝撃は随一。ジャン＝ミッシェル・トリュオン『禁断のクローン人間』やアントワーヌ・ベロ『パズル』など、手記や記録のみで構成された怪作の系譜に連なる、技ありの本格ミステリーです。

矢樹　純「血腐れ」

二〇二〇年に「夫の骨」で第七十三回日本推理作家協会賞短編部門を受賞して以来、『妻は忘れない』『マザー・マーダー』など、サスペンス性溢（あふ）れるミステリーを精力的に発表している著者によるホラーミステリーです。二重三重に襲い来る「理が勝ちすぎている」怪異の恐怖は、さながら三津田信三の切れ味をも思わせます。作者は若林踏編の『新世代ミステリ作家探訪』において、ヒッチコック『映画術』を読み「ヒッチコックが言うところのエモーションを引きずり出すことを意識しながら、ホラーやサスペンスを書くようになりました」と述べており、まさに最後の一行まで、作者に鼻面を引き回される作品になっています。

著者は二〇二二年に『不知火（しらぬい）判事の比類なき被告人質問』を上梓しており、こちらも大胆な謎解きを味わえる連作五編が収録された作品集になっています。

荒木あかね「同好のＳＨＥ」

二〇二二年に『此の世の果ての殺人』で第六十八回江戸川乱歩賞を受賞した作者に

よる初の短編作品。『此の世の〜』ではベン・H・ウィンタース『地上最後の刑事』も意識したという終末世界のもとで、女性バディの活躍が描かれていましたが、本作も夜行バスで出会った二人の女性のシーンから幕を開けます。

著者は「小説現代」二〇二二年九月号に収録されたインタビューで「〝見捨てられる側の人〟に目を向けたい」と話していますが、夜行バスで出会った二人の結末と、そのバスで起こった盗難事件、二つのエピソードの重ね合わせには、作者がここで述べた視線のありようが、温かく、しかし力強く滲んでいます。本格ミステリーとしての見所は、件の「盗難事件」において展開される「奇妙な論理」です。泡坂妻夫の短編をも思わせる、ありふれたものの価値観を転倒させる論理の質感が魅力でしょう。

白井智之「モーティリアンの手首」

冒頭でも紹介した『名探偵のいけにえ　人民教会殺人事件』は『2023本格ミステリ・ベスト10』の一位を獲得、同作で本格ミステリ大賞候補となりました。デビュー作以来作者が追求し続けた「多重解決」の構図によって、読者を新たな地平に誘った作品でしたが、本編でもまた新たな驚愕を見せてくれます。

異星生物モーティリアンの発掘現場で、次々と全身骨格の化石が見つかる中、生前に手首を切断されていたとしか思えない死体が発見される。三万年前、この死体に何があったのか？　発掘現場が舞台ということで、柄刀一『３０００年の密室』や小林泰三「更新世の殺人」を思い出す設定ですが、大胆な設定を用いても、推理の着眼点は細やかな物証から出発するのが実に作者らしいところ。まるで地層のように積み重なる多重解決を掘り返し、最後の岩盤を叩いた時、真の驚愕が読者を襲うのです。

道尾秀介「ハリガネムシ」

本作は〈きこえる〉シリーズの第二弾として発表されました。二次元コードを読み込むと、作中で登場するのと同じ音声を聞くことが出来、それにより謎が解けるという趣向のシリーズです。第一弾「聞こえる」が掲載された「小説現代」二〇二一年十一月号のインタビューで、作者は「音声はあくまで小説の世界を広げる手段であって（……）一〇〇％の出来の小説に、プラスαで音声を絡ませないといけない」と述べており、本編の真相も、注意深い読者ならば小説単体でも十分気付けるでしょう。しかし音声によって、衝撃が倍加するのです。「体験」によって小説、ミステリーの可能性を拓く作者の試みは、〈いけない〉シリーズ、ＳＣＲＡＰとの共同開発で制作されたＳＣＲＡＰ犯罪捜査ゲーム『DETECTIVE X CASE FILE #1 御仏の殺人』でも発展しており、見逃せません。ここでしか味わえない「聞く」フィニッシングストロークを、「体験」してください。

●初出一覧

今村昌弘「ある部屋にて」………………(「Jミステリー」2022 SPRING)
結城真一郎「転んでもただでは起きないふわ玉豆苗スープ事件」
……………………………………………………(「小説すばる」22年5月号)
潮谷験「二〇ＸＸ年の手記」…(「メフィスト」2022 SUMMER VOL.4)
矢樹純「血腐れ」………………………………(「小説新潮」22年8月号)
荒木あかね「同好のＳＨＥ」……………………(「小説現代」22年9月号)
白井智之「モーティリアンの手首」
……………………………………(「ジャーロ」No.85 2022 NOVEMBER)
道尾秀介「ハリガネムシ」………………………(「小説現代」22年12月号)

本格王2023

本格ミステリ作家クラブ選・編

定価はカバーに
表示してあります

2023年6月15日第1刷発行

発行者——鈴木章一
発行所——株式会社 講談社
東京都文京区音羽2-12-21 〒112-8001
電話 出版 (03) 5395-3510
販売 (03) 5395-5817
業務 (03) 5395-3615

Printed in Japan

デザイン—菊地信義
本文データ制作—講談社デジタル製作
印刷———株式会社KPSプロダクツ
製本———株式会社国宝社

落丁本・乱丁本は購入書店名を明記のうえ、小社業務あてにお送りください。送料は小社負担にてお取替えします。なお、この本の内容についてのお問い合わせは講談社文庫あてにお願いいたします。

ISBN978-4-06-531938-3

講談社文庫刊行の辞

二十一世紀の到来を目睫に望みながら、われわれはいま、人類史上かつて例を見ない巨大な転換期をむかえようとしている。

世界も、日本も、激動の予兆に対する期待とおののきを内に蔵して、未知の時代に歩み入ろうとしている。このときにあたり、創業の人野間清治の「ナショナル・エデュケイター」への志を現代に甦らせようと意図して、われわれはここに古今の文芸作品はいうまでもなく、ひろく人文・社会・自然の諸科学から東西の名著を網羅する、新しい綜合文庫の発刊を決意した。

激動の転換期はまた断絶の時代である。われわれは戦後二十五年間の出版文化のありかたへの深い反省をこめて、この断絶の時代にあえて人間的な持続を求めようとする。いたずらに浮薄な商業主義のあだ花を追い求めることなく、長期にわたって良書に生命をあたえようとつとめるところにしか、今後の出版文化の真の繁栄はあり得ないと信じるからである。

同時にわれわれはこの綜合文庫の刊行を通じて、人文・社会・自然の諸科学が、結局人間の学にほかならないことを立証しようと願っている。かつて知識とは、「汝自身を知る」ことにつきていた。現代社会の瑣末な情報の氾濫のなかから、力強い知識の源泉を掘り起し、技術文明のただなかに、生きた人間の姿を復活させること。それこそわれわれの切なる希求である。

われわれは権威に盲従せず、俗流に媚びることなく、渾然一体となって日本の「草の根」をかたちづくる若く新しい世代の人々に、心をこめてこの新しい綜合文庫をおくり届けたい。それは知識の泉であるとともに感受性のふるさとであり、もっとも有機的に組織され、社会に開かれた万人のための大学をめざしている。大方の支援と協力を衷心より切望してやまない。

一九七一年七月

野間省一

講談社文芸文庫

加藤典洋
小説の未来

解説＝竹田青嗣　年譜＝著者・編集部

かＰ7

川上弘美、大江健三郎、高橋源一郎、阿部和重、町田康、金井美恵子、吉本ばなな……現代文学の意義と新しさと面白さを読み解いた、本格的で斬新な文芸評論集。

978-4-06-531960-4

李良枝
石の聲　完全版

解説＝李　栄　年譜＝編集部

い－3

三十七歳で急逝した芥川賞作家の未完の大作「石の聲」（一～三章）に編集者への手紙、実妹の回想他を併録する。没後三十余年を経て再注目を浴びる、文学の精華。

978-4-06-531743-3

2023年3月15日現在